U0048845

Telling Lies
for
Fun & Profit

By Lawrence Block

卜洛克的
小說學堂
◆四十七講◆

劉麗眞◎譯

TELLING LIES FOR FUN & PROFIT

Copyright ©1981 by Lawrence Block
Copyright licensed through the Chinese Connection Agency,
a division of The Yao Enterprises, LLC.
Complex Chinese edition copyright ©2008 Faces Puclications,
a division of Cite Publishing Ltd.

推理叢書系列 FR4204

卜洛克的小說學堂

作者　勞倫斯・卜洛克
譯者　劉麗真
封面設計　王小美
發行人　涂玉雲
出版　臉譜出版
發行　城邦文化事業股份有限公司
　　　台北市信義路二段213號11樓
　　　電話：(02) 2356093　傳真：(02) 23419100
　　　E-mail: faces@cite.com.tw
　　　英屬蓋曼群島商家庭傳媒股份有限公司城邦分公司
　　　台北市民生東路二段141號2樓
　　　讀者服務專線：02-25007718；02-25007719
　　　服務時間：週一至週五9:30~12:00；13:30~17:30
　　　24小時傳真服務：02-25001990；02-25001991
　　　讀者服務信箱E-mail:service@readingclub.com.tw
　　　郵撥帳號：19863813 書虫股份有限公司
　　　城邦讀書花園網址：http://www.cite.com.tw
　　　臉譜推理星空網址：http://www.faces.com.tw
香港發行　城邦（香港）出版集團有限公司
　　　香港灣仔軒尼詩道235號3F
新馬發行　城邦（馬、新）出版集團
　　　Cite (M) Sdn. Bhd. (458372 U)
　　　11, Jalan 30D/146, Desa Tasik, Sungai Besi,
　　　57000 Kuala Lumpur, Malaysia
初版一刷　二〇〇八年5月5日
ISBN-13　987-986-6739-44-6
定　價　三二〇元

他們一致推薦《卜洛克的小說學堂》

朱天文	小說家
宇文正	聯合副刊主編
成英姝	小說家
杜鵑窩人	台灣推理作家協會會長
陳雪	小說家
傅博	文學評論家
詹宏志	PC home Online董事長
楊照	新新聞副社長
楊澤	中國時報・人間副刊主編
蔡智恆	網路作家
駱以軍	小說家
薛良凱	誠品網路書店營運長
顏忠賢	實踐大學建築系副教授
藍霄	推理作家

（依姓名筆畫順序）

各方推薦

開玩笑，寫小說是可以教的嗎？但卜洛克的書名原文是《*Telling Lies for Fun and Profit*》，看清楚了，他說小說是說謊騙人，為了好玩跟收益。卜洛克迷們，你覺得怎麼樣？

我讀了。我覺得是，有一天馬修・史卡德不幹私家偵探，換跑道來寫小說了。就像他探案，他開始告訴我們做為一個靠寫小說養活自己的人，他怎麼著手一件命案，呃，一篇（一部）小說。是的，沒有馬修破不了的案子。而現在，他正在講他怎麼寫小說的。

小說家　朱天文

老實說，寫小說或想寫小說或想懂小說的人，與其看那些形而上高深莫測一本正經理論華美的寫作書，倒不如看看這一本，至少學到幽默感，讓你知道乏味的人不適合寫小說。小說家的第一課不是別的，是懂得自嘲。

小說家　成英姝

「卜洛克就是比較好」，在這本小說學堂中的他，還不是寫出《八百萬種死法》的他，但已經可以想見或看出不久後他就會寫出那些我們最喜歡的作品。他以如此耐性、不說教、不嚇壞你恐嚇你，但嚴格地讓你知道規律與紀律的重要的語調一關一關帶你走過，他會在適當時刻變身成逗趣的幽默言語（這不是神偷兼愛書人柏尼嗎？）處理著寫作裡嚴肅而艱難的問題，他有時又那麼馬修史卡德（小說家馬修？）地告訴你別急別慌，出去走走看看，說不定會有線索。他以各種方式將新近者帶入（或

攔住）在這通往寫作的入口處，並且告訴你接下來該怎麼做，我知道「我們可以相信卜洛克」。

　　　　　　　　　　　　　　　　　　　　小說家　陳雪

一直很喜歡卜洛克冷硬且幽默的文字和思考模式，這讓他的推理小說獨樹一格。當卜洛克談起寫作這件事時，這種文字和思考更是發揮得淋漓盡致。這本書並沒有鼓勵寫作的勵志性質，也就是說他並不是告訴讀者只要孝順父母、遵守交通規則、天天牽老婆婆的手過馬路，總有一天會有神仙來到你床前給你一項寶物讓你從此過著幸福快樂的日子。卜洛克只是用他的文字告訴你，寫作是怎麼一回事，也順手點破很多人對寫作的迷思。如果你在寫作的世界中尋找寶藏，或許你常會發現一些藏寶圖，這本書也是。但這張藏寶圖裡沒有讓人困惑的圖案與文字，只有明確的藏寶地點座標，和用白話文寫成的「寶藏就在這，直接去拿即可」。

　　　　　　　　　　　　　　　　　　　網路作家　蔡智恆

讀這本書時，我想像坐在一個偉大的老鐵匠的打鐵鋪裡，牆上掛著一支支我們熟悉的他曾打出的、外形兇惡美麗、質地堅硬的鐵器。爐裡的火熱烘烘的，空氣泛著一層紅色薄光。我們聽他安詳地、自得其樂地，甚至有些瑣碎地講著所有鬼斧神工背後的，作一個專業工匠該具備之全部美德。

　　　　　　　　　　　　　　　　　　　　小說家　駱以軍

這本書替小說家的情緒或心虛或沒有靈感種種怪癖……提供理論基礎、修辭技巧、甚至不在場証明式的強烈辯護。這本書替「寫」小說的困難

要入門的苦悶修煉提供一種反而像「看」小說式的開心的可能。這本書更用偵探小說式的既懸疑又嘲弄、既廣泛又繁瑣、既天眞又世故的高難度書寫來故佈疑陣，替這些鮮少被如此津津樂道的種種小說的紀律小說的技藝小說的修辭（種種深入情節角色人稱命名的討論的往往枯燥疲累）提供像謀殺的動機那麼專注並值得熱烈談及的好看，還甚至出乎意料地寫出一如〈不可能任務〉或〈CSI犯罪現場式〉快速剪接成的唬人與動人。

實踐大學建築系副教授　顏忠賢

這是一本有莫名的感染力的好書。

讀著讀著……很自然地

我回身撿拾起抽屜中完成一半的稿件

既使過去不滿意、頗挑剔、看不太順眼、耍脾氣的，還是某個不知名的環節鬆脫了……

通通丟諸腦後，頗受激勵地

往下繼續開始

推理作家　藍霄

【導讀】
書寫的技藝之路　　　　唐諾

　　寫《閱讀的故事》時，我發現一件嘖嘖怪事，那就是眞正好的閱讀者並不教人閱讀的方法；而讀卜洛克這本書時，我發現了另一件，那就是原來好的書寫者更不教人書寫的方法。

　　這麼多年下來，我所知道的教人書寫之書也就只兩本，另外那一本是史蒂芬·金的，而且嚴格些來說，史蒂芬·金那本其實較接近「如何成爲一個成功的職業作家」，包括怎麼看市場，怎麼抓題材，還包括怎麼找經紀人云云，凝視書寫棋盤同時，更多心思其實飄向了遠方鴻鵠，也就是說，那本書比較適合歸入勵志類叢書，或甚至求職類，第一次寫恐怖小說就上手。

　　對於我們這樣一個提煉狂、概念狂、方法狂、效率狂的時代，這兩處「空地」的始終未被正式開發，猶能保留著莽林面目於是顯得非常特別，有某種平等，某種未知風險，以及最可貴的，依然有深奧和遼闊之感。

　　一個托爾斯泰不肯寫一本教我們書寫之書，我們可能猜他太貴族太高傲；另一個喬哀斯不肯寫一本教我們書寫之書，我們可能猜他太疏離太冷漠；再一個吉卜齡也不肯寫一本教我們書寫之書，我們依然可能猜他太自私不公開密技。但當這一紙名單愈拉愈長，長到我們打算跟古往今來所有最了不起的作家宣戰了，這時我們用不著摸摸鼻子很自然會有完全不同的另一種猜想，不寫這樣一本書是有道理的，甚至更美麗的猜想，原來這塊土地的被保留、這樣深奧廣闊的依然存在，是最熟悉這塊土地那些人小心翼翼保護的難得結果，是他們不把那些抽象概念上、方法上無法窮盡、無法捕捉的深奧、微妙、遼遠、細碎東西歸爲「無用」。就像今天大台北市乃至於整個台灣島一樣，往往更進步更睿智也

更困難的，不是推土機開進去蓋這個蓋那個又搞一堆水泥瓷磚怪物，而是如何阻止建設，阻止天空、大地、山林、河流、海洋被侵入。

　　儘管在此同時我們還是很想知道該怎麼書寫才對才好。

　　我們這裡所說的深奧和遼闊不是空話更非階級情調，而是小說書寫最終仍能不能保有其認識和發現力量的根本前提──小說書寫最終並沒有特定的技法、特定的形式途徑，沒有非走哪條路不可，這是它自由、神奇乃至於儘管眼前所有現實條件再糟糕我們仍可寄以希望的原因。某一個個人總可以在某一個預想不到的角落冒出來，甚至有時以一人之力，一本書乃至於一個短篇小說之力，就能瞬間改變整個我們眼前的書寫景觀、整個小說現在以及未來的形貌。這樣神奇的事很稀少嗎？奇怪的是，我們可以倒過頭來說居然還算常發生，至少遠比七十六年固定一次、但我們絕大多數人此生再等不到它歸來的哈雷彗星頻繁多了。《一百年的孤寂》、波赫士不只一個的短篇小說、昆德拉的《生命中不能承受之輕》、乃至於如一朵奇魅之花綻放的《香水》，這都是我們這些年親身經歷、看著它們發生的，說到底，在疲憊如黃昏的推理偵探小說世界裡，馬修‧史卡德系列的突如其來（或應該說半途忽然變身）不也如此嗎？

　　那麼，卜洛克這本書是什麼意思呢？

　　我們先來弄清楚它的時間落點，不是生硬日曆上年月日，而是它在卜洛克小說書寫之路的階段位置──彼時，卜洛克本名化名匿名寫成的小說已超過百篇之多，是一名勤奮、踏實而且已「成功」的一線類型小說家，馬修‧史卡德系列也開始好一段時日了，進行到第四部的《黑暗之刺》，他自己很有感覺漸入佳境，有種眼前一開的心悸興奮之情，看得出來他知道這系列會愈寫愈好，也會逐漸成為他往後的書寫主體系列、乃至於書寫人生的旗艦系列。但我猜想，百分百不會錯的猜想，卜洛克此時萬萬不會想到，未來的史卡德不是循序漸進的更好，而是得飛越過大斷裂的完全蛻變。事實上，他差不多等於已站在了這個書寫人生的空前大峽谷之緣了，他得因此中斷好幾年時間，五次六次不成重來並

懷疑自己根本走不下去，最終破壞掉過往已安定已一路沿用下來的講故事方式，包括史卡德一案接一案的連續性步伐得進行時間的反覆縱跳和回望（尤其見《酒店關門之後》一書），包括調整史卡德和世界的關係位置，並逼他如脫去一層防風外套般的多敞一層感官和情感云云。我們所說這件被卸下的防風外套，既是小說中保護史卡德的冷硬外殼，亦是書寫者卜洛克做爲類型小說家的某種絕緣外殼；這意思是，原來史卡德以及卜洛克本人，和整個外頭世界可不彼此過度侵擾、可相安無事、下班不談公事的有限關係（傷害有限、關懷有限、夢想有限、責任有限……），至此已遭打破並且一去不返了。有限關係是職業工作的表徵，無限關係則是志業的，我們稍前一整張名單數下來那一堆小說家，他們和世界的關係都是無限的。

　　也就是說，如果我們回到卜洛克寫成此書當時，把時間凍結那一點上，我們會說這是一個成功而且好心的類型小說家精采的論書寫之書，他關懷著走他身後以及想走他身後的人如同記得昔日的自己，他把自己步步爲營的書寫所得所思講出來，其問答意味、討論意味的方式使得話題始終是具體的、針對的，規格也始終是經驗的，不眞成爲一本窮盡書寫方法或揭示小說書寫原理、法則的野心之書。我們面前的不是個偉大（或自大）的小說理論家，而是座位有限、因此晚來的人得站著的小小學堂裡的卜洛克老師——小說是荒唐的、騙人的故事，爲的是調節血脈消除沉悶無聊，而且騙點錢營生。

　　惟一如我們以事後之明知道的，我相信彼時夠聰明夠敏銳且理解小說書寫活動的人（比方像駱以軍這樣的人）也一定照眼看得出來，這本書裡頭多出來許許多多東西，遠遠超出了類型小說的規格需求了。這麼說也許對卜洛克有點失禮，但確實從書裡所顯示出作者的書寫準備，作者對書寫一事的理解深度、廣度和細膩度，還有作者不制止自己的好奇，已遠遠超過了他當時的小說成品本身，或者說只用來寫成當時的這些小說（儘管爲數驚人且品質穩定）未免太可惜了，要支撐一名這樣層級的類型小說家根本用不著讀這麼多想這麼多體認這麼多而且往下追問

這麼多，The man who knows too much——太多，對書寫者本人反而是危險，這樣的危險並不只在騙人小說的間諜世界、政治權力掠奪世界發生而已，它讓人變得太大，變得不安定不滿足，很難把自己塞回體系分工所允許的方正窄小位置裡，會有被驅趕出來的風險，也有自己先選擇動身離開的吹笛者誘惑。

所以我們可以帶點戲劇性的說，這本寫作之書，已充分預告了日後新史卡德小說的出現；或不那麼戲劇性的說，讓日後新史卡德小說的出現合情合理，半點不僥倖。

我所知道台灣有很多人被史卡德小說觸動了內心的某一事某一點，也想寫史卡德那樣的小說（不一定是私家偵探、謀殺的形式）；但卜洛克打開始就告訴我們，他原先並沒有特定的小說要寫，他最早只是想成為一個作家，他先為自己成為一名作家做準備，然後才一次一次的為特定的小說做準備。

先成為一個作家，再看看自己能寫些什麼，這點看起來和我們常識背反、也和資本主義世界遊戲規則背反的順序，其實非常非常有意思，我甚至願意直說，這才是書寫做為一種志業的「正確」順序。當然有例外有偶然有不當的噩運好運讓一個人誤入歧途成為終身的書寫者，比方說雷蒙・錢德勒便只是相信自己可以比手上的廉價小說寫得好，遂一夜不寐在旅館房間裡寫出第一個短篇，時年四十五歲。但這並沒一般人想像的那麼多，因為運氣是潮水一樣會很快退去的東西，悸動也不是能持續的，它很容易因完成而滿足或因無法完成而沮喪，兩種結果都會讓它復歸沉寂，靠這些無法化為日復一日、二十年三十年的不懈工作，更容易在第一個困難、第一次挫折到來時就識相走人當這些全沒發生過。

說起來，資本主義的分工體系，到目前為止和可預見的將來，一直無法真正馴服作家這門行當，它總有許多多出來的東西，數十萬上百萬年前人在他居住的洞窟岩壁之上，用他簡陋的工具刻下來或更奇怪用他有礙生計、不曉得怎麼發現怎麼提煉的顏料畫下來的孤獨大夢，至今仍如維吉尼亞・吳爾芙所說是我們生命的一部分；也因此，從書寫這門古

老的行當來看，才爲時數百年的資本主義不過就是一種新的現實，一個
當前的處境罷了。書寫總會碰到諸如此類的相干不相干困難，就像洞窟
穴居的書寫者沒有文具店百貨公司，他一邊做著夢一邊得壓住它想辦法
先尋到照明的火光和黏得住冷硬岩壁的新顏料，甚至預備好它們、帶在
身上等待下次悸動下一個夢到來。諸如此類的額外困難無法迴避，你得
接受它（但不等於屈服）並與之周旋，事實上這種種周旋之道正是每一
代書寫者技藝的一部分。

退稿一事

　　不是怎麼寫一篇小說的方法，而是成爲一個書寫者的總體技藝。所
以卜洛克老師花費了許多口舌跟我們講退稿這件事，未知生先知死。退
稿當然發生在作品已完成時，但其處理因應之道仍是書寫的一部分，非
常非常重要而且致命的一部分。

　　曾經，東西寫好了卻被無情退回來這件事就跟日出日落一樣自然，
但比較麻煩的是，它通常密集發生於書寫初始、書寫者最幼嫩脆弱的時
刻，因此就像開槍射殺小兔子一樣，感覺特別狠特別無助，甚至讓人生
出某種不平的階級意識，想去當共產黨。

　　事實當然不止如此，退稿其實在書寫者已脫離幼年期甚至已成名的
日子裡照樣發生不誤，台灣才剛翻譯出版過另一本書《退稿信》（抱
歉，書前的所謂「導讀」文字也是我個人寫的，很多有關退稿的意見都
在那兒說過了），搜集的便是超過百名的了不起作家、爲數幾百本的日
後經典級作品所接到的一紙退稿通知，奇怪的是，這些罪證俱在的退稿
信內容，也並沒有比卜洛克所quote的（通常是針對初出茅蘆的新書寫
者）更禮貌更婉轉。

　　我們所說的「曾經」跟日出日落一樣自然，指的是台灣；在美國，
在歐洲日本等等書寫國度，它「現在」仍跟日出日落一樣自然。

　　我看卜洛克談退稿的這一章〈百折不撓、打死不退〉，其內容和章

節名一樣，可能讓心懷熱望、亟待拯救的新書寫者感覺無趣且悵然若失；但我個人想到的是，以他這樣赤手空拳走過來的書寫人生、他一路左衝右突什麼零工都打什麼縫隙都鑽的漫長書寫經歷，他其實有資格把一些話說得更殘酷更見血，但他沒有，這上頭他很像自己筆下、尤其是日後筆下的馬修·史卡德，自己站在黑街叢林裡，但仍努力想描繪一個比較溫暖模樣、值得人一活的世界。

日前，我曾在一場頗嚴肅的文學研討會裡聽到一名大學生模樣年輕人的慷慨陳詞，大致上說的是，他廢寢忘食寫成了一首長詩，當然犧牲甚大，犧牲了睡眠，犧牲了打工賺錢，犧牲了KTV、夜店和線上電玩，更重要的是他對這個世界付出了真心，但明月照溝渠，這個世界並沒有以對等的好意回報他——

我冷眼看著講台上欲言又止的講者，有年少時狂熱寫詩、辦詩社、自己湊錢編詩刊不成的重量級文學評論者，有馬來西亞隻身到台灣、又寫文學理論又寫小說、實力和社會聲名完全不成比例的努力不懈中壯代學者，很想也請他們說說，到此時此刻為止，他們抽屜裡仍鎖著多少發表不出去的詩、小說和文章。

我們最終可能得承認，我們並無力改變退稿一事存在的事實，就算哪天一覺醒來這個世界再沒有了報紙、雜誌、出版社和那些負責寫退稿信的可恨編輯（正確的說，人類書寫歷史裡，絕大多數時日並沒有這些討厭東西的，想想屈原、司馬遷、荷馬和柏拉圖），社會的篩選機制仍然會以某種方式來執行；也就是說，這種金字塔基本形態的層級性建構並不僅僅只是外在形式而已，它同時也是每一門行業的內在事實，用納布可夫的話來說，這既是人不斷認識的必然層次，也是人技藝進展的自然結果。

但卜洛克說我們可以改變退稿這一件事的意義，以及其大小規格，以控制它必要之惡的破壞力。為此，卜洛克甚至動用到某些斯多噶式的、心理學的詭計，好讓我們自我感覺好一些，減輕症狀，爭取必要的時間和空間。

　　這裡，最基本的事實是，如果你的書寫人生就是這一首詩、就是這一篇小說，那它的一翻兩瞪眼勝負當然就是世界末日與否了；但如果你像卜洛克那樣，你是要成為一個作家、一個書寫者而來，那一首詩一篇小說就只是一篇小說而已，它所真正佔用的時間、所耗用的心力其實短得少得可憐，而且只會隨著書寫的持續、書寫人生的伸展開來愈變愈小，化為一個點，一粒微塵，一個恍惚混沌的記憶。相信我，並沒有幾個作家記得自己的第一首詩第一篇小說，倒是比較記得自己成功發表的第一首詩第一篇小說，而且愈好的作家通常愈懊悔、愈不堪回首、愈怕人找到的記得，就像怕現在的家人、現在的鄰居同事知道自己是個有前科的性犯罪者一樣。

　　台灣詩人兼自然書寫者劉克襄曾寫過這樣的兩句詩，說十七歲就加入國民黨，那是我們這一代人人生最丟臉不過的一件事，十七歲白紙黑字的詩和小說也差不多有一樣的威力。

　　書寫就是這麼奇怪的一件事，相較於其他各行各業——如果你矢志成為一個木匠或一名廚師，你瘋了才認為自己製作的第一把椅子、第一道菜就能在精品店裡展售或成為米其林三星餐廳今年聖誕大餐的主菜，為什麼我們卻總相信我們的第一篇小說能夠？

書寫，在成為一種職業之前

　　維吉尼亞‧吳爾芙說過這麼三句話：「一旦你被愛情抓住，不必經過訓練，你就是一個詩人了。」我們借助這話來回應前述書寫者的異想天開和瘋狂——就算你被愛情抓住了，你也不會不經訓練、不經長年累月的學習捶打就成為一個好木匠好廚子。

　　然而另外一面是，愛情不會永遠抓住你，愛情的神奇魔魅力量仍是如閃電如春花如朝露的珍罕即逝東西，它會離去，即便狀似不離去也會鈍化如梅特林克的幸福青鳥化為平凡的黑鳥，更多時候還是死去的黑鳥屍體。你無法仰靠這短暫的高熱及其迷離幻境來持續寫一生的詩，小說

那就更不必了（吳爾芙很聰明的並不給我們相同的小說承諾），儘管有些因此燒壞腦子的人誤以為可以嗑藥般一個戀愛接一個戀愛別停的保證自己的詩人身分不墜，但這只能讓他成為職業愛人，而不是一生的詩人。

所以詩人艾略特講，詩不是只寫美和醜而已，詩人最重要的是能夠看到比醜與美更遠一些的東西，他得穿透過醜和美看到厭煩、恐怖和壯麗，寫深一點、硬一點、平淡無奇一點云云的東西。

書寫最神奇的事，我們可以這麼說，就在於它有掙脫因果鐵鍊的部分，如卡爾維諾指出的，在書寫的力學世界裡，「必須讓原子出乎意料的偏離直線進行，方可確保原子與人類的自由。」這樣的可能掙脫和偏離，讓書寫不是完全可預測，從而也就無法完全的控制和管理。但麻煩也正正好就在這裡，它的自由，它的不完全受控制受管理，總會冒犯到資本主義的大神，於是在資本主義統治的王國，書寫者的身分始終不明確，位置始終不安定，更時時猶豫該不該按時發他薪水。

的確，並沒有那麼多書寫者喜歡稱自己是職業作家，好像這樣會失去了某部分珍稀的自我，失去了某些自己堅持的東西。而且，就算資本主義承認了他們的行業身分，也不知道接下來該如何依自身的層級秩序邏輯來安排其升遷（倒是共產主義的中國大陸，曾經把作家一級二級三級的分成，台灣作家第一次拿到這樣的名片都嚇壞了）。我們說，是不是職業也許並不重要，但書寫者最終仍需要一個「身分」，一個兩腳可確實踩穩的地方，一個人類廣漠無邊世界中存在的基本位置，讓他的心思安定，讓他的工作可展開可持續，讓他的所作所為可辨識可理解可對話，更重要的，可化為記憶保護下來──這記憶不只是成功的、已完成的成品，還包括更多那些失敗的和那些未完成的（某種意義來說，每一個成功的作品當然也都是未完成的）。尤其那些失敗和未完成的，社會無法承認它們展示它們，因為它們的形式是殘缺的、碎片的，甚至還是原料素材的樣子，因此書寫者這邊得有自身共有的一處地方收存起來，是書寫者的大倉庫，共同擁有取用的記憶之海。

書寫者以個人的身分面對整個廣大世界，但他並非孑然一身，更不

是一切從零開始，那樣走不了多遠，個體的死亡很快就會阻止它中斷它，如此看似自由無羈，但書寫將只是重複、只是原地打轉，其結果和踩著輪子的籠中老鼠沒太大兩樣。事實上，他所使用的每一個字都有人曾經一次一次寫過並賦予意義、向度和光澤，他所使用的書寫形式也都是前人書寫所一次一次踩出來的可行路徑（納瓦荷人說，乳狀的、渾然的銀河是億萬個靈魂走過的光亮腳印），即使我們鑄造出新的字詞，創造出新的書寫形式，今年花發去年枝，一般閱讀者或者會驚異於它的天外飛來，但書寫者自己，還有他併肩內行的同業，心知肚明他的線索來自哪裡，他所使用的材料取自哪裡，他想像的縱跳始自於哪裡。所以波赫士說，每一部偉大的作品都創造出它的先驅者，這裡所說的創造只是個針對一般讀者感知的誇張之詞，在書寫者的世界裡是既有的，它較正確但乏味的說法其實是「發現」，或是「浮現」，把它們從專業的倉庫拿出來。我們看到並驚異於一部完美的作品心生不可思議的好奇，由此循迹找回去，找出來它隱沒在時間長河中的一個個演化環節，找出來它一個個未成功未完成的粗胚模樣。每一部偉大的作品於是都是一趟壯麗的旅程，寫滿著前人的名字，一如個體書寫者的每一個美麗的夢都是人們無限大夢的一部分、一次成果，它還未發生已先存在那裡了。

　　所以很多書寫者都告訴我們，每一個好作家都是好讀者，我們看卜洛克這本書，他也這樣子說且這樣子行。

　　這一切都遠遠發生在資本主義出現並統治世界之前，都發生在作家這個行當成為一種職業之前；也就是說，書寫者的「身分」其實有著更內在更堅實更無可欺瞞的成分，沒有名片，不穿制服，但可供他們識得彼此並在時間中垂直傳遞不廢，行家一出手，便知有沒有。

　　李維－史陀從人類學的廣闊時間追本溯源視角，相當準確的為我們考察出這個前職業身分的具體核心，其實也正是日後一切職業身分成立的原型之物：技藝。李維－史陀較為完整的說法正是，技藝，是人在世界的基本位置。

　　這個技藝之說很容易聽懂但並不容易充分解釋。我們順著下來大致

可以這麼體認，技藝是每一門行當共同記憶的提煉形式凝結形式，畢竟，那個雜亂無章且太過龐大的共同記憶倉庫得理出秩序，予以分類索引，好讓後來者可取用、可繼承、甚至可學習可教導，但技藝不是抽空的概念或方法，它保持著拙重的、具體的實戰成分，不只是腦袋，還是整個身體的，用肌肉用筋骨用眼耳鼻舌的每一種感官乃至於皮膚的末梢神經來掌握、來吸收、來保存前人的記憶，通過一次一次的練習把他者和自身合為一，一如一個書家通過千遍萬遍的臨帖把自己改造成王羲之或顏眞卿的手和身體一樣。由於技藝是向著整體的行業身分而非單一的、特定的作品，因此它是開放的、進展的，不會隨著單一特定作品的不在或完成而歸於空無，一如一名木匠學徒並不因為沒要製作一張椅子而無事可做，也不會因為沒要製作一張椅子而讓既有的技藝離你而去，每一種工具的使用和理解，每一處細節的處理技巧都可以獨立的、無止境的進展，它甚至是穩定的、有進無退的、誰也奪不走的，最多只是某種生疏造成身體的暫時鬆弛無法配合，因為特定的作品可能無法完成或者失敗，呈現著巨大的、難受的震盪起伏（比方退稿），但技藝沒有這種成敗，基本上它就是一道平穩向上可預期的曲線。最終，技藝和總體行業身分的關係，會給予人一種寬廣的視野和關懷，讓他不局限於單一特定作品的構成要素，他還會為未來的作品做準備，他的目光和心思會擴及比方說材料的問題、工具的問題等等甚或更多，就像我們在繪畫史上一再看到的，技藝到達一定高度的畫家不只為完成一幅畫作操心，他同時關心甚至親自動手找尋研製新的顏料、新的畫布、新的繪畫工具云云，這個行業的榮枯直接關係著他個體的成敗。也因此，世界以他的技藝來辨識他的身分及其存在，他也以自身的技藝來認識世界，如李維－史陀說的為無序統治的世界建構出秩序，技藝，人的基本位置，便在如此雙向的認識中得到確立。

　　這一切都發生在資本主義式的現代職業分工之前，資本主義支援了它（比方經濟所得）並給予它某種爆發能量（比方傳播的效果），但資本主義的目的和它的並不一致，資本主義的秩序和技藝的自然生成秩序

也不會一致，在這裡便產生了衝突，形成了異化和篡奪，並且造成了人思維的混淆，我們在逃離資本主義的森嚴秩序束縛同時，很容易也一併丟棄掉這個技藝的自然秩序，讓我們自身歸零，讓我們回復孑然一身一切從頭開始，或更惡毒點說，得到當踩輪子老鼠的自由。

我們的確處在一個只想找聰明方法卻高度輕忽技藝的混亂書寫時代。其實我們理知上怎麼可能不曉得呢？一首詩、一部小說，我們書寫它以探尋某種生命的奧秘，來認識、發現乃至於對抗世界，並說服讀它的人，這麼高難度的事，怎麼可能比製成一張椅子或一客羅勒蕃茄海鮮麵不需要更多的技藝呢？但也許我們說過的書寫的神奇可能、書寫成果和書寫技藝的非全然因果關係不當的鼓勵了我們，這有點像賭傑克寶或樂透彩券的賭徒，他同時曉得機率是不利的，最終贏錢的是賭場和莊家，但他會是例外，是正好押中的人，這個美麗的自信支持著他不必去做朝九晚五的無趣工作，不必每天那麼累。

我們曉得，消除偶然馴服偶然（包括好運和噩運）的最簡易方式便是樣品數量的放大，把空間拉大時間拉長，這就是統計學和它不變的鐘形曲線。如果我們想的不是某一部靈光乍現的作品，而是你一生可以持續做下去如賈西亞・馬奎茲所說人一生總有一件他主要做著的事，甚至我們超越個體去想書寫的長河歷史，你很自然會知道訴諸這種偶然是無意義的，它不可能建構在這樣水花般泡沫般的書寫基礎上。

所有以書寫為志業、一定高度的作家都會告訴我們一樣的話，不管他是否曾說出來。桀傲不馴的詩人艾略特勸告年輕的詩人要多寫格律詩，溫和不迫人的卡爾維諾則抄下這樣一段嚴厲的話，且把它置放在結論的書末位置，做為最後的叮囑：

「目前正流行的另一個非常錯誤的觀念是：將靈感、潛意識的探討與解放三者劃上等號，將機會、自動作用與自由視為等值。這一類的靈感，建立在盲從每一個衝動，實際上是一種奴從。古典作家遵守一些已知的規則寫悲劇，比那些寫下進入他腦海中的一切、都受縛於別的他一無所知之規則的詩人，還更自由。」

每一句話都是對的

再說一次，不是方法，而是技藝；不是教導你怎麼成為一個職業作家，而是思索討論如何成為書寫者。

我相信這才是卜洛克此書的原意，也才能對身處不同書寫國度、不同當下書寫處境的我們產生意義──我們台灣沒有穩定持續的類型小說書寫，我們所說的小說家不成其為一種職業，即使短暫的流行性爆發能中樂透般為某一兩位書寫者掙來一筆不大不小的錢，我們甚至連退稿這樣討厭的事都快不會發生了不是嗎？

這的確是非常非常艱難的一種書寫環境，半開玩笑的說，書寫者就連要墮落、要出賣靈魂都不見得找得到魔鬼，也因此不管同不同意他們的書寫認知和途徑，喜不喜歡他們的作品，我個人對台灣仍以一生職志看待書寫的人保持著一種真誠不易的敬意。以下引述波赫士的這番話，跟波赫士的原意一樣，是善意的，也是自省的（即使我個人無能於小說書寫，仍自認是書寫者的一員），我痛恨那種落井下石的風涼話，尤其是那種媚俗的、反智的、勸人識時務的、倒頭來用資本主義來嘲笑不懈書寫者的行徑，我手上有一紙這些人的名單。

波赫士這麼說，可供我們做為打開卜洛克這本書的鑰匙：「有一點明確無誤的情況值得指出，我們的文學在趨向混亂，在趨向寫自由體的散文。因為散文比起格律嚴謹的韻文容易寫；但事實是散文非常難寫。我們的文學在趨向取消人物，取消情節，一切都變得含糊不清。在我們這個混亂不堪的年代裡，還有某些東西仍然默默的保持著經典著作的美德，那就是偵探小說；因為找不到一篇偵探小說是沒頭沒腦，缺乏主要內容，沒有結尾的。這些偵探小說有的是二三流作家寫的，也有出自一流作家之手，如狄更斯、史蒂文生，尤其是科林斯。我要說，應該捍衛本來不需要捍衛的偵探小說，因為這一文學體裁正在一個雜亂無章的時代裡拯救秩序。」

不那麼準確來說，書寫者有兩種自由，前一種是普遍的、和任何人

沒兩樣的自由，可以信任何宗教，可以遷徙，可以發表言論，可以追求個人認定幸福的這種堂而皇之自由；後一種則生於他的行業之中，書寫的開放性、無限之夢性的本質，到達一定高度之後，他會有眼前一開的遼闊視野，但它不是混沌的、無座標的，而是某種途徑形態的、某種指向性的可能，技藝的秩序一方面拉住它，另一方面也揭開了它。

難以書寫一部有關書寫技藝的書，最終的困難極其可能是，書寫者要不要勸誘人也成為一個書寫者；一個人動心起念時你要好消息先說還是壞消息先說？書寫這一門古老的行當更奇怪的是它不斷自我懷疑自我駁斥的本質，木匠的技藝不會懷疑木匠這一行業，它的鋸子、鐵鎚、墨斗、刨子等等工具也不自我駁斥，甚或更創造性的音樂繪畫也不如此，一個創新的作品可以被意識為對抗、挑釁、嘲諷、背叛另一個既有的作品，但音符本身、顏料本身無法進行自省，音樂或繪畫的自我質疑最終仍得通過文字通過書寫不是嗎？這使得書寫這門行當的真正核心靈魂，不是一般人所認知那種情熱的、不顧一切的、把風車看成巨人式的唐·吉訶德，而是哈姆雷特調子的、憂鬱的、穿透的、冥想的，甚至總有某種卡爾維諾所說「深刻的虛無」。

所以卜洛克此書如此難得，難得不在於他發現並說出了多少前人未知的書寫技藝奧秘，而是他把它如此明明白白、一五一十說出來。

最後，我要講我讀完這本書的第一時間感想——卜洛克在這本書裡所說的話都是「對」的，你可以放心的聽，放心的相信，放心的記得它（指的是某些你書寫之路尚未到達而難以領受的部分）。方法可能錯誤可能誤導，但技藝沒有成敗，只有進展的遠近程度問題。這也就是說，當你完完全全讀懂了它，也就是你可以丟開它的時候了。

如果你跟卜洛克一樣，真的想成為一個書寫者。

目　次

第一部　騙局：小說職業論

在諸般謀生技能中，如何確定你得靠搖筆桿吃飯？從你閱讀喜惡中，建立你的鑑別機制。從你認同作家的程度，找出你最合適的創作領域。

市場分析的訣竅。有目的的閱讀。透過大綱的撰寫，界定創作類型。如何寫出「同中有異」故事。

要怎麼投編輯所好？作家要怎麼維持作品的一致性，又不至於左右為難，進退失據？《繼母》——一個文學決策的個案研究。

第二部　埋頭苦幹、奮戰不懈：小說紀律論

第三部　喔，這網真糾結：小說結構論

第四部　咬文嚼字：小說技藝論

第五部　這難道不是真的嗎？：小說心靈活動論

前言

　　一九七五年夏天，我上路了。放棄我在紐約的公寓，賣了或扔了跟了我大半輩子的傢私，剩下的東西打包成隨身行李，扔進行將解體的旅行車後車廂，朝著目的地洛杉磯，殺奔而去。

　　我整整花了八個月的時間，才開到目的地。我沿著海岸一路來到佛羅里達，然後漂泊往西，覓個住處，盤桓個一兩天或是幾個星期，隨遇而安，隨興而至。有一次，我結帳離開一間汽車旅館，開了五英里，找了另外一家，理由是頭一家的電視收不到我想看的足球比賽。

　　在這段時間裡，我寫作不輟。坦白說，打從離開大學開始，我好像也沒幹過別的事情。我完成一本小說的初稿，修改了幾次，最後成為《大氣精靈》（*Ariel*）。我還開了幾個頭，但寫個五六十頁，不是無以為繼，就是無疾而終。每次想到這些胎死腹中的作品，我的腦海裡總是會浮現染色樹旁放的一堆蠟像水果。

　　我重拾數年之內不彈的舊調，試寫了幾個短篇小說。此外，還寫了一篇名為〈點子打哪來？〉的文章。這篇文章的草稿是我在北卡羅萊納州威明頓（Willington，North Carolina）開車西去的路程上，在腦海裡盤算好的，第二天早上在汽車旅館房間裡繕打出來，隔天下午在南卡羅萊納州的格林威爾（Greenville，South Carolina）寄出去。

　　我完全不知道接下來要幹什麼。

　　半年之後，我客居好萊塢魔法旅館。有一天，我突然想起寄給《作者文摘》（*Writer's Digest*）的稿子，不知為何沒了下文。我寫了一封信去問，結果接到《作者文摘》編輯約翰・布雷迪（John Brady）的一通電話。幾個月前，他就想要刊登這篇文章，但不知道哪個秘書弄錯了我的地址，信不知道寄到哪兒去了。我們討論了幾處他希望我能修改的地方。我跟他說，八月左右，我會開車往東邊去；他則是希望如果我晃到

辛辛那提附近，就順道過來跟他打個招呼。

　　那年的八月之前，我決定問問《作者文摘》，能不能讓我開闢一個小說專欄。在回紐約的路上，我真的繞道辛辛那提，在一頓豐盛的午餐之後，啟程東返，並且得到一個隔月發表的小說寫作專欄。寫了五六個月之後，編輯部人事改組，專欄改為每月推出，我也就這麼一路的寫了下來。

　　回頭想想，我還有些狐疑，不知道當時的我，為什麼會想寫這些有關小說理念的專欄文章，琢磨半晌，只得到兩個原因：我的公司把我的工作交給別的作家，一連好幾個月，在那當口，我覺得很孤單，必須要把心思集中在工作的本質上。還有一件理由是：我在歇筆許久之後，重新開始短篇小說的創作，一個又一個的情節浮現腦海，此起彼落。我覺得這個過程很有意思，值得提筆。

　　我真的沒想到，也不過是談談點子怎麼跑出來的幾頁小文章，讓我就此投下大量時間，去寫該怎麼寫作的課題。事情就這麼發生了，除了每個月的支票、開了專欄的小小自得，還有一些超乎其上、無可羈勒的有趣效果。

　　我不大確定，說「作家是種二十四小時工作的行當」，是不是有些迂腐（請見第十三章「小說家的時時刻刻」），我只知道：除了實際寫作之外，我花了更多的資源經營這個專欄。不管我讀了什麼，它都會變成這個特殊磨坊的粉末。有沒有哪個作家可以用有趣的角度觀察世情，創意信手拈來？嗯。我該不該寫一個專欄討論該有哪些文學能力，才能偵測靈感呢？有沒有什麼可以用來說明的例子呢？萬一，偵測不到靈感又該怎麼辦呢？

　　同樣的道理，對於別的作家怎麼討論寫作，我也開始有興趣起來：他們會不會討論他們的寫作方法、會不會提供點創作竅門、或是評論這門行當的本質？我總是喜歡把東西夾在一起──但我卻老是把夾子給弄丟了。

　　《作者文摘》那位能幹的編輯，蘿絲・阿德金（Rose Adkins）每年

免不了寫一兩封哀怨的信，要我告訴她接下來的寫作大綱，期數越多越好。而我每年也都要回個一兩次信，想要讓她明白：要我畫出月球背面的地圖還容易些。經常，而且非常經常，我覺得寫完這篇專欄，就要辭去這份工作，因為我腸枯思竭，再也想不出任何像樣的主題了。但是，接下來的三十天裡，總會有個題目，附帶一個呈現的手法，冒出頭來。我於是相信，這種奇蹟總會發生。

更有意思的是：每個月固定的專欄，其實是建造了一個雙向交流的平台。從這個專欄問世之後，我開始接到流量大致穩定的讀者來信——有的是提供建議，有的是尋找建議，有的是感謝我，還有的是要求我去做一些我曾經提過或是我壓根沒說出口的事情。雪片般飛來的信件，滿載著熱情，讓我相信舞文弄墨這個行當，對我們作家來說，還是很有價值的。不管我們在商業或是藝術上取得怎樣的成就，不管我們是如漆之新，或是如鏽之舊，寫作是作家揮不去的宿命。

讀者的回饋，補充了我逐漸枯竭的專欄內容。更重要的是：透過這批信件，我接觸到了我的讀者、掌握到他們對我作品的看法。我每封信都讀，絕大多數有回，特別是那些附了回郵信封的朋友。忠言寄語智者……

這些信件可以說是這本書的源頭。好些讀者建議我把專欄內容結集成為一本書，公開發行。我沒有花太多工夫去修訂，多半是把「專欄」改為「章節」。從自成段落的專欄改為前後呼應的專著，重複的地方，也趁便刪去。我當然也改正了文法的錯誤或事實上的出入，雖然我心裡清楚，這種修補掛一漏萬，依舊會留下許多未盡之處。

有的時候，我重讀這批文章，不免覺得我不斷在重複同樣的事情。有的時候，我又覺得我的建議，因時勢轉，前後矛盾。但是，最後我還是決定保留這些枝蔓與牴觸的地方，主要是因為我認為由於時空變化、觀點不同，難免會出現推論之間的不一致。

在我創作的過程裡，有幾個人我要特別感謝：《作者文摘》的工作同仁，特別是約翰‧布雷迪、蘿絲‧阿德金、比爾‧布洛賀（Bill

Brohaugh）以及發行人狄克・羅森瑟（Dick Rosenthal），他們從專欄跟讀者打照面開始，始終無怨無悔的支持、幫助我。而少了安伯書屋（Arbor House）唐・范恩（Don Fine）的鼓勵，這本書也終究無法問世。在業界，大概沒有比安伯書屋，更熱心支持小說創作的公司了，對於發行這類作品的信心與尊重，更是罕見其匹。

　　負責編輯大綱與章節安排的是安伯書屋的編輯賈雷德・凱林（Jared Kieling）。由於他的慧眼獨具，看出這批專欄內在的邏輯，區分為四大領域——小說專業、學科、結構與技藝。我完全贊同他的分類。這樣的分法比我最初研擬的兩大排序法——發表日期與字母先後，對於讀者來說，可要實用得多。

　　在我寫專欄的時候，我不可能知道這些文字能不能幫上讀者的忙。在我個人看來，這本書的第四部分，是真正派得上用場的實戰手冊。一般來言，越是概括性的內容，越會引來大量的讀者來信。當然，讓人提筆寫信的刺激，未必等同於作家創作的助力就是了。

　　同樣的道理，我也不知道讀者對這本書作何感想。我只知道，維持這個專欄對我來說有多珍貴，同時謝謝你們撥冗閱覽、謝謝你們給我這個機會。

紐約市
一九八一年，三月九日

推介

　　勞倫斯・卜洛克堪稱作家的作家。從他早期的犯罪小說——《長綠女兒心》（*The Girl With the Long Green Heart*）到他以保羅・卡凡納筆名發表的冷硬懸疑小說——《邪惡的勝利》（*The Triumph of Evil*）與《這種人眞危險》（*Such Men Are Dangerous*）再到有點倒楣、但總是妙趣橫生的柏尼・羅登拔——《別無選擇的賊》系列。他的故事始終展現了作家夢寐以求的境界：天衣無縫、舉重若輕。

　　要說勞倫斯・卜洛克是個好作家，並沒有什麼好稀奇的。在文壇一登場，他就展露他洋溢的才華與一路行來不斷磨練取得的技巧。跟許多人一樣，他也曾經用筆名，出了好些本平裝小說，報酬雖然不高，但卻取得了絕佳的試筆機會——這種苦學的經驗在如今的新進作家身上，已經很難看到了。新人時期開始，他們好像就不會犯錯、平裝書市場好像也已經不存在了。這讓我開始擔心：下一代的通俗作家，究竟要怎麼才能找到在職訓練的機會呢？

　　我不知道這個問題的答案，但我很確定他們可以從這本書或是這一類的作品中，得到好處。勞倫斯是寫作高手，具有罕見的分析力，不但深知創作的甘苦，更能解釋下筆的道理。他不僅了解寫出好作品的原則，更知道這些原則存在與運作的邏輯。在這本書裡，我認爲他很精確的凸顯了創意寫作的方法與道理，功力甚至超過拉和斯・恩格里（Lajos Egri）的《戲劇寫作的藝術》（*The Art of Dramatic Writing*，這本書跟卜洛克的作品，倒是哥倆好，儘管一談戲劇，一談小說，但是意旨相同，內容也沒有太多的重疊之處）。

　　藉由這篇推介，我很高興的發現，我跟卜洛克的交情，竟然能維持二十年，對於他在小說創造、理論詮釋兩方面的天賦與技巧，也還是欽佩如昔。

　　許多作家其實是很爛的老師。勞倫斯・卜洛克可能是少見的例外──他喜歡教學，而且還教得很好。對於文學創作的初學者（甚至對於有點名氣的作家──我在讀這本書的時候，也看到許多非常有用的新點子）來說，他更是絕佳的嚮導，因為他是很罕見的作家，筆法高超，匠心獨運。在卜洛克眼裡，寫作不只是個行當，更是一種技藝、藝術與樂趣。他創作的主力是類型小說（偵探小說、間諜推理），雖然如此，卻沒有任何一本流於老套、制式。他下筆不拘一格，既有《冒充安德烈・班斯達克的一週》（*A Week As Andrea Benstock*）之類的「主流」創作，也有《隆納德兔子是個糟老頭》（*Ronald Rabbit Is a Dirty Old Man*）這般遊戲筆墨。三不五時，他還會出現罕見的反類型作品──《大氣精靈》。卜洛克原創的想像力，把讀來可能讓人打瞌睡的神秘─恐怖─幻想陳腐組合，徹底翻修，自闢蹊徑。他說：他的作品希望是「自己能寫就自己寫，別人代勞，他也想讀」的那種。這不可能是寫手的目標，這是行家的態度。

　　這本書的另外一種價值是：它是根據一個月刊專欄發展出來的。閱讀這本書，你會知道小說創作，是如何在每日的工作中，一步步成形的。每一章的主旨，多半就是他在創作之際，沉吟再三的難題。這種當下的反應帶出一種新鮮感、即時性，卜洛克必須全力因應他眼前的窘境，否則，他手邊的創作可能因而扼殺。這本書提供我們一種從作家背後張望的角度，讓我們得以觀察作家如何施展技藝。

　　才華可能是學不來的，但它如果處於一種質樸的狀況，倒是可以琢磨、發揮。過來人已經付出過學習的代價，鍛鍊出他們的技巧與實戰的經驗，得到他們的指引，自是難能可貴。

　　勞倫斯・卜洛克就是這樣的良師。我向你推薦這本書。

布萊恩・加菲爾（Brian Garfield）

第一部

小說職業論

騙局

1

設定你的視野

　　兩個月之前，我回到安提阿學院（Antioch College）上一門小說技巧的密集研究課程。在校園閒逛的時候，我馬上想起曾經貼在英文系布告欄上的一幅漫畫。那時，我才是大學的新鮮人。漫畫上有一個八歲的孩子，悶悶不樂，眼前是一個看來挺熱心的校長。「天才是不夠的啊，阿諾。」校長說，「你得是幹什麼的天才才行。」

　　我自認與阿諾頗有神似之處。我在稍早的時候確定：我想當一個作家。但是，只有當作家的意願，顯然是不夠的。

　　你必須要坐下來，寫點什麼。

　　有些人是天生的作家，整套本領從胎裡帶來。他們具備寫作的十八般武藝，天生就知道哪些題材大可發揮。肚子裡有搬不完的故事，又有講故事的技巧，於是下筆行雲流水，毫無窒礙。簡單來說，他們就是天生要吃這行飯的。

　　有些人不是。我們只想當作家，卻不知道要寫些什麼。

　　我們怎麼才能決定要寫些什麼？

　　碰運氣吧，我猜，說真的，經常是這樣。但即便是如此，還是有一定的步驟，讓一般人可以按部就班的向作家這個職志前進。咱們現在就來分析一下。

　　1. 找出選項。 在我十五六歲的時候，開始確定我好像可以當作家過活，那時的我，並沒有好好想想，到底要寫哪一類的東西，只是鎮日苦讀二十世紀的偉大小說，飢不擇食，從史坦貝克、海明威讀到吳爾芙、多斯‧帕索斯（Dos Passos）與費茲傑羅，與他們相互來往的文友以及

其他風格神似的名家，無一不讀。我堅信不疑：總有一天，我會創造出屬於我自己的偉大小說。

自然而然的，我先去上了大學，在那裡，我對於「偉大小說」是怎麼寫成的，開始有些概念。首先，我得先生活（Live，我不大確定這個大寫的L會帶來什麼弦外之音，但我相信，既然是生活，在裡面，就免不了掙扎求生的卑微，外加大量的酒精與性）。生活，會組合成有意義的經驗，粹取之後，就是「偉大小說」的主題。

這種說法沒有什麼爭議。好些文學史上的重要小說，都是這麼來的。而且這麼做還有附帶的好處：你嘛，要不什麼都不寫，要嘛，就寫點偉大的，意思是你在創作過程中，得喝一大堆酒，來一大堆性。

就我的例子來說：我是個作家，這形象很清楚，但我有沒有偉大作家的潛力，答案就開始模糊了。我開始閱讀作家傳記與文學評論。我零零星星的從《作者文摘》上學到了幾課。我愛上好些成功的小說、認同它們的取材。隨後，我開始研究市場報告，在偉大的但略具封閉性的嚴肅文學經典之外，我發現了職業作家無盡的創作空間。於是我才明白：不管我最後的目標是什麼，我中介的手段就是寫點什麼——什麼都行！——然後看著它印出來換錢。

我看了許多不同類型的書籍與雜誌，試著開發出我寫得出來的作品。我根本不在乎它偉不偉大、有沒有藝術性，甚至有沒有意思。我只想搞清楚我到底能寫什麼。

2. 你總得讀得下去。在我開始寫作的時候，《自白》（*confession*）雜誌是業界公認最能包容新進作家的類型，因此堪稱最佳起點。而且，稿酬也挺不賴的。

我或買或借，弄來一大堆《自白》雜誌，下定決心要把它們讀個通透，但總是半途而廢。我連一篇這種類型的小說都讀不完，多半是注意力渙散，囫圇翻過。我怎麼看都覺得：整本雜誌，從封面到封底，全都是腐蝕心靈的垃圾。

我當然寫不出這種自白的故事。我勉強擠出的幾個點子，平庸老

套，根本不可能滿足市場的要求。我沒法把點子轉換成故事，筆下的情節荒腔走板。有一天，有家出版社跟我訂了幾篇這種類型小說，雜誌就快截稿了，他們還有好幾個洞要填；我這才在一個悽慘的週末，勉強趕出三篇來。慘不忍睹。我寫這種類型小說，純粹是因為我接下了這份工作，出版社把它們印出來，也是迫於無奈。這是我人生中，最難賺的一筆錢。

我知道其他作家涉足陌生領域的時候，有跟我一樣的痛苦經驗。道理簡單得很：如果連讀都讀不下去，你何必浪費時間去寫呢？

3. 尋找認同的作者。 我畢生以讀書為樂，幾乎各類的書籍，我都可以讀得津津有味。但我心裡明白，在接下來的某些場合裡，也得到證實：我讀得下某種故事，並不意味著我寫得出來。

舉個例子，有一度，我整天在讀科幻小說。大部分我都看得下去，某些傑作甚至讓我愛不釋手。我那時還經常跟一些頗有名氣的科幻小說高手廝混。這些人都很好相處，我也很佩服他們把概念轉換成故事的眼光與能力。

但是我卻沒法寫科幻小說。不管我讀了多少本科幻小說，我的腦子就是想不出可以發揮的點子。我是個科幻迷，讀這種小說很開心，但我制服不住這種題材。「我應該寫得出來。我應該想得出點子，我應該可以跟他們一樣，發展出好玩的故事。我應該可能當一個科幻小說作家」之類的話，我就是說不出口。

你喜不喜歡某本小說，其實要看你能不能認同裡面的人物。你如果能認同某種人物，又喜歡作者，那麼，你大概就能從事這種類型的小說創作。

最初的情景清晰的烙印在我的腦海裡。我在安提阿學院唸完第一年的那個夏天。我尋得了一本短篇小說集，《叢林小子》（*The Jungle Kids*），作者是伊凡・韓特（Evan Hunter），最近他更因為《黑板叢林》（*The Blackboard Jungle*）大獲好評，在文壇自成一格。這批作品悉數在《獵人》（*Manhunt*）雜誌上發表過，這次，我又再讀了一遍。我體驗到

一種前所未有的認同感。我並沒有那麼喜歡書裡的人物，但是我卻異常欣賞伊凡‧韓特這個人。

我至今依舊記得在我讀完這本書之後的興奮與悸動。有個人寫了一本動人的小說，找到出版社印行，贏得我的尊敬，帶給我閱讀的樂趣——我認為我也可以做他做過的事情。

如果當時的我能有我現在的經驗，我就會跑到舊書店，把所有過期的《獵人》買回來看。但我那時毫無概念。我的確跑到一個書報攤去找這本雜誌，但他們告訴我賣完了，我也就忘了。我試寫兩篇青少年犯罪小說，自己看看都覺得不怎麼樣，當然也不好意思投稿。

幾個月之後，我又寫了一篇講少年罪犯的故事，跟韓特的作品完全沒法比。寫完了，我隨手一扔。兩個月之後，我在《作者文摘》上看到了《獵人》雜誌的目錄，想起這本雜誌曾經刊載過韓特的小說，就把我的小說寄出去，試試看。結果，我收到一封退稿信，《獵人》雜誌的編輯把我的結尾批評了一頓。到這時候，我才花好些力氣，找到一本《獵人》雜誌，從頭到尾看個仔細。我重寫結尾，再寄給《獵人》，這個結尾顯然也不怎麼樣，過沒多久，這篇稿子就被退了。

我還是孜孜不倦的在讀《獵人》，一個月之後，我終於琢磨出寫小說的技巧，三度改寫我的青少年犯罪小說。這一回，雜誌社登了，我也下定決心，主打犯罪小說。我不敢說這決定我無怨無悔，但至少在接下來的好多年裡，我都以此為生。如今，我的想法還是沒變：只要我在某個行業裡撐得夠久，我遲早能把事情做對。

那種對作者的激賞與認同感，雖然很難用筆墨形容，但效果卻不容輕忽。我的第一部小說，就是在這種靈光一閃的頓悟中，破繭而出。

那時，我已經寫了一年犯罪小說，有些還被刊登出來，我覺得可以開始想我的偵探推理了。我起碼讀了幾百篇，愛得不得了，私底下試寫了一兩次。但也不知道為什麼，我總覺得我沒法控制這種類型的小說。

大約同時，我讀了些五〇年代非常風行的女同性戀小說。我看這種小說只是想偷窺女同性戀的世界，尋點刺激，沒什麼進一步的打算。那

時，我不認識女同性戀，腦裡僅有的那麼一點印象，多半也是從那些不怎麼樣的小說裡看來的。我覺得這些書不錯看，有一天我讀完了一本，突然驚覺，我怎麼不試著寫寫看呢？差不多的也行啊。如果運氣不壞，說不定我寫的比我讀的那批雜碎，還能好上一點呢。

　　我打著研究的旗號，弄來一大堆女同性戀小說，飛快的讀了一遍。第二天，一段情節衝進我的腦海，我趕緊記下大綱，幾個星期之後，我尋個閒暇，開始創作。我花了整整兩個星期，在我二十歲生日的前四天（二十歲的生日，在那時候，對我來說具有特別的意義，理由至今不明。），小說殺青。佛希特（Fawcett）買下了這篇小說，這還是我試的第一家出版社。自此，我成為出過書的小說家。

　　決定寫什麼類型的作品，其實是你在創作歷程中，最關鍵的一步。如果你能找到合適領域，投注你的心力，你就能更進一步，朝作家的目標前進。當然，你需要一些小技巧，讓你的旅途平順輕易些。

　　我在下一章再跟你解釋。

2
研究市場

在先前的一章裡，我們說明了決定小說題材的流程、應該鎖定哪一類的市場。且讓我們這麼假設：你已經找到了某一種可以馳騁筆墨的小說類型。你喜歡讀，更重要的，你還自認可以寫。反正，你找到了某些理由，決定要寫自白小說、科幻小說、哥德（Gothics，譯註：這是一種以西方中世紀城堡或教堂為背景的小說類型，強調神秘與恐怖的氣氛，少不了各式的機關暗道，劇情發展自然是以奇詭著稱）小說，或是，推理小說。

接下來咧？

下一步，看來是坐在打字機前面，開始寫吧──當然，有可能你決定要開始動手了。你選定了某種類型的小說，靈感不由自主的泉湧而出，足夠讓你的打字機乒乒乓乓的響上好幾個月。如果真是這樣，你肯定是天縱英明──那你為何還不趕快去寫，還讀這本書幹什麼？

對我們這種普通人來說，在決定寫什麼跟真的開始寫之間，還有一些緩衝的步驟。通常，我們會對於選定的類型，進行比較細膩的分析。分析的過程要從作家的內心開始。他要打骨子裡弄明白在這個類型中，成功的小說究竟有哪些成分以及要經過怎樣的心智訓練，才能把這些成功的因子孵育出來，讓它成長茁壯。

儘管在我內心，不時有些反彈的聲浪，但我還是找不到比「分析市場」更合適的起頭。讓我不免有些遲疑的原因，是這種思考方式太「臨床」了一點，彷彿暗示小說創作可以用科學的邏輯分析。難道寫一本讓人動點腦筋才能欣賞的科幻小說，也有機會躋身哈佛企管研究所的個案研究不成？

　　而且呢，我接下來談的「過程」，還是比較集中在個別的故事本身，比較少著墨在所謂的「市場」上面。畢竟，我們的目的是學習小說創作，不是研究編輯會買哪一篇故事。

　　好啦──你愛叫什麼都成。總而言之，我該先做什麼？

　　好問題。

　　你喜歡看什麼，你就寫什麼。

　　上一章，我們反覆強調一個觀念：你越喜歡讀的類型小說，你就會寫得越得心應手。既然你選定了某種類型，你當然應該大量閱讀這個領域裡的作品。

　　就我的經驗來說，我很早就決定要寫推理犯罪小說。我的第一篇小說賣給了《獵人》雜誌，登載之前，我曾經廣泛蒐集、閱讀這種類型的雜誌：這是我最認真的一段時間。除了《獵人》、《希區考克》（Hitchcock）、《艾勒里・昆恩》（Ellery Queen）、《陷阱》（Trapped），我還買了書報攤上找得到的同類型雜誌。這樣還不夠，我經常去舊書店，把每一期的過期雜誌，全部買回來。我在皮夾裡，放了一張紙條，避免買重複了。我按照期數，把雜誌排好，每一本我都從封面讀到封底。

　　至今，我還記得我在二十年前讀的一些故事。有的非常好，有的實在不值得一提。但是接連幾個月，讀了好幾百篇小說──好的、壞的、不相干的──之後，我知道該怎麼組織一篇像樣的推理小說。換了別的方法，可能就沒法學得這麼道地了。

　　請明白一件事情：我並沒有歸納出什麼公式，也沒聽說過有這種東西。我學到的是一種我沒法精確解釋的態度、某些犯罪情節得以依附的表現形式以及怎麼寫比較好、怎麼寫行不通的概念。

　　當然，我也不是光坐在那裡，看了幾個月的小說而已。在這段時間裡，我的腦子裡，冒出了幾個點子，也曾試著坐下來，敲敲打打，看能不能寫點什麼。我這種求知若渴的閱讀習慣，並沒有因為我終於寫出幾篇東西，或是有人願意刊載我的小說而停止。我持續閱讀懸疑小說，不

論長短。我讀小說，是因爲我自己濃厚的興趣，更是因爲我認爲這是作家的功課之一。

就這樣喔？這就是市場分析？讀一大堆小說就行了？

有的時候，這樣就夠了。但有一些技巧，可以增加你的閱讀效率。

其實很簡單，你讀完之後，寫一份大綱。

我可沒要你把故事拆解開來，來個文學評論之類的練習。你當然可以寫一篇正式的評論，但你能不能從這過程中得到好處，可就說不準了。請記住：寫大綱跟文學評論、你對於這篇故事的感受、這故事寫得好不好沒有關係。讀完小說，你就是簡簡單單的把情節寫下來，幾個句子交代到底發生了什麼事情。

舉幾個例子：

一對兄弟，決定一路開車行去，到汽油所剩不多的地方，幹票大搶案。但就在他們加油的時候，店員跟他們說，車子得好好修一下，儘管兩人擔心被騙，還是認爲別冒險比較好。他們讓機工放手大修，修到兩人身上的現金，根本不夠支付。最後，他們倆索性搶了這家加油站，否則他們還真想不出別的方法脫身。

或是：

主角跟他的太太度假回來，發現家裡被小偷翻得亂七八糟。敘述者然後跟夥伴一道工作，抱怨治安敗壞、小偷有多惡劣、家裡又是如何面目全非。結果這兩個人就是闖空門的職業小偷，兩人正要去偷一家倉庫。

寫大綱，做摘要，就要你把作者煞費苦心撰寫的文字、對話與角色描述，全部略去，只剩下最簡單的脈絡，讓你可以一眼看穿故事的內容。其實，我也不大確定：把情節大綱寫下來，有什麼獨到的價值，就像是古生物學家去研究恐龍化石，我們也常常莫名其妙一樣，但我相信：把故事的血肉裁去，只剩骨架，會讓你鍛鍊出一種直覺，知道怎麼把一則故事組織起來。如果你看完就算了，未必能發展出這種能力。

在練習長篇小說創作的時候，撰寫大綱是一種更有效率的工具。讀完一章，就寫一份大綱，其實是一種逆轉式的思考，剛巧把作家創作的流程反過來。這種大綱不難寫，只是長篇多半會比短篇難處理些。長篇小說的主題紛至沓來，想把結構隔離出來，有點難度。但一旦把結構打理清楚，小說就會像是冬天的森林，枝頭光禿禿的，每一棵樹都看得清清楚楚。如果是枝葉繁茂的夏天，你的眼裡，可能只是蓊鬱的一片而已。

如果有一天，你想替你自己的小說打個大綱，這種練習也很有幫助。道理很簡單：你就是靠這種方法踏進寫作大門的。既然你一心想要創作，你當然要知道你的作品，寫在紙上的時候，是什麼德行。比如說，在我寫電影劇本之前，單單到電影院去看幾場電影，在銀幕上研究電影是怎麼拍的，顯然不夠。我必須要知道電影劇本，在紙上長什麼樣子——因為我寫的是劇本，沒人叫我去拍一部電影。如果你有本事從一本書裡，把暗藏的結構分析出來，寫成一份大綱，你當然也比較容易為你即將創造的小說，描繪出一個梗概來。

問題——讀了這麼多小說，又是分析，又是寫大綱的，好像都太機械了，會不會扼殺我的創意？我覺得按照你的方法去做，頂多是在複製其他作家的作品，不是從事我自己的創作。

當然不是這樣。這種撰寫大綱的方法，至不濟，你會很清楚一件事情：在你選定的小說領域裡面，哪些創意已經發表過了，不必白費力氣。

每一個編輯想要的——或是讀者想讀的——可以簡單的歸納出一句矛盾的話：「同中有異」。你的小說必須跟其他千千萬萬的類似故事一樣，讓讀者享受相同的滿足感。同時，你又要另出機杼，免得讀者覺得這個作品他們以前已經看過了。

為了要達成這種「同中有異」的目的，你顯然不能從不同的故事中，東借一點、西借一點，不能把自己讀過的片段湊在一起，而是應該

讓自己浸潤在某種特殊的類型裡，讓成功的必備條件深深的印在自己的腦海中，在創作時不假思索。

　　我不相信有任何人能把小說創作的理念，講得一清二楚，事實上，也不需要把道理研究到多麼通徹，你只要知道有電，電燈才會亮就行了。我就是用上面所說的那種作法，琢磨出可行的小說寫作方法，讓我的腦子不至於苦思到無力負荷。

　　我不知道你的狀況，但，我的腦子希望能得到所有可能的幫助。

3

決定，決定

　　兩個月之前，我在一個懸疑小說研討會上，跟一個傢伙聊了幾句。他正在寫他的第一本小說，或是正準備要寫他的第一本小說，要不就是仍在前製準備中。不管了，他有一肚子的問題，而且非常技巧的擋在我與起司、餅乾之間。我別無選擇，只好一一作答。

　　就編輯而言，他想要知道，編輯是喜歡第一人稱，還是第三人稱？是一開場就要血流成河，還是要盤馬彎弓，吊吊編輯的胃口？編輯喜歡的場景是都市，還是鄉間？編輯喜歡單一觀點，還是複合觀點？編輯到底喜歡——

　　「喂，」我說，「我不這麼寫東西。我也不會浪費時間揣摩編輯到底會愛上哪種小說，然後投其所好。首先，編輯是一群人，並沒有相同的喜好。此外，編輯喜歡的是那種會讓他看得血脈賁張、讓他覺得讀者會出錢買的作品。第一人稱或是第三人稱、單一觀點或是複合觀點、背景在都市還是鄉間，並不是他判斷的重點。」

　　「撇開這些不談，」我繼續，「我是那種直覺性的作家。我想寫的是那種『自己能寫就自己寫，別人代勞，我也想讀』的作品。我自己寫得越開心，就越有機會讓讀者在閱讀的過程中，看得開心；我越想討好讀者，寫出來的東西就越差。所以，我建議隨你的風格去寫，信筆揮灑，用不著擔心有沒有人喜歡它、肯不肯替你出版。」

　　我輕巧的一個轉身，尋得空檔，朝點心桌殺奔而去，避免在這當口陷入了波隆尼厄（Polonius）對雷爾提斯（Laertes，譯註：這是莎士比亞名劇《哈姆雷特》中的角色。波隆尼厄是首相，雷爾提斯是他的兒子）的冗長說教

中。我不想照本宣科：「不要跟別人借錢，也不要借錢給別人」，也不想真的去跟別人講：「切勿自欺」（to thine own self be true）。儘管這句話，正是我的核心建議。

在這番對話之後，透過一種你可以稱為「冷靜反省」的媒介，我慢慢開始覺得：我好像太輕描淡寫了一點。不過，我沒有言不由衷，頂多就是掩飾了一層事實：撰寫某種類型的作品，好歹要知道滿足市場的特定需求。

改換路線、轉攻熱門市場──哥德小說，或者輕羅曼史、懺悔錄，不管哪一種都一樣──的新進作家，請格外注意，我在《寫小說：從情節到出版》（Writing the Novel: From Plot to Print），用了很長的篇幅在分析類型小說的必要條件，還解釋了如何在這樣的架構下，完成你的故事。我是不是前後有點不大一致？在這裡這麼說，到別的地方，又鼓勵大家要照著自己的想法，盡情揮灑？

幾年前，我在一家文學出版社工作，碰到一個自認即將成名的作家，此人堪稱精力充沛、熟知情節鋪陳與對話撰寫的各種技巧，此外，還有旅鼠（lemmings，譯註：一種會大規模遷徙的齧齒動物，據說，旅鼠會跟著領袖，不分青紅皂白的前進，即便溺水而亡也不會掉頭）水平的求生本能。他畢生的心願，就是見到他的作品印在紙上，但他的所作所為，卻總是背道而馳。有人跟他說，在自白懺悔錄的這個類型裡，對新人的接納度比較高。他就寫了幾篇，這也就算了，可是不知道為什麼，他堅持要採用男性觀點。在那個時候，《自白》雜誌的編輯，就算是碰到了男性觀點的好作品，一期也只會用一篇。這傢伙始終用男性觀點寫故事，等於是一上路，就搬石頭，砸自己的腳。

幾天前，我正打算開筆寫一篇小說的時候，突然想起了這段往事。這篇小說的基本情節，則是更早幾個月前，不請自來，就這麼闖進我的腦海──一個女孩死了媽，父親續絃，但這女孩老是覺得這繼母是來殺她的。這幾個月來，雖然我在忙別的事情，沒有好好的思考這個主題該怎麼發展，但我的潛意識卻忙個不停，暗地醞釀，等到我有空寫的時

候，情節東一點、西一點，很快就兜攏了起來。

　　我發現我有好些決定要做。我應該把故事設定在鄉間還是都市？我應該用第一人稱，還是第三人稱來說這個故事？要單一觀點，還是多重觀點？

　　也不見得在每篇作品的開頭，都得傷這種腦筋。好些我經營頗久的小說，始終是同一個主角，一下筆，某些問題自然迎刃而解。我寫柏尼・羅登拔的雅賊系列，想都沒想就決定採用第一人稱，這個人物的性格、怎麼犯案、住在哪裡、有哪些朋友，我成竹在胸。這個系列的逐步開展，就是一個好例子，呼應我「同中有異」的說法。情境設定完成之後，固然帶出來一些問題，但也消除了好些原本得費點思量的決定。

　　一年前，我在沙瓦納（Savannah）待了一個星期，刻意觀察了好幾個地點，覺得這裡遲早可以出現在我的小說裡。《繼母》這篇小說的情節成形之後，我馬上就想把故事嵌進喬治亞州的這個海港裡。

　　兩個因素改變了我的心意。其一，我發現《繼母》的某些情節與人物元素，是從我最近的一本小說──《大氣精靈》沿襲過來的。《大氣精靈》的背景放在查理斯敦（Charleston）。查理斯敦跟沙瓦納，當然不會分不出來，只是兩個地方終究頗有神似之處。如果我真認為沙瓦納是天造地設的背景，這點顧慮是阻止不了我的。但我另有考量，於是，我便開始尋找新的地點。

　　待我把思緒整理清楚之後，第二個排除沙瓦納的理由，浮上心頭。我覺得這個女孩應該是有點自我風格的紐約客，從小在格林威治村長大，不算早熟，心思還算周密。讓她家庭搬到鄉下好嗎？比方說，有點與世隔絕的地方？德拉維爾郡（Delaware County）？史索哈利郡（Schoharie County）？上紐約州，沒幾個人去過的窮鄉僻壤，距離紐約市有好幾個小時的車程，不可能通車。

　　地點選定之後，更多的情節冒出來了。這個家庭為什麼要從格林威治村搬到這種怪地方呢？她的父親也許是一個作家，剛得到一大筆稿費，決定到鄉下置產，換換口味。我開始塑造出一種豪邸、莊園的情

調，然後決定在他們的產業裡，添個荒煙蔓草的墓園。這主意畫龍點睛，試擬了幾個走向不同的情節，都覺得這角落大有推波助瀾的潛力。

到這個時候，我已經寫了幾百字的筆記了，坐在打字機前面，自言自語了好一會兒。兩天之後，開始寫這本書。我只寫了六七頁就停下來了，因爲有另外一件事情要我決定。

第一人稱，還是第三人稱？這本書開始的時候，我下意識的用了第三人稱，寫了開場，一家人剛剛看過這棟莊園豪邸，描繪了娜歐蜜（這是我替她取的名字）眼中的情景。

這可是最好的選擇？

我離開打字機好幾天，反覆評估了反對跟贊成的觀點。第一人稱好像比較順理成章，在這本書裡，格外具有誘惑力，讓我更容易進到主角的內心世界。我始終認爲第一人稱是最自然的聲音，對《繼母》這本書尤其是如此，主要有下面兩個理由。

首先，我對娜歐蜜很有感覺，認爲這個角色很有發展的空間。如果把她表現得越深刻、越有效，整篇故事呈現在讀者面前，就會越有張力，越扣人心弦。第二個理由是倒過來說的，如果我用第三人稱，我擔心對她的描述，只能在外圍打轉。

《大氣精靈》用的也是第三人稱，但是，有兩個元素可以讓我進到主角的內心世界，讓她活起來。第一，我大量使用女主角的日記原文，等於是在第三人稱的敘事中，加入了第一人稱的觀點。同時，我讓女主角跟阿爾斯金（她在班上的好朋友）有大量的對話。這兩個孩子的互動關係，也因此成爲這本小說中最動人的環節。

我不想讓娜歐蜜寫日記，一來我不想重寫一遍《大氣精靈》，二來，我怎麼瞧，娜歐蜜也不是會寫日記的那種人。我更不想讓她跟班上同學結成好友，相反的，我還希望她在本質上是孤立的，新同學對她隱含敵意，不約而同的排斥她。

爲什麼不換回第一人稱？這樣一來，也會帶出新的問題。一開場，我刻意局限娜歐蜜出現的場景。如果用第一人稱的觀點寫下去，娜歐蜜

不知道的事情，讀者也毫無概念。寫懸疑小說，如果讓讀者多知道一點點主角無法掌握的訊息，在我看來，效果是最好的。

　　此外，我覺得讀者如果不知道娜歐蜜自認身陷的險境，究竟是她的幻想，還是實情，撲朔迷離，比較夠味。使用第一人稱未必不能呈現這種矛盾的筆法，但終究不易掌握，難逃故弄玄虛的批評。

　　還有一個考量。如果讀者不是娜歐蜜肚子裡的蛔蟲，不完全知道娜歐蜜做了什麼事情，情節容易處理得扣人心弦。比如說，娜歐蜜媽媽的死，她也要負責的事實，等到適當時機揭露，可以吊足讀者的胃口。當然，第一人稱的敘述者，也可以隱瞞一定的訊息，不讓讀者知道——這是我在偵探小說中，經常使用的手法——但我認為這樣寫在《繼母》裡行不通。

　　所以我決定採行原來的打算，還是用第三人稱寫這本書。在做這個決定的同時，我設計了一些情節，讓娜歐蜜跟其他人物互動的時候，透露出某些隱情。我因而添加一個老頭的角色。他每天都會在某條特定的街上閒逛，本地人，一肚子典故，跟娜歐蜜很談得來。我甚至想到安排娜歐蜜逃回到紐約，卻被一個私家偵探逮著了，回程的路上，兩個人要如何糾纏來推動劇情。她在紐約的好友，三不五時來封信，也可以提供類似《大氣精靈》中日記的功能。

　　考慮再三，最後放棄了第一人稱的寫作觀點，我因此更善於交錯運用多重觀點、營造某些特定的場景以及如何利用不同角色的眼光，交織出更複雜的人物肌理。

　　我必須要承認，我絕大部分的小說，都是採用第三人稱。但我並不會就此認定某種小說一定要採用某種觀點，也不認為作者必須跟隨潮流，討出版社歡心。我是透過一步步的思考，找出有根有據的理由，最後才決定在這篇小說中，使用第三人稱。

　　我想，在這篇專欄裡，告訴讀者做這種「文學決定」，要評估哪些因素；在塑造角色與安排情節時，又該怎麼思考，或許是一件很有趣的事情。我認為波隆尼厄說得一點都沒錯，他那句「切勿自欺」，是所有

作家都應該奉行的第一法則。為了要真實面對自己的想法，每個作家都要拿定一連串的主意，可以靠靈感，也可以根據我剛剛的描述，逐一思考解決。

不好意思，言盡於此，好嗎？拿定所有的主意之後，我要坐下來，寫我手上的玩意兒了。

4
小說手法

　　剛進這個荒謬行業的時候，我只寫短篇小說。在我賣出第一篇犯罪小說之後的一年裡，我幾乎把所有時間都投在短篇小說上。每篇兩千字上下，我用一字一美分、兩美分的價碼到處兜售，有好些沒賣出去。

　　如是一年，我終於鼓起勇氣，提筆寫一本長篇小說。我大概花了兩三個禮拜就寫完了，第一家見到這篇小說的出版商當場買了下來，不但讓我信心大增，意氣風發，更給了我兩千塊訂金。這麼點小成績當然沒法讓我發大財、暴享大名，但我那時還只是十九歲的小毛頭，一個文壇上沒沒無聞的菜鳥，如果我真的名利雙收，想來多半難逃「少年得志大不幸」的沉淪下場。

　　我之所以不厭其煩的把這段經歷再交代一遍，是因為這幾乎是新進作家必經的歷程。我們從短篇小說入門，是因為它看起來像是理想的突破點。短篇小說精簡、容易控制，每個人都掌握得了。它短——所以它才叫「短」篇小說嘛——不必耗上一年零一天，才能寫一篇。寫一本長篇小說的時間，說不定可以寫上十來篇短篇小說，學到不少經驗。

　　這種說法聽起來很有道理，但卻忽略了幾個基本的事實。其中最重要的是：短篇小說比長篇小說難賣得多。二十年前，我剛吃這行飯的時候，短篇小說的市場就已經有限了；如今，更是萎縮到看都看不見了。越來越少的雜誌願意刊登短篇小說，卻有越來越多的飽富潛力的作家，投出一篇又一篇的短篇小說。

　　從經濟學的角度來看短篇小說的市場，再往好處說，也只能用「不樂觀」來形容。《希區考克》與《艾勒里·昆恩》還是二十年前的稿

費，一字一分。懺悔錄式的告白雜誌，稿費還更少，對投來的稿件，也不像以前那麼有興趣。每一年，總有好幾家頂尖的雜誌：(a)退出市場、(b)收掉短篇小說專欄或是(c)僅向名家邀稿，不再接受自發性投稿。

我倒不是逼大家不要寫短篇小說。就拿我來說，我在創作短篇小說的時候，很能自得其樂，所以，這些年來才會不斷有短篇問世。我只是想告訴你們，練習寫作，長篇小說是個更合適的起點。

請等一等。我如脫韁野馬般的想像，看到好多的讀者，手舉得老高。有問題就問吧，看看我能不能回答。

寫長篇小說不是比寫短篇小說難得多？

誰說的？長篇小說並不難寫，它只是比較長而已。

這個答案很簡單，道理卻很真切。許多剛剛提筆的作家，一想到小說的長度，就想打退堂鼓。寫過好些小說的老手，有時也很難面對長篇小說的長度。我是擱下我正在寫的一本長篇小說，來寫這一章的。這篇小說是以第二次世界大戰為背景，看來最終會寫個五、六百頁。我的推理小說通常在兩百多頁停筆，想到這本書規模如此龐大，我也很難起筆，總覺得漫無邊際，腦袋空空，沒個著落。

最重要的是你要調整你的態度。寫一部長篇小說，你得心裡有數：故事的來龍去脈，一時之間可能搞不清楚，也別妄想坐在打字機前面，畢其功於一役。寫作過程可能盤據你的生活，長達數星期或是數月——甚至數年——之久。說起來沒邊沒際，但實際做來倒也不難：你每天只要坐在打字機前面一陣子——就當是上班就對了。但是，你在寫小說，不管是短篇還是長篇三部曲，都得這麼幹。如果你每天可以寫三頁、六頁，或是十頁的分量，累積一段時間下來，也頗為可觀的了——不管你寫的是哪種類型的作品都一樣。

我想要寫長篇小說，但不知從哪裡寫起。

也許第一頁就是好地方。

我告訴你一個秘密——沒人知道長篇小說該怎麼起頭。寫小說沒一定的規矩，每本小說都有自己的寫法。

有的時候，大綱幫得上忙。我就經常會把大綱列出來，儘管我對這種寫法，愛憎參半。當然，你成竹在胸，知道情節往哪走，會比較放心些，至少不用擔心寫著寫著，把自己逼到無以爲繼的死角。

從另外一個角度來看，大綱非但沒法涵蓋小說的每個環節，甚至還阻礙小說情節的有機發展。突然冒出來的角色與事件，會讓你的小說方向逆轉、完全變形。如果你死守大綱，情節不可能隨意舒展成長，一路行來，照本宣科，沒有意外，但也沒有驚喜，像是一組編好號碼的畫布。有必要的時候，你當然可以修改大綱，但是，這事說起來容易，做到卻很難。

就算不打大綱，你總得知道小說該往哪裡走吧？

也不見得。我就知道好幾個作家，把稿紙捲進打字機裡，噼哩啪啦的就打出好幾本小說出來。

我的朋友唐‧魏斯雷克（Don Westlake）就是一個好例子。幾年前，他曾經給我看過一本小說的第一章：一個脾氣很壞的傢伙，叫做派克，走在喬治華盛頓橋上，一個摩托車騎士，問他要不要搭便車，卻招來他的一頓痛罵。唐在寫這一章的時候，也只知道眼前的這些事情。但是，隨著小說逐漸成形，每個角色也找到了自己的生命力。自此之後，唐用李查‧史塔克（Richard Stark）的筆名，給派克寫了十六本的系列小說。

這是一種很有威力的小說寫作方式——敘事推力法（Narrative Push），換句話說，你並不需要依循什麼公式。我記得希爾德‧史得俊（Theodore Sturgeon）說過這麼一段話：如果作者不知道接下來會發生什麼事情，讀者自然也不會知道。

至於我呢，我比較喜歡的寫法是：只要能把開場盤算好，就開始動筆，永遠只多知道一點後續的情節。這些年來，我寫了好幾本小說，寫

到七十頁的時候，就再也寫不下去了，七十一頁，始終可望而不可及，怎麼想也想不出來，在這一頁該發生什麼事情。但我真的不需要全知全能，我只想知道這本書要去哪裡，朝哪個方向，我並不需要一張詳細的地圖。

假設我花了一整年，寫了一個長篇，結果賣不出去。我何必浪費那麼多時間呢？——寫短篇小說不是比較安全些嗎？

是嗎？假設你寫一個長篇故事的時間，你可以寫完十二或是二十個短篇小說好了。難道你就因此覺得這批短篇小說比較好賣嗎？為什麼寫一大堆賣不出去的短篇小說不是浪費時間，寫一個長篇就是浪費時間呢？

我想讓絕大多數人望長篇小說而卻步的理由，很簡單——恐懼。恐懼我們會放棄，故事半途而廢。或許，我們更怕的是：寫了半天，最後卻寫出一大堆賣不出去的廢話。儘管這些擔憂也不能說是無的放矢，但就我看來，也未必有什麼道理。

第一本小說賣不出去又怎樣？老天爺啊，絕大多數的小說都賣不出去啊！有什麼理由它們都賣得出去呢？不管哪個行業，我都沒有聽說過只要努力，就必定能換回等量的專業成就。請問，作家憑什麼覺得自己的作品，非得馬上賣出去不可呢？

寫小說本身，就是一個絕佳的學習機會——強化你處理長篇的能力、讓你有機會嘗試挫折、修正錯誤，最後找到自己的出路。寫一本賣不出去的小說，不能說是失敗，而是一種投資。

幾年前，我讀過賈斯汀·史考特（Justin Scott）第一部小說草稿。不管從哪個角度看，都覺得彆扭，絕無出版機會。但是，這個長篇對他來說，是一個極好的寫作練習。他的第二本小說——不出所料，還是沒賣出去——品質卻是好得多。在我寫這篇專欄的時候，他的小說《轉捩》（*The Turning*）已經是某連鎖書店的熱門排行榜，即將出版的《船隻殺手》（*The Ship-killer*）更可望擠進暢銷書名單。你真覺得賈斯汀會因為

他「浪費」時間，去寫長篇小說，而覺得懊惱嗎？

我是想要寫長篇啦──但是，我好像沒有足夠的點子。

如果你自認點子不多，那麼你最好寫長篇，不要嘗試短篇。

這論調有點怪喔？你可能覺得長篇小說，頁數那麼多，勢必要發展出更複雜的背景，所以會消耗更多的點子。但通常不是這樣。

短篇小說可能用的是老題材，但是在想法上、觀點上一定得推陳出新。一般來說，短篇小說不只是把一個想法細細琢磨、粹煉成一個小品就算了，它還需要一點別的什麼。

我喜歡寫短篇──我從短篇小說寫作中取得的樂趣，遠遠超過經營一個長篇，唯一遺憾的是報酬少了點。只是每個短篇小說，都得要有一個很強的點子，而且要在數千字之內，把它發揮到淋漓盡致。我寫十本長篇小說，消耗的想法，說真的，還不如幾個短篇，而且思考的深度還更淺些。沒錯，長篇小說需要情節跟角色，但是只要你提筆寫去，這些元素會自然而然的跟著動起來。

艾德・霍克（Ed Hoch）多年來只寫短篇小說──在小說界，他可能是唯一的特例──他之所以游刃有餘，是因為他有用不完的點子。他就是有本事逮住瞬時消逝的靈感，轉化成為一個又一個動人的短篇故事，帶給他自己無與倫比的滿足。有時我還真嫉妒他，但我有自知之明：我不可能跟他一樣，每個月都能冒出五六個短篇小說的點子。所以，我決定偷點懶，多寫些長篇。

嗯……時間差不多了，我看到好些人還舉著手。先深吸口氣，我們下章再談。

5

小說之「長」

在接下來的這一章裡，我們要研究一下寫長篇小說的好處，看能不能把大家的眼光，從短篇小說的局限上帶開。我們已經知道長篇小說比較好賣，帶給作者的利益也比較大，對一些剛入行的新進來說，更能獲得想像不到的豐富經驗。現在讓我舉幾個你在考慮創作長篇小說，可能會浮現的問題。

想到要創作長篇小說，就覺得怕怕的，我自認我的創作風格並不順暢。寫長篇小說，在技巧上不是應該要更加洗練嗎？

我倒不以為。有的時候，情況完全相反——長篇小說反而可以容納比較多粗糙的地方，相同的小瑕疵，卻可能會徹底毀掉一篇短篇小說。

先不提別的，長篇小說至少提供你較多的空間，讓你的角色、故事主軸，得以從容呈現。如果篇幅不是斤斤計較的目標，那麼文字略微鬆散，對於長篇小說家來說，還不算是什麼致命傷，他大可把全副心思用在布局，吸住讀者注意力，讓他們急迫的想要知道接下來會發生什麼事情。

在暢銷書排行榜上，多的是技巧不見雕琢的生澀之作。在這裡我不好標出姓名，但是，我隨時可以舉出十來本小說，得搬出水磨的耐心，才能把第一章讀完。作者的手法，我一眼就可以看穿了——寫作，並不會改變我作為一個讀者的認知——對白機械呆板、情節轉折突兀、人物描述含糊。但是，在讀到二三十頁的時候，我會慢慢的放大視野，見林不見樹——換句話說，故事情節吸住了我，我不再注意他在寫作技法上

出了什麼問題。

在短篇小說中，情節卻沒有這種暖場的空間。

或許，短篇小說重技巧，長篇小說要看布局，對作家的技藝來說，這兩門功夫一樣重要。很明顯的，最好的長篇小說少不得技巧的烘托，精采的短篇當然也有布局上的巧思，讓讀者有非看完不可的壓力。但是，我總不能因為技巧還沒爐火純青，就放棄長篇小說的創作吧？

好啦，下一個問題。在後面的那位，你是不是有問題？我看到你舉手，又放下，好幾回了。

因為我不大確定。我自認有一個長篇小說的好題材，但我就是沒法開始寫作。就我看來，寫一篇永遠也收不了尾的小說，實在沒什麼意義。

我知道這種感覺。我還記得我第一次創作長篇時的情景。我一坐下來，就知道草稿起碼五百頁。整整寫了一天，成果共計十四頁，我從打字機前面站起來說：「好啦，還剩四百八十六頁。」──話一講完，頓時緊張起來，只覺得長路漫漫，沒個盡頭。

請記住：再長的小說，也有寫完的一天。那句老掉牙的俗諺──千里之行，始於足下，在這裡，依舊派得上用場，慢不打緊，只要持之以恆，就能贏得這場賽跑。

試想：你每天寫一頁，一年下來，成績也很可觀了。如今的作家，一年能寫上一本小說，年復一年，就稱得上是多產作家了。就算是今天倒楣到了極點，難道你真的認為，連一頁，薄薄的一頁，你都寫不出來嗎？

也許不完全是長度的問題。如果，我寫的是短篇小說，在打字機前面坐下來，我對整個故事，來龍去脈，如何著手，已經了然於胸，我只消把它寫出來就成了。但是，寫一個長篇，我就未必能掌握得那麼好。

當然是這樣。沒人有那種本事。

有幾種方法你可以考慮一下。一種是從大綱開始，慢慢的添枝加葉，把細節逐一描繪清楚，讓角色有血有肉，最後完成一本小說。你可以把每一章裡的每一個場景，都盤算清楚，再下筆寫作。用這種方法的作家常說，這樣一來，寫作如同春風輕拂。雖然我覺得這種寫法把創意的活動，搞得有點像是機械生產，但這絕不是說這種寫法對你沒有半點幫助。

還有另外一種可能性。你可能已經發現：短篇小說比較容易控制的說法，多半只是假象。你有的只是信心——因為你認為在你下筆寫短篇小說之前，所有的元素都已經各就各位了。

如果你跟我一樣，那就在打字機前面，等著大驚奇出現吧。角色會自己找到自己的生命，自己講他想要講的對話。原先你認為最關鍵的場景，寫到後來，很可能純屬多餘；原本你沒想到的情節，卻是生龍活虎，欲罷不能。故事寫到一半，你的腦海經常會浮現一個方法，會把原先設定的場景，整個翻修一遍。

在長篇小說創作中，這種情況更常發生。不打緊。小說本來就是一個有機體，它是活的，有自己成長的方向。

我把我正在寫的小說，當個例子，拿出來解釋一下，或許對你有點幫助。這是一本情節很複雜的推理小說，場景設定在二次世界大戰，大概寫到一半的時候，我就已經發現，單單寫一天內發生的事情，篇幅就差不多了。

不管我怎麼努力把小說的情節想得通透些，還是會有無窮無盡的恐懼，迎面襲來，讓我幾近癱瘓。我會覺得不可能，這麼囉唆、複雜的作品，不可能完成。但每天早晨起來，我都能坐在打字機前面，專心完成當天的進度，我因此知道這本小說有譜了——果然，故事就這麼有鼻子有眼的生出來了。

總有那麼一天、那麼個時候——我就是這麼熬出來的。如果你能了解，你每天只把眼前的一小塊做完，那麼整本小說反而會變得比較好處理。

我一直不敢嘗試寫長篇小說，也許是因為我怕寫不完。

也許吧。也許你寫不完。也沒有哪條法令規定你非寫完不可。

請你了解，我絕對不是鼓吹半途而廢的失敗主義。我寫小說，也是經常寫到一半，就把未完稿一扔。想到這點，我還是覺得很可惜。如果這本小說真的行不通，或是你真的不適合寫長篇，你當然擁有絕對的權力，半途而廢。我們經常騙自己，寫作是我們的神聖使命，但是，請你記住以下這點，比較有益健康：我們這個可憐的古老星球，什麼都缺，就是不缺一本新書。想提筆寫些什麼，那是你的興趣，如果那麼痛苦，你大可換個跑道。

你知道嗎？我們每個人都困在那種非完成不可的執著裡。有始有終，當然是應該堅守的目標，但是，在創作中，卻無須刻意強調這一點。

我自己也是這樣。當作家，是因為我自認喜歡文學創作的過程，但這種純粹的興趣，很快就會變質成為一種想要完成草稿，看著它付梓的衝動與慾望。

如果我們能更投入創作的過程，少些對成果的假設與推定，寫作就比較容易成為快樂的泉源，不至於讓你惶惶不可終日。作家在打字機前面，孜孜不倦的工作一整天，享受的是創意的縱橫恣肆，最好不要把它當作是推向出版的一個手段，死趕活趕，跟狂抽一匹瘦馬，逼著牠跑向終點，其實沒有什麼兩樣。

所以，你要改變你的態度。如果你找到超脫的方法，請你跟我分享你的成功經驗——我自己至今還看不透這個業障，老是惦記著寫完之後能怎樣怎樣，反而忘卻了下筆的愉悅。

你讓我更相信我應該馬上坐下來，開始寫長篇小說。寫短篇小說沒什麼價值，是吧？

誰說沒價值來著？

　　我的確比較強調長篇小說的商業價值。厚一點的小說，看起來比較有分量，通常也賣得比較好。我也不否認，如果你的鄰居知道你在寫長篇小說，他們比較尊敬你。（如果這是你主要的目的，你什麼也不用寫，直接告訴他們，你正在寫一篇震古鑠今的大部頭也就成了。扯點小謊。別擔心——他們絕對不會向你索取草稿，先睹為快的。）

　　如果你能考慮到本質的問題，長度，這種表象，通常不會是真正的問題。你可能聽說過有些作家會寫一封很長的信，去跟編輯道歉解釋，他沒有時間把小說寫得短一點。你也可能讀過福納克的評論：短篇小說家是失敗的詩人，長篇小說家又都是不成功的短篇小說家。

　　你又把我弄糊塗了。也許我該寫長篇小說，可是看起來我繼續寫我的短篇小說，好像也很有價值。不過，有件事情我倒是想明白了，空談無益，我現在就要直奔我的打字機，一屁股坐下，動手寫作。

　　恭喜。但我希望你動手之前，花點時間讀第十五章，篇名叫做「創意拖延法」。

6
週日作家

　　兩個星期前，一個朋友很客氣的向我致意，說我最近的一篇專欄寫得很有點意思。正當我徜徉在喜悅的光輝時，他又說了：「但我有個問題，不知道會不會冒犯你？你寫這些專欄有沒有一點藉機漁利的味道？」

　　我說，願聞其詳。

　　「寫這個專欄是你的工作，」他說，「但你心裡恐怕很清楚吧，絕大部分的讀者，不可能寫出什麼可以印出來的東西。可是，你每個月依舊告訴他們怎麼鍛鍊寫作技巧，這麼一來，不是等於鼓勵他們做傻事嗎？」

　　我還真有點老羞成怒。他的質疑也是我捫心自問的困惑。我曾經拒絕在某個成人教育計畫中，開設小說創作的課程，就是因爲我答不出他的問題。我跟我朋友分手之後，我把這層難處又想了一次，找到了新的答案——我因此非常感激他的坦率。

　　首先，他讓我了解一件事情，我們寫作，或多或少都希望作品有付梓的一天。乍看之下，或許會讓那些作品無緣上市的作家，覺得有些難堪，但等你觀察其他不同類別的創意努力，你可能會有不同的看法。

　　在我認識的作家裡，沒有一個不想出書的。可是，請看看那些「週日畫家」，放假，就在自己的油布上塗塗抹抹，享受純屬個人的創作感受。好些演員，除了業餘的劇院表演之外，也沒看他上過什麼大銀幕；學鋼琴的人，多半不曾想要進卡內基廳舉行規模空前的首演；但他們還是樂此不疲。這世上拍照片的，總有個幾百萬吧，也沒見到幾個想出作

品集的。更多人的人做首飾、玩雜耍、織披肩，有門手藝，沒賺到錢，還不是開開心心的？

我認識好些「週日畫家」，家族裡面就有幾個，頗有不俗的佳作，隨手畫畫，無限滿足，頂多就是在小地方舉行個個展，博得一點點的小名氣。他們不賣畫，也不打算賣畫，也從沒見到他們覺得有什麼落魄失意。

這些畫家很幸運——他們無須在市場上證明自己，博取成就感。畫畫完了，頂多就是送給朋友，或是掛在自己的牆上。他們的成就或許讓人振奮，或許讓人沮喪，要看他給自己設定了怎樣的藝術目標。但是，擱下畫筆，這幅畫成功與否，卻跟它賣出了沒有，毫無關係。

那，為什麼不能有「週日作家」？我們為什麼不能把寫作當成嗜好，自得其樂？

總是有原因吧。最重要的應該是：寫作的首要之務就是流傳。寫小說沒人看，那又何必寫？一本沒出版的小說，總覺得是未竟全功，跟對著空盪盪的觀眾席，演一齣戲有什麼兩樣？

當然沒有人把草稿掛在牆上欣賞。有的人會把創作拿給朋友看——私底下印一些。但是印費貴不說，而且總是甩不脫一層陰影：如果這作品真的那麼好，那何必要我們自己花錢去印？如果它通不過出版的專業考慮，何不束之高閣？

詩人就有這種優勢。賣詩為生，簡直是天方夜譚，這就是他們的自由。每個詩人手頭好像都不寬裕，失敗就失敗，無傷大雅。只有一小撮技巧超群的詩人，有機會出版詩集，但稿費也少得可憐。因此，詩人的作品，經常在小圈子裡面流傳，頂多是花點錢，自己印一些，供同好欣賞；可是小說家做同樣的事情，大概就抬不起頭來了。所有的詩人，在本質上，都是業餘的創作者，專不專業，自然無須計較。隨便撿個鄰居問問，即便是最有名的詩人、最暢銷的詩作，他們也未必聽說過。偶爾有八卦消息說，哪本小說賣掉了電影版權，狠撈了一票，同樣的好事，應該不會發生在十四行詩集上。詩，跟美德一樣，本身就是回報。

沒刊印的小說，又有什麼回報？

在我可以理解的範圍裡，回報並不是創作時，那種純然的喜悅。

因為寫作不見得那麼有趣。

我自己也經常思考，這到底是怎麼一回事？同樣的道理，跟其他的創作型態比較一下，或許會有些助益。根據我的觀察，畫家，職業的也好，業餘的也罷，都是發自內心的喜歡畫畫。他們就是喜歡那種在油布上揮灑的感覺。有的時候，他們鬱悶難安，有的時候他們挫折沮喪，但只要一拿起畫筆，那就是純粹的享受。

音樂家好像也是這樣。他們只有在表演的時候，才會覺得自己活了起來。我認識的爵士演奏家，會花一個下午的時間練習音階，夜幕低垂，挑個深夜營業的酒吧，整夜的即興演奏，直到東方之既白，一毛錢也不拿。

作家完全相反。我認識的作家，每個人都會混到不能再混，這才心不甘、情不願的回到自己的房間，面對那部打字機。每天都得強迫自己打出好幾頁草稿的作家，不可能從這種動作中，得到什麼快樂。我們只是知道，如果我們不寫作，感覺會更差。換句話說，驅策我們前進的，並不是胡蘿蔔，而是棍子。

我並不是說寫作得不到正面的樂趣。我就很喜歡靈機一動的喜悅──不管是信手拾得的故事片段，還是把想法拓展成為小說，都會讓我開心半天。我也很喜歡擱筆的剎那，特別是絞盡腦汁、卸下千鈞重擔的滿足感。

特別是後面的那種愉快，仔細想想，好像有點負面，是吧？如果我的喜悅是來自於作品終於完成了，等於是說，我是因為不用再做了、不用邊罵邊寫了，所以才這麼開心。

寫作之前，感覺很好；寫完之後，通體舒暢。在寫作的同時，怎麼就沒有什麼值得高興的地方？

我想，有個事實可能會讓正在寫作的作家開心不起來──寫作真的很辛苦。畫家跟音樂家當然也苦，但那不一樣。你在寫作的時候，沒法

放鬆、不能隨波逐流——至少我沒辦法，如果誰有訣竅，我很樂意虛心學習。寫作需要全神貫注，所有的精氣神全部得集中當下。我沒法讓我的心思亂晃，只要一個閃神，我就寫不下去了。那種窘境經常讓我想殺人。

畫家畫不好了，還是可以畫下去，頂多就是把它遮起來。音樂家狀況不好，音符飄走了，他一下也就忘了。

但只要我心不在焉，我寫出來的垃圾，就會躺在紙上，橫眉豎眼，指著我的鼻子。如果真這麼印出來了，給全世界都看到了，我一輩子翻不得身。

還是有些作家，很能享受寫作時的快樂。伊薩克・艾西莫夫（Isaac Asimov）就是喜歡寫作時的一分一秒，應該也有別人得到類似的祝福。每個人都會有文思泉湧的暢快片刻，你好像連上了宇宙心靈，下筆難以自休，不費半點力氣，筆下的故事，比你腦裡的苦思，不知道高明多少倍。這種好事不會經常發生，但，靈感一旦來了，絕對是無與倫比的美妙經驗。

有的時候，我真覺得「週日作家」，比我們這些靠爬格子吃飯的人強。如果有朝一日，他放棄業餘的身分，改向職業作家的道路前進，純然的愉悅，可能嘎然而止。每一個步兵的背囊裡，都有一支法國總司令的指揮杖嗎？同樣的道理，不過寫點東西，又何必逼自己非寫出點名堂來？我真不認為每個「週日作家」，看著自己的打字稿，就應該覺得它一定要成為暢銷書不可。

也許道理就是這樣吧。我們放得下把作品印成書的慾望，說不定在打字機前面，就沒那麼痛苦了。

我當然希望「週日作家」不要弄得跟職業作家一樣，把能不能出書當作是成敗的標準。如果你從寫作中得到滿足、如果透過練習能增加你的能力、如果你能在紙上留下你的特殊的感覺與認知。那，你大可認定：你，成功了。至於作品能不能出版、有沒有一大筆錢進到你的口袋，恐怕是，也應該被當成是，偶然吧。

　　每個月寫篇專欄，不會讓我有什麼罪惡感。沒錯，我絕大多數的讀者，都不能出書，但是，那又怎樣呢？也許，讀了我的專欄，你能寫得更好一點呢？

　　「你不是等於鼓勵他們做傻事嗎？」

　　我真的是嗎？這句話隱藏的意義是：寫了半天又沒有辦法出版，是一件傻事。問題是：這個假設成立嗎？講到傻事，我倒想起威廉・布萊克（William Blake）講過的一句話──「傻瓜堅持做他的傻事，就會變得聰明。」

　　我不知道「週日作家」堅持他的創作，會不會引他走向智慧之路，或是熬到出版的那一天。但，堅持一定會帶給他無上的滿足，而我認為，這是很大的回報。

7

「親愛的喬」

親愛的喬：

如今，我相信你在大學裡，已經安頓妥當了。我最近跟你老爸聊了一下，他在言談之間，甚是得意，對你拿到獎學金這事兒，講了幾句外人很能體諒的吹噓之詞，同時，我也想在這裡順便向你道喜。

他提到你正在考慮當作家。講到這裡，我就不知道該致賀，還是致哀了。或者，我應該趁機說幾句逆耳忠言。

第一個在我腦海浮現的問題是：一個未來的作家，要上大學嗎？我唸書的時候，想也沒想，一頭撞進英國文學系，既然我想寫點什麼，那麼，最適合的去路，當然是搞清楚別人在這個領域裡，做過哪些事情。

我用不著在這邊假惺惺的抱怨，這種制式的教育對我的天才是怎樣的扼殺，但我也想不出受這種教育，給了我什麼好處。作家一定是讀者，這點沒什麼好爭議的。我這批靠寫作過活的朋友，幾乎個個是書迷，但是研究文學跟閱讀畢竟是兩碼事。在一般的學院裡，課程多半是幫未來的文學老師做準備。這當然也挺好的，教書與寫作並沒什麼互斥的地方。好些不大夠格，又不想靠自由投稿過日子的人，會覺得教書是個挺安穩的行當。

建議你不要主修英文的理由之一是：這科系可能強迫你去唸一些你根本沒興趣的科目。唸大學最重要的就是追求你的利益，不要管你做的事情最後會變成什麼模樣，也不要管那些事情好像跟寫作生涯有很大的差距。坦白說，你唸什麼其實沒什麼差別——只要你想唸就成了。人文、硬科學、歷史、植物學、哲學、微積分。你現在是學生，將來是作

家，只要能夠攪動你的思維，在當下，就是最好的選擇。

從「追求最好的利益」出發，我們可以推出一個邏輯：在學校裡，哪個教授最能衝擊你的想法，就是最好的老師。想盡辦法，至少要上到他們的一堂課，別管他們在教什麼。課堂上過分專業的知識、必讀教材的內容，畢業之後，頂多在你心頭晃盪一陣子，也就不見了。但是那種與特異心靈的智性衝撞與交流，卻會跟你一輩子。

沒有人可以教你寫作，在教室裡沒有，在別的地方也不會有。但是上寫作課也並不等於浪費時間。

相反的，它提供了時間這種資源──這就是上寫作課最主要的功能。你因此有很多時間，坐在打字機前面，進行你的文學創作實驗，最後還給你學分。喜歡創作的你，可能要從別的課程裡偷時間來寫作。選了寫作課，老師就會要求你花一定的時間在寫作上，這種壓力很有用，作業一大堆、要求很嚴格的課程，常常會讓你有最豐碩的成果。

大多數的寫作課程會要求你交一篇習作，由老師或是你自己大聲唸出來，交給每個小組進行批評。有機會的話，我真希望這種教法能改善一下。小說中的句子，有時感情、深度是唸不出來的，跟印在紙上的效果，更是不可同日而語。即便有這些遺憾，寫作課對你來說，還是很珍貴。你不但可以聽聽別人的建議，也有很好的機會，觀察同學寫作上的弱點。

這的確非常關鍵。從閱讀中學寫作，最好、最簡單的方法，就是逼自己去讀一大堆生手的拙劣習作。把它們的缺點找出來，要比你琢磨那種玲瓏剔透、渾然天成、無跡可循的傑作，要有用得多。我曾經在一家文學經紀公司上班，每天被迫去看一大堆不請自來的稿件，但在那幾個月裡，卻是我寫作技巧突飛猛進的階段。每天，我從成山的文字煉獄中掙脫出來，晚上回家寫作，我就知道該避開哪些錯誤。

多多體會同學灌注在習作中的心思。每一頁的情節鋪陳、角色對話，要看仔細，傾聽作者的心聲，就是最好的教材。接受別人的批評，管它是老師的指導，還是同學的胡亂嘲笑，聽著就是了，就像是在茱裡

倒一堆醬油一樣。聽得不順耳的話，笑笑就算了，未來，這門修養還要協助你面對編輯與出版商的冷言冷語呢。

我不知道你有沒有選修寫作課，但我希望你在大學中，能盡量抽空寫作。至於你到底該寫多少，這個嘛，當然由你決定。

不管校內校外，每個想當作家的人，都來自不同的環境，也在追求不同的目標。有的人覺得他有獨特的觀點與省思，要在小說中，呈現出來。也有的人最重要與最終的目的，是當一個知名作家，寫作，只是他們追逐名利的工具。

如果你是第一種人。那麼我能給你最好的建議是──不要聽別人的建議，就連我的話也一樣。光憑直覺，你可能就知道：你想要做什麼，你就是什麼。那麼，去做吧，踩著你的節奏，鎖定你的目標，盡可能的從容、舒緩的展開你的筆觸，尋找對你來說最合適、最自然的題材與表現形式。

商業上的考量，能少，就盡量的少。在大學時的作品，絕少，無論在商業或是藝術上，絕少會取得什麼成就。也許你是一個令人驚喜的意外，但是，你在未來的四年，單靠一部打字機就名利雙收的機會，真的是微乎其微。這是一件好事，意味著：你可以完全甩脫商業的羈絆與世故的算計，至少目前你還可以隨心所欲。

也許你主要的興趣，是想滿足市場的需求。也許你只想成為一個暢銷作家，一個職業的文字匠。即便如此，你也不必妄自菲薄。你的作品未必毫無藝術價值，頂多就是你的出發點不一樣而已。

我在你這個年齡的時候──你大概沒法想像我多討厭聽到這種論調──我唯一的目的就是讓我的作品印出來、在支票上看到我的名字。在我確認寫作是我唯一想做的事情之後，我迫不及待的往前衝，要當一個名符其實的作家。

如果你跟我一樣狂熱，也許有些建議就沒那麼荒謬了。首先，盡可能的寫。寫得越勤快，你就會越快養成發展構想、化思考為作品的習慣。

　　研究市場。即便你的作品以市場為導向，你作家的這塊招牌，也不會因此顯得廉價。你不該隨波逐流，揭露隱私的懺悔錄、青少年犯罪小說，市場流行什麼，你就寫什麼。你應該廣泛閱讀各種小說雜誌，直到你發現某種類型你寫起來很享受、很自豪為止。如果你讀某種類型覺得索然無味、當上某種類型小說作家，又讓你無地自容，試問，你有可能寫得好嗎？

　　要有行家風範。打字行文之際，要學習並維持某種寫作的格式。不斷投稿。一寫完，就寄出去，百折不撓。在我唸大學的頭兩年，一點也不誇張，我收到的退稿信，可以貼滿一面牆。除此之外，我根本沒法證明我是作家——即便是一個不怎麼成功的作家。這麼一路走來，我也習慣了拒絕。但就有這麼神奇的一天，一個編輯要我修改我的故事，隨後買了下來，所有的辛苦好像就此有了回報。我突然搖身一變，成了專業作家。

　　絕大部分的學校都提供各式各樣有關文學或新聞的活動——大學報、文學雜誌。對寫作有興趣的學生，通常會參加這種社團，並且獲得很好的回饋。但話要說回來，你選擇這些活動得是發自內心的喜歡才行。參加課外活動的標準，跟選課的態度一樣，都要能滿足你真正的興趣。

　　我在當大學報編輯的時候，得到了好些珍貴的教訓。我懂得如何在有限的篇幅裡，把話講清楚、如何在截稿壓力下，交出作品，還讓我跟自己保證：畢業之後絕不幹記者。但是，對我來說，最重要的課外活動收穫，其實是交朋友。我上的大學跟你選的學校沒什麼兩樣，都是強調創作的文理學院，學生各具特色，老師古怪得可愛。跟這些怪人打交道，促進的個人成長與知識擴展，比課堂上學來的所有學問加總起來，還要有用。我認識的作家，大概都少不了這一段經驗——那些不寫作的人，想來也一樣吧，儘管影響深淺有別。

　　既然寫作是你的最終目標，你或許會希望在畢業之後，可以靠寫作賺錢養家。你可能會想，也可能有人會建議你：你最好培養某種專長，

先幹點什麼實際的，才有閒工夫慢慢的朝寫作之路發展。

　　不要浪費你的時間。在大學畢業之後，你可能會換好幾個工作。還沒成爲職業作家呢，就先盤算要幹哪些混飯吃的事情，等於是準備迎接失敗。現在的時間請用來成長、學習、寫作、享受。明天的事情，明天再來傷腦筋。

　　好好玩啊，喬。我也不敢奢望你會相信我這一套，但是，總有一天，你會懷念大學四年這段美好的舊日時光。盡情享受吧——同時感謝你提供我本月專欄的主題。

愛你的，

賴瑞

8

作家閱讀法

　　有次，我應邀回安提阿學院帶一堂寫作課，見到久違的老友諾蘭・米勒（Nolan Miller）。我曾經在他的寫作工作室，開始小說創作的初步嘗試，那當然還是小羅斯福（Theodore Roosevelt）率領騎兵隊攻佔聖胡安山（San Juan Hill）那年頭的事（譯註：卜洛克講的是一八九八年爆發的美西戰爭）。

　　我們談起學生，過去的，現在的。「他們都想知道他們有沒有天賦。」諾蘭說，「天賦可沒法保證成功。如果不能用紀律去發展他的天賦，再才華洋溢也沒有用。雖然如此，每個人還是想知道他到底有沒有天賦。我總跟他們說，他們不缺天賦。」

　　「為什麼呢？」我懷疑。

　　「很簡單，我根本沒法分辨。有的時候，我看得出誰下筆很有點天賦，但是，沒天賦的人，我可就眼拙了。我不知道誰沒有成長、發展跟改進的能力。更何況，」他補充說，「要他們試著寫點東西，也不是什麼壞事。就算一事無成，至少在讀書的時候，讀得出一點門道來。」

　　好幾年前，我聽說過一個小提琴家的故事，可能是編的吧，我在第十二章「天賦的力有未逮」，再詳細說這個故事。諾蘭的說法溫柔敦厚，使得我格外的欣賞。

　　我們在寫作上面下的功夫越深，是不是代表著我們越能體會閱讀的精髓呢？看起來這是比較合理的假設。如果自己身體力行，熟知實務的各種竅門，見到出自他人之手的相同作品，自然會有較為細膩深刻的體悟。我那些搞音樂的朋友，聽音樂不一定是我這種聽法。而我媽媽，在

藝廊裡看畫作，也一定比我有更全面的理解，畢竟她自己作畫，有好些年頭的歷史了。

這些原則在藝文界之外，當然也適用。運動轉播的時候，經常找些老運動員來講評，當然不只是借重他們的名氣。自己親身玩過，當然講起來頭頭是道，比起你我來，不可同日而語。

講到閱讀，我覺得絕大多數人，都有個不錯的開始。我的作家朋友，個個悠遊在印刷品世界裡，閱讀成癖，而且畢生如此，不知老之將至。唐・魏斯雷克有次承認：萬一家裡什麼東西都被他讀完了，他甚至會去研究伍斯特醬（Worcestershire sauce）瓶子上的成分說明。這些年來，我曾經碰過一兩個對閱讀不怎麼有興趣的作家，但是極為罕見，幾乎可以列入瀕臨絕種的動物名單裡面。

我患了這輩子難以治療的閱讀飢渴症。在大學時代，讀起書來，我有點像是青魚在海裡，撞上了一群鯡魚，狼吞虎嚥，飢不擇食，伸手所及，不管撈到什麼就往嘴裡塞。我意志堅強，閱讀量激增，樂此不疲，有點像是老煙槍逐漸適應手上的新煙斗，總覺得讀到什麼，都能讓我的成長大幅向前、下筆更有韻味。即便不大喜歡我手上的書，我還是會搖搖頭，硬著頭皮把它讀完，彷彿半途而廢，是一件很不道德的事情。

可惜啊，意氣風發的時代，一去不回頭。我現在連我一半的藏書都沒讀完，有一大堆書我看了開頭兩章，就往旁邊一扔。這種轉變，我想是來自於中年的自信吧。托比・史坦（Toby Stein）的小說——《永遠》（All the Time There Is）的敘述者在過三十五歲生日之前立誓：自此以後，她絕對不要因為看了一本書的開頭，就非強迫自己把它讀完不可。誓言發得有道理，在有限的生命裡，這是很合理的時間運用。

我想，我之所以越來越會分辨寫作的好壞，應該跟我的閱讀態度改變有關。我日出而寫、日沒還寫，一復一日（請別介意這到底是什麼意思），讓我格外能夠體會其他作家寫作的技巧。只要一看開頭，我立即可以察覺到這個作家功力不足。我會處處提防、引經據典，根本沒法放下對這個故事的質疑，自然無法安然享受閱讀樂趣了。

如果我的作家之耳告訴我，書裡的這段對白矯情造作、粗笨不堪，我要如何相信講這種話的角色？如果我的作家認知，不斷的在提醒我：這段情節描述拖泥帶水，我又怎麼能渾然忘我，融入小說塑造的情境裡？

許多暢銷書，可能硬塞進大量媚俗的商業成分，編輯笑得開心，我的心頭卻可能是陣陣寒意。小說的故事可能不錯，但只要我是惦記著它的斧鑿痕跡，就沒法享受純然的閱讀樂趣。

我不是說喜歡閱讀這種類型作品的人，不該讀得如此膚淺，自得其樂。完全相反，我非常的嫉妒他們。他們在書裡，得到快樂的時光，而我，一個自詡的終生讀者，卻越來越找不到書可以讀。

幸好這種事情，也是有補償的。

一旦讓我找到好作品，我可以同時享受不同層次的閱讀樂趣。我可以放下身段，作一個肥皂劇的影迷，無可救藥、奮不顧身的投進小說的情節中。故事有趣，我會哈哈大笑；情節哀傷，我會愴然淚下。我的職業感受，雖然百無一用，在這個時候，卻會發揮加成效果，放大我的回應能力——但，這是作品寫得很好的時候。

同時，我也會睜開我的作家之眼，分析一下作品動人的原因。不管我是多麼投入主角的命運當中，我經常會允許自己冷靜一下，研究作者到底是怎麼營造出這種吸引力來的。在一本流暢的小說中，出現了坑坑疤疤的段落，我也會試著想想，是哪個地方走了調，讓天籟般的合音，出現了刺耳的雜音。

在我閱讀的某些時候，我甚至會在心裡，重新把情節組合一遍。這段對話是不是寫得太長了？刪掉某些反應，情節會不會更流暢些？這個轉折會不會太突兀了點？如果我們在這裡喊「卡」，文字會不會更精簡、感情會不會更有餘韻？

你可能覺得用這種方法讀書，等於是睜開一隻眼睛睡覺，作家的自覺阻止了讀者的投入。奇怪的是，事實並不是這樣。我經常見到音樂家坐在觀眾席上，追著每一個音符，凝神細聽，但我發現集中心思只會提

高他們享受音樂饗宴的樂趣。同樣的道理，在我琢磨出作家的寫作技巧之後，也同時強化了我對這個作品的理解。

　　這過程的另外一個面向，也不能說不重要。這些年來，我始終不曾中斷對於寫作的研究，因而發現兩個可以讓我們持續學習的地方——我的辦公室與圖書館。我在寫作中學習、在閱讀中學習。這些年來，我的寫作提升了我作為一個讀者的自覺；同樣的道理，我閱讀的著作與小說，也磨尖了我寫作的技巧。

　　只要重讀我在好些年前看過的書，我的改變幅度有多大，就一清二楚了。有時，這是非常沮喪的經驗。年輕時期視若珍藏的小說，如今讀來，完全讀不下去。這當然不是因為小說變爛了，而是現在的我，是用不同的觀點打量。我以前批判能力不強，沒法用一個作家的眼光去回顧。我翻開過去心愛的作品，都要哭出來了，那是對逝去歲月的追悼。

　　幸好這種失望，經常被出乎意料的喜悅彌補起來。有些老書，低吟再三，還是歷久彌新——道理很簡單，現在的我已經配備了作家的火眼金睛，更能體認作家筆下的奧妙。我每次重讀奧哈拉（John O'Hara）與毛姆（Somerset Maugham），都能發現他們寫作上爐火純青的技藝。幾年前，我為了如下的幾個理由重讀了他們的小說與短篇故事——第一，為了純然的閱讀樂趣；第二，跟他們創作的角色敘敘舊；第三，體會這兩個作家是如何運用他們的智慧，把生命、真理、美麗的光輝，灑在世人身上。

　　我還是會因為同樣的理由，重溫他們的作品。每多讀一次，我就有更多的心得、更能掌握他們作品高妙之處與提升作品層次的方法。在《月亮與六便士》（*The Moon and Sixpence*）中，我觀察到毛姆運用敘述者的觀點，像是指揮家手上的指揮棒一般靈巧。在我讀過五六次《北費德列克十號》（*Ten North Frederick*）之後，我還替周·查賓（Joe Chapin）的殞落感到難過，但我可以很冷靜的分析，奧哈拉是怎麼從其他人的觀點與敘事中，揭露主角的複雜性格。

　　我閱讀的速度放慢下來了。以往我讀書，總是急匆匆的，像是自律

甚嚴的競賽者。如今,我比較細吹慢打,咀嚼再三,反覆體會,這才嚥進喉嚨。寫作讓我變成一個更好的讀者,一如閱讀也不斷提升我的寫作能力一樣。

　　要怎樣才能練就作家的閱讀方法?很抱歉,我沒有什麼訣竅可以提供,不過,倒有個經驗可以分享。我在讀手稿的時候,會比讀校樣的時候疏離、挑剔。我在讀校樣的時候,又比我讀成書的時候留神、謹慎。換句話說,越接近作家的打字機,作家的意識就越強,越讓我格格不入。我心裡會很清楚:我在看某個人的作品,而不是什麼山上的石碑。總而言之,讀裝釘好的作品,我會比較自在,讀手稿,我就比較提防。

　　順道一提。我不知道你要怎樣才能從作家的眼光去閱讀作品。但只要你持續寫作,持續閱讀——這功力就自然而然的冒出來了。

　　好好享受。

9

百折不撓、打死不退

　　兩個月之前，我寫作班上的一個同學，跟我提起，一兩年前，他寫過一個故事。一家素負盛名的文學季刊，差一點點，就接受了他的作品。然後這個同學把他的小說，寄給《哈潑》（*Harper*）雜誌，結果，他收到列維斯・拉普漢（Lewis Lapham，譯註：他是《哈潑》雜誌的記者、編輯，在藝文界頗有影響力）一封親筆信。

　　「然後呢？」我說，「接下來，你寄到哪裡去了？」

　　「哪兒也沒寄。」

　　「請你再說一遍好嗎？」

　　「我把它扔在抽屜裡，」他說，聳聳肩，「我想，這篇玩意兒連續被拒絕兩次，一定是出了什麼問題，不該再浪費時間。」

　　很反常吧，覺不覺得？已經這麼接近了。連續有兩家聲譽卓著的雜誌，看上了這篇作品，只是一念之間，忍痛退稿，如果到別的地方試試，刊登的機會應該很大吧？但是，這篇作品現在看來是前景堪虞了——唯一的原因是作者沒有足夠的決斷力，這個可能的成果，只得胎死腹中。

　　新銳作家來尋求我的建議，我總是不厭其煩向他們強調，唯恐講得不夠清楚：投稿，百折不撓，無怨無悔。只要你把一個故事寫到你自認可以投稿的程度，就給它一直投、一直投、一直投，投到對方崩潰，同意收購為止。在賣出去之前，你收到的退稿信，可能會塞滿閣樓。在這批挫折收藏品裡，可能沒有那種差之毫釐、替你惋惜的回信、沒有享譽業界的編輯親手寫給你的鼓勵之詞，也不見得在千篇一律的印刷退稿信

尾端，會看到一個手寫的「抱歉」。

難吧？如果你真想進入這個行業，你就不能讓這種小事，磨去你的銳氣。你可以把退稿信貼在牆壁上，或率性的往垃圾桶一扔。你可以把稿件從舊信封裡拿出來，再放進一個新信封。你可以查查你的記錄，曾經投過哪裡；然後再翻閱《作家市場》（*Writer's Market*）雜誌，盤算一下，接下來要投到哪裡去。然後，你就貼上郵票，糾纏不休，不斷繼續的投稿，直到地老天荒，皇天不負苦心人。

如果你的稿件像是回力棒一樣，每次兜一圈又回到你的手上，這，究竟代表了什麼意義？這第一，你絕不是鄉下粗漢，腦袋壞了，拿根樹根，在泥巴堆上，連個名字都寫不出來。當然也不意味著你的故事只能待在冷宮裡，更不是說，你得從此放棄寫作、投稿，看著報上的小廣告，研究怎麼在自己的浴缸裡，飼養栗鼠發筆橫財。

退稿，只是代表說某個編輯，在某個特定的時間，沒有買下你的某個故事而已。

也許他根本沒看呢。編輯，跟這世上大多數的人一樣，都有點超時工作的傾向，他也有深陷泥沼、寸步難行的尷尬時刻。偏巧那傢伙就是這種處境，瞧什麼都不順眼，見到稿子，不分青紅皂白，先退了再說，有沒有這種可能呢？好，或許這種事情，不會天天發生，但是，這傢伙有沒有可能頭疼，或是宿醉未醒，看什麼都朦朦朧朧，根本無從判斷好壞呢？

假設這個編輯在黃道吉日，看到了你的作品。他還是不喜歡你的小說——但至少沒那麼深惡痛絕，事情是不是有了轉機呢？好，即便是該說的說了，該做的也做了，還是有件事情得弄清楚：編輯對任何事情的反應，特別是對小說，其實是非常主觀的。就算這傢伙不喜歡，也不代表你的作品很爛。

再進一步說，退稿並不代表編輯不喜歡這篇小說，也許只是因為他還沒有喜歡到要出錢買下來。當然也有可能，他當時手上的庫存太多，或者你得把他從椅子上抓起來，打一頓，他才願意買。也許他剛買了一

篇跟那篇頗為神似的作品。也許你的小說講的是一個蛋的故事，偏巧他早上吃了個臭雞蛋。也許——

　　好了，你現在明白了吧？壞故事被退稿，但是，好故事也經常被退稿。

　　有件很重要的事情，你得先認清楚——然後再忘掉——我們每個人把稿件放進信封之後，都會面臨極大的退稿可能性。我最近跟一家小文學雜誌社的編輯，聊了一會兒。他每一期，只登三四篇小說，每一年，只出四期。算一算，他一年頂多也就買個十二到十五篇小說。你猜他一年會收到多少投稿？

　　四千篇。

　　登出來的機會，當然微乎其微。冷靜的想想，大概只能歸納出一個結論：你必須要想破腦子、想到住院檢查的那麼用力，才可能想出減少退稿的方法。不過，你可以換個角度想這件事情，這十二到十五篇最後雀屏中選的作品，其實，有一個共通點。

　　它們都是從四千篇中，殺出一條血路來的。

　　所以，你投得越多，刊登出來的機率，當然也越大。截至目前為止，還沒見到哪篇放在抽屜裡的小說，能夠脫穎而出的。

　　喔，你有問題喔？

　　我同意你的說法，但是，眼見自己的作品被一遍遍的退，我實在是沒勇氣再試了。我越來越覺得是他們對，是我錯。這麼想很自然吧，是不？

　　當然。就算老手，見了退稿，也難免氣餒。對於剛入門的菜鳥，肯定是晴天霹靂。我的建議是：你要修正自己的態度，退稿歸退稿，不要讓自己就此龜縮，垂頭喪氣。

　　處理這種退稿事宜，我的建議是：盡可能的自動化。建立一套嚴格、快速的機制，收到退稿的二十四小時之內，把稿件處理掉。最好就是馬上再寄出去——當務之急是讓稿件迅速在你桌上消失，重新出發。

不要留在手裡的一個原因是：你可能會想重讀一遍。這絕對是個壞主意。你讀得還不夠多嗎？多一張退稿通知，並不會激起你什麼熱情。不要讀。不要放在手邊太久，增加你想回頭看看的誘因。

難道這爛東西要一直投下去嗎？

一直，又太久了些。你可以研究一套系統出來，但我的建議是，至少撐一年。然後，如果你真想再看一遍，你就再看一遍。也許你想修正一下，也許你覺得這玩意兒，直接扔了還比較省事：都隨你。反正一年之後，你就可以不讓這篇作品在市場間流浪了——當然你也可能覺得原來的判斷沒錯，沒關係，那就多給這篇作品一年的時間。

把新作品寄給上次退我稿的編輯，是不是有點蠢啊？

不蠢啊，哪裡蠢了？記得，被退的不是你，而是你的稿子。這可不是同一件事情。

一直寄來寄去的，可得花不少郵票錢。看看自己的荷包，不是應該減少不必要的嘗試嗎？

這我倒要承認：如果掛號信每盎司只收美金四毛的話，退稿就不會讓人那麼傷心了。但話要說回來，即便郵資不便宜，退稿也搆不上什麼經濟損失。如果你終於賣出一篇故事，這可是脫胎換骨的大進步。萬一最後證明，你的作品沒人買，那就算是你花個幾塊美金，證明它賣不出去，如此而已。看你當時的狀況，你可以朝下面兩個方向，解答你的困惑：第一，郵資跟信封只是投稿事業中，必須付出的成本而已；第二，這是學習的一部分；或者，算是你的嗜好，花錢不多，樂子不小……

我不相信有人會因為郵資很貴，而放棄投稿。我認為這只是不想面對挫折的合理化說法罷了。

你剛剛提到我們渺茫的勝算。是不是因為有太多根本不成熟的作

品，拿來濫竽充數？害得編輯得跟一大堆見不得人的小說糾纏，增加了我們投稿的難度。爲什麼你不警告他們，要那些人照照鏡子，不要浪費編輯的時間？

前兩天，我接到一封從佛羅里達寄來的信，差不多也是這個意思。其實你們都弄錯了一件事情：作家自認手上的作品能賣不能賣，並沒有半點意義。

的確有些自命作家投出去一堆不怎麼樣的作品。但是，我不認爲他們知道寄出去的稿件，其實留在自己手裡孤芳自賞就好。

即便如此，我也不覺得劣作橫行，跟我們有什麼相干。如果我的故事沒人要登，也不是因爲這些不成熟的作品，害我的作品上不了版面。完全相反，是因爲別人的作品比我的更好，才會讓我的作品見不得天日。

所以，如果你是一個講道理的人，那麼你應該去勸說那些好的作者，不要投稿才對。當然，不管我說了什麼，也不見得會影響他人的意願，不管是好的作家，還是壞的作家，都會繼續投稿，所以，這事兒不提也罷。

退回到前面一點的地方好嗎？我覺得你幾分鐘前，有點輕描淡寫，完全閃躲了退稿帶來的巨大痛苦。相信我，那是錐心之痛！

沒跟你開玩笑，我怎麼不知道？你以爲我喜歡收到退稿嗎？

不過有件事情，倒是可以減輕你的痛苦。你要不斷的開發新作品。你的全副心思應該用在創作上，讓投稿求售的過程，盡可能的機械化，這樣的話，就比較容易擺脫退稿帶來的挫折。

從這裡出發，就會帶給你減輕痛苦的第二道法門。設法多寄些作品出去。就算退了一篇，也不會阻斷你唯一的希望；投得越多，退回一篇稿子所代表的損失就越低。

你就把天空上想成黑壓壓的一片，都是燕子，再等著牠們一隻隻慢

慢的飛回卡皮斯特諾（Capistrano，譯註：這是美國加州的一個小鎮，每年都會有成千上萬的燕子，從阿根廷飛到這裡）好了。說奇怪也奇怪，這麼一來，就輕鬆多了。如果退稿成為例行生活的一部分，那麼就跟吃喝拉撒一樣，你也就習慣了。

　　想明白以下這點，你可能會處之泰然了：退稿無損你身為作家的價值、也不是對你某篇故事的全盤否定，道理其實就只是──一個讓稿件刊出的過程而已。不必懷憂喪志，你可能需要一點時間，才能看穿這點，心如止水。在你修練到這般境界之前，你就用一個簡單的字眼問候一下編輯的媽媽跟他的怪癖──然後，再把你的退稿塞進信封裡面。

10

原子筆、斯奎托普（Scripto）、派克（Parker）、克羅斯（Cross）

「你是作家，」他們總是這樣問，「生活一定很有意思吧？」

為什麼我的生活一定要很有意思？我的工作就是坐在打字機前面，三不五時的敲敲鍵盤。我常常在想，我跟速記員的差別就是：我得自己想該打些什麼。

如果我真這麼說，提問者一定覺得我在搞幽默，說不定還會換來幾聲乾笑。當然他也可能接著逼問：這笑話的靈感哪裡來的？要不要投到哪裡去，讓讀者分享？

我這輩子曾在不同的限制下寫稿。有時是很低的天花板，有時是很懸空的地板。擔心曝光。幽禁。我一度使用不同的筆名，發表作品。這些年來，我只用真名。有時在應酬場合，對方會很不好意思，因為沒聽過我的名字，總認為我是用筆名在發表作品。我以前還會把事情處理得更尷尬，真的說了幾個我用過的筆名供他參考，自然是弄巧成拙，這些名字，他當然一樣陌生。

「諾曼・梅勒（Norman Mailer，譯註：美國在二次世界大戰後，最重要的作家之一）。」有時我會說。或者艾莉卡・鍾恩（Erica Jong，譯註：美國近年來最負盛名的女性主義作家）。或者跟對方說，這兩個都是我的筆名，如果心情真的很低落的話。如果你在路上隨便抓一個人來問，萬一那個人說諾曼・梅勒是艾莉卡・鍾恩的筆名，可能就是我造的孽。當然，他們的答案也不無道理，你有可能同時見到這兩個名字嗎？

在這些耍嘴皮的冷笑話失控之前，咱們還是就此打住。從我收到的

信件看來，該不該用筆名，是讀者最想知道的答案之一，儘管多半時間，他們只是附帶提出這個疑問而已。前兩天，我接到一個女性讀者的來信，她想知道發表作品的同時，有沒有可能不要公開身分，非但不讓讀者見到她的廬山眞面目，也不想讓出版社知道她的眞實身分，不過，卻不能因此把稅務單位惹上門來。幹嘛這麼麻煩？我想，她有她自己的理由吧。

有什麼理由不用自己的名字，偏偏要挑個筆名，發表作品呢？看到自己的名字印在書上，那種對自我的肯定，不正是驅使我們的最大力量？我們有什麼理由放棄這種滿足感，把我們的成績放給海倫娜・特洛伊、賈斯汀・賽姆，或是某些精心炮製的假身分去享受呢？

目前，我非常堅持使用眞名眞姓發表小說。但這是我二十年來，斷斷續續混用眞名以及筆名之後，才確認的結論。在我說明我的立場之前，請先讓我解釋一下幾個使用筆名的可能理由。

1. 作家的本名不合適。本名可能爲了某些原因變成作者的負擔。跟成名作家的姓名類似，就是個麻煩。記者湯姆・吳爾芙（Tom Wolfe）顯然不想跟過世的小說家湯瑪士・吳爾芙（Thomas Wolfe，譯註：美國二十世紀的重要小說家，名作是一九二九年出版的《天使望鄉》）混爲一談。藝文界有好幾個約翰・嘉德納（John Gardners）與查爾斯・威廉斯（Charles Williams），大家都靠寫作餬口，何必隨命運擺布呢？

一般來說，考慮使用筆名，多半是因爲難發音，要不就是眞名有點可笑。但是，請記得，這種姓名上荒謬的聯想，有很強的主觀性。夜店的歌手，想要標新立異，當然得把原先平平無奇的名字，改成英柏格・漢普汀克（Engelbert Humperdinck，譯註：英國著名的情歌王子，他原名阿諾・喬治・多賽，經紀人勸他改個名字，他就挑了這個德國音樂家的名字，結果當然是一炮而紅），這樣感覺起來，比較有前途。

有的時候，堅持菜市場名，得付出相當的代價。馬汀・史密斯（Martin Smith）坐不更名、立不改姓，硬是用眞名推出了幾本推理小說。書寫得眞好，但問起作家是誰，大家結結巴巴的說不出個所以然

來。（更慘的是：他的朋友都管他叫比爾。）史密斯的經紀人看不下去了，決定把她母親的閨名，插在他的姓名中間，於是他就改名為馬汀·克魯茲·史密斯（Martin Cruz Smith）。他用這個名字出版的第一本書——《夜之翼》（*Nightwing*），輕鬆攻下暢銷書排行榜。也許只是巧合，但在姓名中間嵌個字，怎麼說也是無傷大雅。

2. 作者有特殊的理由不希望身分曝光。我就認識這麼個作家，使用筆名，純粹是不想讓他的前妻發現。如果她知道他又出新書了，肯定會要求提高贍養費。因此，作家的這個筆名，至少可以保住他的創作所得。

當然，他還是得繳稅，申報的時候，得列入所得。如果連稅捐單位都想瞞，可能會因為逃稅去坐牢。

3. 作家從事多種類型的創作。這是使用筆名最常見的理由。假設你幫一家出版社寫青少年童話故事，又幫另外一家出版社寫血淋淋的犯罪小說，萬一又被讀者發現，同一個作者在同一部打字機上，又是殘忍殺戮，又是裝可愛的兔子與大野狼，在困惑之餘，他們肯定還會覺得不自在吧。所以，寫童書的時候，用希拉蕊·詠明這種秀外慧中的名字，寫犯罪小說的時候，就改用史塔德·大榔頭，會不會比較貼切呢？

我不大確定有沒有必要這麼麻煩。絕大多數的讀者很少涉獵他們不喜歡的文學類型，就算是他們偶爾發現作者不務正業，也不見得會起什麼反感。但是，這種維持作者特定專業形象的想法，在我們這個行業裡面，卻是長久以來的老規矩。

4. 作者太多產了。有的作者使用筆名，只是因為他們一年會出很多本書。他們覺得書店也好、讀者也好，見到這麼個量產作家，一個人一年竟然能寫這麼多東西，一定不免懷疑這傢伙粗製濫造，誠心是來矇錢的。

我不大確定這種說法有沒有道理，不過，我倒經常見到某某書評射來一記冷槍：「這是作家X生產線上的最新機械式出品、純係混飯吃之作」。但是，換個角度說，你的書會相互加強彼此的力道，你的書迷會

想讀遍你的所有作品。如果你都用真名發表，他們會比較容易找到他們想要找的書。伊薩克・艾西莫夫就是量產型的作家，才華洋溢，橫跨數種不同類型，好像也沒傷害到什麼專業形象。不過，話要說回來，我也見過其他作家因為類似的批評而信用受損、元氣大傷的。

5. 作家希望有幾分專家架勢。幾年前，我寫了一系列的個案史，探討不同的匿名心靈。坦白說，這些個案史還不只是匿名而已，徹頭徹尾就是我編的，全然出自想像，目的是向讀者展現某些人的性冒險，權充教育之用，或是提供某種快感。我在寫這個系列的時候，用的就是筆名──你不會太訝異吧──還自稱是醫生。（這是一個特例，因為出版社明白我用的是筆名，反正名字是假的，那麼自稱是醫生也就沒有什麼不對了。天啊，真是複雜啊……）

有人告訴我，只要我不在書裡，侵犯醫生的專業領域，打著醫生的旗號出書，其實也不犯法。我既沒有診斷，也沒有處方，還算是謹守作家本分。作家這個行業，含含糊糊的混過好幾個世紀，也沒聽說有什麼「倫理」，有沒有必要把這頂大帽子扯進來，我還真是越來越狐疑。

近些日子，我用了一個女性的筆名，發表了一篇女性觀點的小說，當時的我自認這樣比較能夠爭取認同。現在，我不這樣想了。

6. 作者很為自己的作品感到臉紅。壓軸的終於來了，這才是作家使用筆名，最不得已的苦衷。在作家明明知道自己寫的是垃圾的時候，至少不讓自己的真實姓名曝光，好歹留點顏面。

在我心裡，迅速出現了質疑的聲浪。既然寫的是垃圾，那又何必出版？既然要寫作，為何不堂堂正正用真名，出版讓自己眉飛色舞、走路有風的得意之作呢？

這個說法很有道理，在邏輯上，無可辯駁。我唯一不大確定的是：這批評在現實上有沒有根據？對於新進作家而言，出版一本作品，並不容易，好的壞的作品，都是難得的成就。既然做了這一行，拿稿子去換錢，顯然是第一要務。等他晉身到頂尖的地位的時候，當然可以惜墨如金。每個人都有可能替第一流的市場，寫第一流的文章，但得花點時

間。

　　在掙扎向上的同時，他可能會寫一些，也被迫出一些還不怎麼樣的作品。見到這些昔日的文字，他可能會覺得臉紅，讓他的作家尊嚴略有受損，覺得售文取得的代價實在不值。既然連自己都抬不起頭來，如何以真面目示人呢？

　　這裡有一條窄窄的線。每個人都有力有未逮的關頭，如果你務求完美，你可能一輩子都等不到，最後還是得用筆名發表。同樣的道理，我以前有些作品，發表的時候，自己很得意；現在看起來，就覺得實在不怎麼樣。回顧過去的時光，我不懊惱，懊惱也沒有用。我總不能埋怨我自己二十年前，為什麼不像現在這般成熟吧？

　　先前說過，如今的我已經認定：除非萬不得已，我不再使用筆名。我現在也比較明白了，使用筆名，是因為我想逃避責任。問題不在別人，而在自己。

　　同樣的道理，以真名示人，意味著我擺脫了欺騙的羈絆。筆名，讓我得以逃離自我的囚籠，但也始終誘惑著我，讓我不必面對現實。我曾經用假名，旅遊全國，一路上，放浪形骸、作風怪異。我在外遇的時候，使用兩個筆名出了兩本書，一本用一個。回想起來，過去的這個行徑好像是罹患了精神分裂症。

　　我不知道筆名對我來說，究竟有多大的負面影響。就我的專業來說，我能夠想到如下兩點：第一，它沖淡了我的努力，讓我浪費了許多時間，延遲讀者群的建立；第二，它卻給我更多的時間，發表一些我自己覺得不屑的二流作品。只是，話要說回來，要不是筆名給我比較多的自由跟時間，想到用自己的真名發表，我一定會非常緊張，什麼東西也寫不出來。

　　所以囉，你要不要用筆名？我不能給你什麼建議。你的環境跟你的考慮，只有你自己明白，所以，請你自己決定。

11

兩頭蛇策略

　　合作，怎麼瞧，看起來都是個好主意。兩個頭嘛，怎麼說，也比一個腦子強，特別是它們還連著兩個身子的時候。如果兩個腦子一起思考，兩雙手可以同時寫稿、打字，這麼一來，寫作不是更順暢、更快速嗎？沒有人是完美的，跟別的作家融合在一起，才華加成，取彼之長，去己之短不是很好嗎？如果運氣不壞，兩人相互拉抬，彼此激發，雙劍合璧，當然比各自爲政，要來得強。畢蒙特（Lou Beaumont）少了佛萊雪特（Francis John Fletcher，譯註：英國十六至十七世紀極受歡迎的劇作搭檔），你能想像會是個什麼模樣？吉伯特（Arthur Gilbert）少了蘇利文（William S. Sullivan，譯註：英國十九世紀人氣最高的輕歌劇組合）、阿伯特（Bud Abbott）少了科斯特洛（Lou Costello，譯註：一九五〇年代紅透半邊天的喜劇搭檔，當時也有人譯爲「高腳七」與「矮冬瓜」）、傑凱爾少了海德（Jekyll and Hyde，譯註：百老匯著名的音樂劇，一般譯爲「變身怪醫」，一個醫生誤食怪藥，變成了兼具善良與邪惡雙重人格的怪物）、李歐波德（Nathan Leopold）少了洛伊博（Richard Loeb，譯註：一九二四年，這一對芝加哥大學、出身名門、又是同性戀的富家子弟，聯手犯下了匪夷所思的綁架案），好像也就不成個道理了。

　　啊哈。我所謂的合作，指的是兩個作家一起工作。這話說來單純，背後代表的意義，不但複雜得多，有的時候還會偏離字面上的意義。不過呢，合作這種事情，實在太吸引人了，就連無聊的雞尾酒會上，都會有人向你兜售類似的想法。

　　「你知道嗎？我覺得我們倆應該合作。」有一次，有個傢伙知道我

是幹哪行的之後，這麼跟我說。「我有些你想都想不到的故事。問題是：我的點子多，偏偏自己不是個作家，沒法把我的想法寫在紙上。所以，這麼著吧，我把點子告訴你，你再把它寫出來，稿費兩人分，你覺得怎麼樣？」

「要不，我們倆把角色換一換呢？」我通常會這麼說，尤其是酒會快要散場的時候。「我把我的點子告訴你，你來寫，然後我們倆把稿費分一分，如何？」

不管用誰的點子，我大概都不會認為這是一種文學上的夥伴關係，比較像是非小說家嘴裡的捉刀作家（ghostwriting）。有的時候，它還真是這麼回事。

我就知道這麼個例子。某家出版社認為，打有人死開始，這世上最需要的一本書，就是由華府的扒糞專欄作家執筆撰寫的小說，可以好好揭露那些見不得人的陰謀伎倆。很不巧的呢，這位專欄作家不知道是自己沒法寫呢，還是根本不會寫，於是，他就出借自己的名字給一位小說好手。這個小說家接下所有的創作工作：設想情節、創造人物，最後打出數百頁曲折離奇、扣人心弦的文字與對話。專欄作家除了提供自己的名字之外，當然也會把他知道的政壇秘辛，和盤托出，同時審閱成稿，確認書中提及的人物與內容，不至於冒犯到華府的禁忌。

這本書想當然耳，賣得不錯，雙方分享了巨大的利潤，也都非常滿意。不過這個創作歷程，卻稱不上是合作。某些電影明星的自傳，由人捉刀代寫，也是差不多的情況。明星也是出借姓名，提供一些他想要公諸於世的事件。這當然不是由一對旗鼓相當的創作者，相互激盪的共同成果。

這種合作關係，在我們這種以小說、散文為主的創作行列中，比較少見；倒是在劇場創作中，習以為常。我不大確定為什麼會這樣，可能是因為在劇場中，一個人沒法把劇本寫作的活計，全包下來，他必須尊重其他人的觀點。想要把某個劇本搬上舞台，一定要根據不同工作夥伴的回饋，進行許多次的修訂。製作人跟導演有自己的想法、演員可能也

會根據自己的體會，提出最合適他表演的建議。即便是到了最後的演出階段，在空盪盪的劇院進行彩排，或是在爆滿的觀眾前公演，還是會出現許多因應實際需要而做的改動。

在戲劇上，合作的成功作品，不可勝數。尤其是喜劇，有許多喜劇作家不習慣獨自創作。喬治・柯夫曼（George S. Kaufman）就是一個最明顯的例子。

我的朋友比爾・霍夫曼（Bill Hoffman），就是這麼搞劇本創作的。他跟另外一位劇作家合作，一起創作劇本，整整花了三年的時間，覺得效果非常的好。「我們倆輪流坐在打字機前面，推敲劇本裡的文字，再把我們的成果打印出來。這個過程很能刺激我們的創造力。在某種程度上，我們倆的專長又能夠相互補足。他比較善於推演劇情發展，而我，在實際的對話處理上，可能比他強一點。到了終於寫完的時候，這本劇作已經分不出來誰幹了什麼，一字一句、每個劇情的轉折與發展，都是兩人心血的結晶。」

我認識兩個女性作家，也是這麼寫小說的 —— 芭芭拉・米勒（Barbara Miller）與維爾莉・葛理科（Valerie Greco）。一個人坐在打字機前面，另外一個人站在她的身邊。她們倆先討論研究一番，達成共識之後，才落實為具體的文字。有意思的是：我發現用這種方式創作舞台劇或是電視劇的劇本，很使得上力。我看過兩個情境喜劇作家，牛飲咖啡，你拋過來一句笑話，我扔過去一個喜點，就這麼把劇本寫完了，在旁邊看的我，覺得電視劇本就應該這麼幹才對。但是我可沒法想像，一個短篇故事 —— 或是，天啊，一個長篇小說 —— 也能用這種方法寫出來。

當然啦，共同創作在我們這行當裡，也稱不上是絕無僅有。幾年前，唐・魏斯雷克與布萊恩・加菲爾決定要聯手寫一本小說 ——《幫規！》（Gangway!）—— 一個發生在老西部（加菲爾專長的情境）的驚悚喜劇（魏斯雷克最拿手的小說類型）。

魏斯雷克是這麼描述他們的創作過程的：「首先，我們倆坐下來，

花了好長的時間，把故事的來龍去脈聊清楚。然後呢，我就把我們的結論，寫成十五頁的題綱，拿給布萊恩。布萊恩還給我的時候，加上了歷史脈絡，把環境大致設定完成，這時故事題綱已經有四十頁了。然後，我再刪成二十五頁給他。在這個階段裡，我們倆曾經考慮把它改成一個劇本，說不定會有更好的呈現。但想了想，沒有出路，也就作罷，先把小說寫出來再說。

「我寫了第一份草稿，多半是動作與對話——沒怎麼提地點與他們的穿著，只寫他們幹了什麼、說了什麼，最後把這一團東西交給我們的編輯。」

「聽起來，」我大著膽子問道，「你們花了五倍的時間，坐在打字機前面，只寫好了一本書。」

「是啊。」他同意，「只得到四分之一的快樂與一半的稿費。」

這兩個我都認識的作家，經常合作撰寫短篇小說，一談，就會談上好一陣子，然後才由一個人坐下來，把故事寫出來。他們倆住處，少說也有三千英里距離，談完了，終究還是得由其中一人獨力完成。馬‧貝爾（Ma Bell）就是他們聯手創作出來的小說人物，獲利豐厚。

幾年前，我也跟人合寫了幾本小說，跟唐‧魏斯雷克合寫了三本，跟賀爾‧杜雷斯納（Hal Dresner）合寫了一本。跟我寫完這本小說之後，賀爾就改行寫劇本去了。那時，我們幾個都靠寫軟調色情小說，過著很奇特的生活。這種小說，對於作家之間的聯手寫作，有極高的寬容能力。

這種合作也未必輕鬆。在開筆寫作之前，我們不會在事前討論情節，也不會把布局一步步的研究好。我們就是坐在打字機前，把第一章寫好，然後交給第二個人寫第二章，寫完之後，再扔還給我。就這麼來來去去，直到十章寫完，跟所有的事物一樣，小說走到了終點。

這種寫作法有時很好玩。唐跟我都喜歡把對方逼到懸崖邊，胡亂把對方的主角幹掉。賀爾跟我用的是「輪舞」（la Ronde）的風格寫作，有時會把對方堆砌起來的成果，毀於一旦——簡單來說，第一章跟某人發

生肉體關係的主角，到了第二章，被扔到一邊，反倒是讓跟他上過床的
配角，來主述故事，情節走到第三章，又換跟他或她有些牽連的人，繼
續把故事說下去。

　　這種合作的模式，沿著排謬法（reductio ad absurdum）的理路前
進，在傳說中的「最偉大的色情小說撲克牌戲」之後，終於變成一種業
界想除之而後快的惡夢。在這次後果慘痛的聚會中，總共邀集了六個色
情小說的作者，每個人都是身經百戰，而且最愛夜間的撲克牌鏖戰，樂
此不疲。遊戲規則是這樣的：五個人在樓下的撲克牌桌上打牌，其中一
個到樓上去寫作一小時，完成十五到二十頁的內容。不知到了東方露出
魚肚白──還是天色已然大亮的時候……反正，這不大重要──我們每
個人都寫了兩章，這本書眼見就要寫好了，儘管有些人在牌桌上的運氣
不大好，但每個人都非常喜歡這種放浪的氣氛。

　　這精心籌畫的計畫其實很快就變了調。在第五章以前，都還寫得
不壞，我們有個牌友，顯然是亂嗑安非他命，腦子出了問題，連續寫了
兩章，直接打道回府。很不幸的，他寫的那兩章根本就是胡言亂語、不
知所云。接手的作者呢，也沒吭聲，琢磨了半天，勉強接著寫了下去。
總而言之，我記得這本書絕對是讀不下去的，但不大確定的是：我在牌
桌上的表現，究竟如何。

　　從那個時候開始，我打著「合作」──有的時候，甚至只是合作的
計畫與期望──之名，行逃避之實。如果我真的想到什麼很想寫的題
材，那麼，我遲早找得到時間跟地點，把它寫出來。換個角度說，如果
有個還不錯的點子在我腦海裡冒出來，仔細一想，又不想跟它糾纏到
底，我就會考慮找個人合作，總比把點子悶在肚子裡，一事無成要好一
些。

　　「我們應該合作。」我跟我的朋友都同意。我們會很開心的把點子
拋來拋去，胡聊一通，然後就沒下文了。多半我們兩個手上都有事，講
一講便算了，不會有罪惡感，因為這事兒晚點做也不打緊，也許在兩人
都剛好寫完一本書的空檔、也許在兩人都想合作的時機，氣氛對了，條

件合了，我們隨時可以動筆。

　　幾年前，我就有過這樣的經驗。我突然想到一段很棒的情節，想寫一本在二次世界大戰期間發生的世界性陰謀，問題是這個故事有些片段還沒有著落，這種故事也不是我擅長的類型，我有的只是一些很具發展潛力的基本概念而已。所以，我就找布萊恩過來，提議合作，布萊恩很高興的同意了，我們倆研究了半天，依舊無疾而終。

　　有的時候，合作也會有進展。也是幾年前，另外一組故事的片段，冒了出來。只可惜點子再好，這種類型卻不是我的強項。我先跟布萊恩談了半天，最後決定自己把它寫出來，因為如果要跟他合作的話，不知道得等到哪年哪月。這本書好歹是寫完了，但怎麼瞧都覺得不對勁，平庸至極，完全拿不出手。

　　就在這個尷尬的當口，合作反而成為可能的選項，這次我找來另外一位作家——哈洛德・金恩（Harold King）。他正是這種類型小說的高手，看了我的草稿，喜歡得不得了，而且有很好的點子，可以踵事增華。我們反覆談了幾遍，他就決定接手創作。這本書在當年的秋冬之際，就出現在書店裡頭了。

　　最後一個例子，是我最近的一個合作計畫，這次就不是為了逃避工作了，而是為了逃避逃避。我很想寫一本介紹素菜或是自然食物的餐廳指南。想是想了很久，但如果少了查瑞兒・莫麗森（Cheryl Morrison）的幫忙，計畫頂多只是空想而已。這本書的難處就是它需要這邊做一點，那邊做一點，零碎的活計很多，而且得接連做好幾個月。我桌上的當務之急，好像怎麼也處理不完，所以這本指南，只好擱在心裡。要不是查瑞兒把這些東跑西跑的雜事幫我做完，我想，這個想法終究得束之高閣。

　　所以，合作只有在雙方都感受到義務的壓力時，才有可能完成。雙方必須要分工，一次做一點，積少成多，便可望有完成的一天，最關鍵的是雙方對這個合作計畫有非完成不可的心理準備。

　　我還沒告訴你到底要怎麼合作。這倒是真的，我給你個建議，作為

補償：不要輕易嘗試，除非你確定跟另外一個人合作會更有效率。放眼望去，你可以找到很多成功合作的案例——佛恩・米契爾（Fern Michaels，譯註：美國著名的羅曼史、驚悚小說家）、瓦德・米勒（Wade Miller，譯註：這是 Robert Allison 與 H. Bill Miller 兩人合用的筆名。兩人在一九五〇、六〇年代，發表多篇黑色小說）、曼寧・柯爾斯（Manning Coles，譯註：這是 Adelaide Manning 與 Cyril Coles 兩人的筆名。他們是著名的經濟學家，卻喜歡用推理小說的形式，表達自己的理念）、艾勒里・昆恩（Ellery Queen，譯註：這個推理大師其實是佛列德瑞克・丹奈〔Frederic Danny〕以及曼佛瑞・李〔Manfred B. Lee〕兩人的筆名）、柏迪克與李德勒（Burdick Lederer，譯註：指的是 Eugene Burdick 與 William J. Lederer，兩人合著的《醜陋的美國人》曾經改編成電影）——但絕大多數的時候，找人合作，只是想排遣獨立創作的寂寞，即便如此，這也不是什麼真的管用的解藥。兩部打字機的四手聯彈音樂會很有吸引力，但是，對絕大多數的作家而言，寫作是一個孤獨的行業。就跟死亡一樣，有些事情，我們就是得自己處理。

12

天賦的力有未逮

我至今不明：爲什麼到了今天這種時代，還有這麼多的人覺得，當作家是一件很拉風的事情？沒隔個幾天，我就會碰到幾個迷途青年，朝我殺奔而來，想跟我交換職業、易地而處。我明明諸事不順、文思枯竭、退稿信如雪片般飛來、銀行存款眼見告罄、編輯連編個支票已經送到郵局的謊話都懶得（這種事情一天到晚發生），還是有人要跟我說，他們有多嫉妒我。

「我眞希望跟你一樣有自制力。」他們說，通常在我無力反擊的懦弱時刻。「我羨慕你有這樣豐沛的想像力，總是有層出不窮的好點子。」要不他們就會羨慕我受過這麼好的教育（我明明唸的都是普通學校）、希望能得到我成功寫作的獨門秘訣，好像我是煉金師，有辦法從平平無奇的名詞跟動詞之間，提煉出小說精華似的。

從來沒有人跟我說：「我希望能有你的天賦。」

我覺得這點很有意思。我不認爲其他領域的創作者，會跟我有一樣的遭遇。我懷疑有人敢抓著畢卡索的肩膀，跟他說，他多麼羨慕他的自制力，能這樣日復一日的站在畫架前面。我也不認爲歌王卡羅素動不動就要聽這種屁話。演員與歌星比我們慘，更多的人認定他們是有表演天賦的，只要他們有機會站在鏡頭或是麥克風前面，演出一定毫不遜色。反覆的學習與訓練、百折不撓的意志與決心，好像半毛錢都不值。

在寫作這個行當裡面，大家始終覺得天賦沒那麼重要。好幾次聽到這樣的話，我心裡頭都不大舒服。藏在「我希望有你的自制力」裡面的意思就是說，只要有自制力，每個人都可以做我做的事情。話說得難聽

些，就算是一隻黑猩猩，只要牠意志夠堅強，能夠控制牠的大拇指、按鍵盤，牠也可寫出一篇小說。我的自尊當然不大喜歡這種論調。

但是，我必須要承認：有些時候，我覺得這些人的講話真有點道理，在寫作這個工作中，天賦真不怎麼重要。有很多作家明明沒什麼天賦，照樣寫出成功的作品；有的人明明有上噸的好點子，卻還是坐困愁城。沒騙你，這種事情一點也不稀奇。

在創作的領域裡，一天到晚上演的都是這種諷刺劇。一度，我堅信一則神話：只要你夠努力，在你具有特殊能力的領域耕耘不懈，你的天賦遲早會爆發出來。但我現在告訴你，牙仙（tooth fairy）的傳說還比較可能是真的。美國由東到西，有多少的歌星、演員、畫家、作曲家、雕刻家，對啦，還有作家，滿肚子的才華、天賦，但卻像湯瑪士（Thomas G.）說的，紅著臉，沒人瞧見，把她們的甜美，虛擲在被捨棄的天空？

如果天賦不是答案，到底什麼算數呢？為什麼有些人成功，有些人失敗呢？難道都是命運的捉弄？

我要很認真的跟你說：靠點運氣又何妨？你的稿件能不能見到天日，有時靠的就是那麼點運氣。在你把稿件寄到雜誌社之後，它最後的命運，可能跟故事的品質沒什麼直接關係。看這篇故事的時候，編輯的心情如何，就是非常重大的關鍵。問題是，對於這種事情，你一點辦法都沒有。雜誌社的庫存也是一大考驗。我講了這麼多，其實是要告訴你一件事情：競爭的態勢是不會變的，如果你想把一篇很不怎麼樣的作品，賣給雜誌社，那麼你需要的就不只是一點運氣，你要非常走運才行。

長期來說，我認為，運氣總有用完的一天。你投出去的第一個故事，撞上第一個編輯，就被買走了，當然是好運道。但是，第一次順利銷售，並不保證第二次還能賣出去。運氣，來來去去，沒有誰總是一路順風。

那麼接下來要問，幹我們自由投稿這行的，需要什麼特點才能成功呢？除了天賦、運氣之外，還有什麼別的因素決定誰勝出、誰落選呢？

　　就我看來，這就是幹我們這行的關鍵。有很多種行業，你不知不覺的就幹下去了，但我不認為當作家有這麼順理成章。三不五時，有人會莫名其妙的當上作家，但多半也當不久。為了要進這個行業、為了要在這個行業裡待得久，一個人得在絕望周邊，鑲上一圈厚厚的熱情。

　　這種熱情的強度跟天賦沒什麼關係。兩年前的一個夏天，我在安提阿學院帶一個七天的研討課程。我的一個學生，堪稱頭角崢嶸。她是一個中年婦女，一輩子都待在農場裡，帶孩子、幫著先生幹活，但我從沒見過對鄉野有如此敏銳感受的人。她的行文清澈流暢、對話洗練精采，故事大綱更是楚楚動人。我一眼就可以看出來，這個中年婦女是班上最具有潛力的學生，未來難以限量。

　　她也不缺小說的題材。她要寫的小說源自她出身的地方——中西部的田園生活。有人只想當作家，卻不怎麼知道該寫些什麼——我就是這種人——而這個女人輕輕鬆鬆的就跨越這道難關。

　　她唯一需要的就是信心。我應該向她保證她的前景看好嗎？我應該告訴她，只要她把想法寫出來，很有希望能夠賣得出去？因為她說：如果她的文學未來沒有保證，就不想浪費時間在寫作上。

　　儘管連我都不免懷疑自己是不是在浪費時間，我還是跟她講了好久的話，給予她高度的肯定。喔，她有天賦，沒錯，有好些辦法可以讓她挖掘生活背景，轉換成具有商業價值的作品。只是，從她的問題裡，我就可以發現，她絕對達不到她的目標，因為她沒那麼想要、沒有那種勇往直前的氣勢。

　　幾乎每個人在文學這條崎嶇的道路上，都走得跌跌撞撞。如果還沒開始走，她就開始擔心，她的努力最終只是浪費時間，那麼，一旦撞上必然躲不開的波折，又有誰期望她站得起來？

　　也許我的確不該鼓勵她。有個老故事：某個年輕人纏住了一個世界級的小提琴家，硬要拉一段給他聽。如果，大師稍微透露點肯定的意思，他就要和身撲向音樂界。如果他的天賦不如預期，他也希望事前能夠知道，免得浪費了不該浪費的時間。演奏結束之後，大師搖搖頭，

「你沒有激情。」他說。

　　幾十年過去了，兩人再次不期而遇。那個沒當成小提琴家的年輕人，如今已經是一個非常成功的商人了，講起往事，還是津津樂道。「你改變了我的人生。」他解釋說，「經過上次嚴重的打擊，我強迫自己接受你的評價，放棄了音樂。我沒有變成四流的音樂家，反倒在商場裡找到新的人生。可是你可不可以告訴我，當初你是怎麼一眼就瞧出我沒有激情呢？」

　　「喔，我根本沒怎麼聽你演奏。」大師如今垂垂老矣，「不管是誰，要我聽他們演奏——我都會跟他們說，他們爆不出火花。」

　　「實在是太可惡了！」那商人叫道，「你怎麼可以這樣？你改變了我的人生啊。也許我會是另外一個克萊斯勒（Fritz Kreisler），另外一個海飛茲（Jascha Heifetz）！」

　　老人搖了搖頭。「你還是沒弄明白。」他說，「如果你有激情的話，你根本不可能理會我的評論。」

　　我的學生有這激情也說不定。課程結束之後，我沒再跟她聯絡，我不確定她接下來是不是筆耕不輟，也不確定她有沒有取得夢想中的成績。但是，如果我發現她已經放棄這條路，我也不會很驚訝。不是每個人都有這種意志，也不是每個人都那麼在乎，非得寫篇小說、出本書不可。

　　想要品嚐成功滋味的人，意志是少不了的零件。幾年前，我的一個女性友人突然決定開始寫作。她把她寫的情色小說頭兩章拿給我看，我只覺眼前一亮，很是欣賞她的寫作技巧。她的風格渾然天成，一出手，就掌握了這種類型小說的精髓。不過，她卻不覺得她的天賦有什麼了不起，認為只是模仿名家的筆觸而已，殊不知，初學者的風格多半甩不掉模仿的成分，這其實是一個不壞的起點。

　　她老是覺得情色小說難登大雅之堂，很快的就放棄這個類型的寫作，花了點時間，讀了五六本哥德風格的小說。心領神會之餘，下筆如有神助，沒一眨眼的工夫，就寫了兩本，而且順利出版。接著，她又寫

了一兩百頁的推理小說，這次，就不甚成功了。她自此擱筆，不再寫作。

　　她真有天賦。還是新人，就有這種成績，看來吃自由投稿這行飯，不會有什麼問題。她有動力、有足夠的自制力，要不然她也不會一口氣寫了兩本書，還熬到讓它們出版。但是到頭來，她還是無意走上作家這條道路。她嘗試寫作，主要是因為她跟許多作家很熟，她之所以離開這個行業，是因為她覺得報酬不怎麼樣。

　　我的很多朋友都有點「一書作家」的味道。一般的說法是：有些作家的胸懷裡，只有一本書，寫完之後，江郎才盡，便無話可說了。如果要講得比較精確些，我倒覺得應該這麼說：這種人有很強烈的慾望，想要寫一本書，但是，對於作家這個行業，卻是興趣缺缺。書寫完了，他們的飢渴症也就治好了。

　　很公平。有的人爬完一座山、跑完馬拉松，就揮手告別。有的人自命是登山家、馬拉松選手，一息尚存，他們就會一直爬下去、一直跑不停。

　　有的人，就會一路寫下去。

　　我一直有這麼個感覺：認定自己是作家的那種傾向跟純然的寫作意願，還是有點不同。我認為這是決定誰會當職業作家，誰只是玩票性質的關鍵。就我的情況來說，十一年級那年，我決定（或是認知，可能認知的力道強過決定）要當一個作家。一個老師的即席評論，把這個點子不經意的放進我的腦子裡，就像野草一樣，春風吹又生。我不知道要怎樣才能當上作家，也不知道到底該寫些什麼，但是，不管怎樣，我就是想當作家。

　　我非常確定這種沒由來的自我界定，是我逐步開展寫作生涯的重要推力。我把我最初的幾個作品寄到雜誌社去，結果他們像是收到假鈔一樣，慌不迭的退回來，我自己看看，也覺得他們退得理直氣壯。但我沒半點退縮的意思，照樣大步向前。終於熬到了這麼一天，有個編輯建議我重新寫一遍，改寫了幾次，他就把這篇故事買下來了。

　　這當然不是退稿與失望的終點。從某個角度來看，它只是個開始而已，終點是望不見的。但不管如何，我從來沒有動搖當作家的念頭。自此之後，我被綁在可惡的桌子面前，也懶得去算春夏秋冬過了多少個年頭。說真的，除了作家之外，我還不知道有哪個工作能讓我撐這麼久而無怨無悔的。

　　突然發現自己是個作家的主意，說不準什麼時候會冒出來。也就八九年前吧，我有個朋友，一覺睡起來，說他要當作家。他那時在一家專業科學雜誌社當編輯，賺不了多少錢，也沒什麼能拿來說嘴的光彩。他跟我們幾個寫小說的混了一陣子，某個週末，他突然領悟到兩件事情：第一，他想過我們這種生活；第二，這種生活有辦法做得到。

　　星期一早上，他打了通電話到辦公室，假裝生病，在打字機裡，捲進一張稿紙。等他太太下班回家的時候，他已經打了八到十頁的草稿。第二天，他還是裝病，稿件纍了好厚一疊。星期三，繼續蹺班。

　　星期四一大早，他神清氣爽的起來，胃口大開，飽餐一頓；然後，這個中了文學蠱毒的傢伙，就去上班了。兩個小時之後，我的電話響了。「我剛剛辭職了。」他說，「這本書進展得很棒，我要全心全意的寫作。」

　　我不記得我當時說了什麼。大概是「你今後靠什麼吃飯」之類的質疑吧。

　　「沒問題。」他說，「我現在是作家了。」

　　這兩句話，我一句也不信。但我回頭想想，他冒的風險也還算好。他太太在上班，夫妻倆沒有孩子，基本的開銷應付得過去，更何況他原本的薪水也沒多少。我狠下心腸，鼓勵他幾句，要他堅持他的愚行，然後聳聳肩，只得樂觀其成。我繼續手上的工作，隨他去吧。

　　兩個星期之後，他交給我兩百五十頁左右的初稿。能不能幫個忙呢？啊哈。我拿回家，找了地方坐下來，開始讀。

　　一頁又一頁，一行復一行。不忍卒睹，我從沒見過寫得這麼糟的小說。而這意味著好幾個層面的意涵：首先可以打包票的是，這篇小說絕

對沒人肯出版。其次，這篇小說沒法重寫，因為根本沒人看得完。也因此，天啊，不會有任何正常人看完初稿之後，還鼓勵這個作者，繼續創作除了洗衣單之外的文字作品。

我有點不知所措。我的朋友辭職，就是為了寫這堆垃圾？我覺得他還是趕緊去找工作還比較實在些。如果真有人蠢得要去雇用他的話。

我沒有膽量當面跟他宣布這個噩耗。我決定把壓力——當然還有初稿——扔給我的經紀人。他的結論跟我一模一樣，我們只能設法商量出一套說詞，避免傷人太甚。想了半天，我們決定拖著，事緩則圓，而我那朋友興沖沖的展開第二號小說的創作。

第二本沒那麼慘，但也沒有哪個地方會引誘你從牙縫裡迸出半個「好」字，頂多就是讓你認得出這玩意是用英文寫成的。我的朋友寫完之後，又扔給了我，我推給我的經紀人。他又埋頭寫他的第三號小說去了。

第二本書沒賣出去，第三、四、五本倒是賣掉了，全都是精裝的推理小說。說很成功嘛，倒也沒有。得到了些還不壞的評價，銷售狀況平平，始終沒有加印平裝本。其中一部好像得到什麼獎項的提名，但也不曾獲獎。

故事本來可以在這裡打住的，也不算是什麼慘絕人寰的悲劇。只是誰也沒想到，竟然還有後續。我的朋友又寫了幾部推理小說，不過，卻乏人問津。當時，推理小說突然像是「退伍軍人症」一樣，蔓延開來，市場接近崩盤。我的朋友接連寫了三四本，沒引起任何反應。

他那時又回復單身，幾近破產，晚上在酒吧打工，白天寫作。過了一陣子，他放棄了沒人想出的推理小說，開始研究相關文獻，構思一部規模宏大的冒險小說，這是他的興趣所在，也是他專精的領域。他花了很多時間在調查，花了更多的時間鋪陳情節，用了比更多還要多的時間寫作以及修改。這本書出版之後，平裝版，賣了六位數字的美金，電影版權，也是六位數，有一陣子，還躍上幾個暢銷書排行榜。算一算，這本書幫他賺進了多少錢？五十萬美金吧，我不確定。這並不重要，因為

這一章並不是講如何賺錢，談的是怎麼寫作以及需要怎樣的心靈與態度，才有辦法在文學創作的路上，持續邁進。

　　乍看之下，這個故事的道理很淺顯。我的朋友有要成功的意志，即便在沮喪與挫折的打擊之下，仍然有堅毅不拔、力抗到底的決心。他始終自認是個作家，從不動搖。除此之外，他的目標單一純粹，勇於冒險。為了創作，辭去固定的工作，實在不是明智之舉，我絕對不會建議任何人這麼做，但對他來說，也許反而是關鍵的一步。萬一，他真利用週末的時間來創作，至少得花一年的時間，才能寫完第一本書的草稿，而且還賣不出去。你覺得他需要多久的時間，才能從失望中走出來，繼續寫他第二本、第三本的小說？

　　即便賣掉幾本書，他還是發現日子過不太下去，但他寧可找一個新工作，也拒絕重操舊業。這活計很單純，無非為了維持生計，沒什麼壓力，也不是全職工作，盡有時間讓他寫作。當然，他也再次甘冒風險，並沒有給自己尋覓個安穩的生活。

　　有件事情得說清楚：雖說有風險，但他冒的險還算是合理。假設他在走鋼索好了，他的腳底下，也還是有安全網。假設他一開頭就失敗了，付出的代價，頂多就是再去找一個工作而已。再說他的冒險史詩寫砸了，至不濟，就再去找家酒吧來顧，或是找個能撐得比較久一點的工作，也就是了。截至目前為止，還沒聽說哪個想當作家的人，因為三餐不繼而餓死的。

　　講到餓死，倒讓我想起另外一件挺重要的事情。如果你想靠投稿過日子，這個警告你最好放在心上：你一定要把經濟上的不安全感，設法減到最低。如果你在情緒上，沒法告別定期寄來的支票，那麼，最好還是當個安穩的上班族。

　　在這方面，我算是很幸運的。我在非常年輕、生活很簡單的時候，就開始寫作。我最後的一個全職工作，是在文學經紀公司上班，每週底薪六十美元，稅要自己付。這數字現在看起來很低，在當時也算是很少的了。

　　幸好我的日子過得還算從容，寫稿賺來的錢雖然不多，卻很幫得上忙。如果我回家之後，能寫個三千字的通俗小說，一字就算它一分錢好了，差不多是我半個星期的薪水了。就算我馬上辭職，我的小說也用不著衝到暢銷書排行榜的榜首，才能把帳單付清。過沒多久，我弄到一個穩定的工作：每個月幫某家平裝書出版社寫一本小說。出版社一本給我六百美元，差不多是我先前薪水的一倍。

　　我就是這麼度過我的創作初期。待我再大一些，有了老婆小孩，生活水準隨之水漲船高，但早年鍛鍊出來的性格，卻不會讓我在青黃不接的時候，張皇失措。我可沒說我是多麼的安貧樂道，也不是說，在手頭很緊的時候，碰上那種付錢拖拖拉拉的出版社，我不會覺得心煩。有時，成堆的帳單與催繳的信件，會讓人產生近似中風的麻痺感。但多半的時候，我都可以超脫這生活上的匱乏，自在寫作。

　　在我的朋友裡面，頗有我這種對於自由投稿安之若素、對於經濟壓力處之泰然的類型。但不是每個人的神經都一樣大條。我就認識好些個很有成績的作家，始終沒有當全天候自由投稿作家的勇氣。他們總要維持每週四十小時的固定工作，一提起來，嘴巴上就恨個不停，但少了定期到手的支票，他們會覺得不安。我們外人看得透徹，其中有幾個人，把那個幹零碎活計的時間省下來，一定可以賺得更多。他們自己也知道，但是，他們始終覺得，如果做一個全職的作家，反而會因為難以承受的焦慮，而變得無力創作。

　　我站在另外一個角度上的觀察，卻很樂觀的相信：寫作比任何工作都來得安穩妥當。有工作又如何，難道沒有要你走路的一天嗎？但是，誰能開除我呢？就算是終身職的教授好了，儘管聘用沒問題，可你能擔保你的學校不會關門嗎？萬一真有這麼一天，你要到哪裡去呢？我呢，跟好幾家出版社保持聯繫，善於應付市場的各種變化，也沒有任何強制退休的條款，更沒有勞雇關係中暗藏的陷阱，會讓我哪天莫名其妙的就沒飯吃了。

　　這麼一來，我就沒有退休金了，醫療保險也得自理，當然不會享有

各種福利、帶薪病假或休假。我更不能在早上露個臉、鬼混一天，照領薪水。如果我寫不出任何東西，一毛錢也拿不到。大致上，我能接受這個事實，但有人不行。

此外，在作家性格中，還有另外一個重點，因為它實在是太理所當然了，反倒讓我忽略了它的重要性。很簡單，你得喜歡這個工作才成。

我不是說，你坐在打字機前面，得多麼的愉快、享受。大部分的作家都恨寫作的過程。情況再好的人，也會偶爾罵上兩句，無一例外。（只有作家有這怪癖，這事兒頗有點蹊蹺。在我認識的畫家裡面，幾乎每一個都熱愛繪畫的過程。每個音樂家在一天工作結束後，拿起樂器演奏一番，也都認為是生命中最動人的感受。偏偏只有作家，提到寫作就恨。）

作家必須知道如何享受（至少要知道如何忍受）創作時那種全然的孤寂。該說的說完，該做的做完，到頭來，寫作還是得一個人坐在書桌前面，孤伶伶，看著空白的牆壁，強迫自己把心思轉成文字，再把文字打在紙張上。

我知道有個人幾年前，也幹過自由投稿的行當。他先是在家裡工作，然後，租了間旅館房間，好讓他有間辦公室可去。這麼一來，他的工作時間就有紀律得多，但是，他始終沒法忍耐創作時的冷清。他退了旅館房間，索性在辦公大樓裡，租個單位，讓一大堆人在他的身邊忙進忙出。他很喜歡在創作中，把這份熱鬧擺進來，認為多跟別人互動，反而可以專心創作。後來，他乾脆放棄自由投稿的生涯，找了個工作，這些年來，看他也過得開開心心的。他斷斷續續的出了幾本書，多半是在晚上或週末創作的成果。有時他見到我，會跟我唸幾句，他多恨現在的工作啦，真想辭職，專心創作啦，但我知道，這只是他隨便說說而已。如果手上沒個像樣的工作，他一定會瘋掉。

如果你是那種耐得住寂寞的人，我還是要告訴你很重要的一點：作家必須跟外界有適當的接觸，好彌補創作時的形隻影單。我們不能始終孤獨，我們也不能期望我們的家人，在情感上可以自給自足。孤立的作

家，最終會跟世界失去聯繫、忘記人們的長相。在創造素材消耗完畢之後，也找不到補充的來源。

我偶爾也會發現，我需要其他作家作個伴。這是一種外人難以理解的需求。我的同行會激發我的創意。在這種社交中，會有很多激盪，有點像是花粉的雜交。跟其他作家廝混個幾小時，總能讓我深刻的了解自己：我是一個作家。

同時，我也需要找些不是作家的人當朋友。單靠圈內人才能領略的行話，畢竟不大平衡。作家總得偶爾暴露在現實前面，哪怕是一陣子也好。我的一個女性作家朋友說得好：「把生命中最有意義的時光，只用來跟一小群想像力豐富、但有些排外的人打交道，總是怪怪的。」

這也許是作家個性中最後一個特點吧。我們每個人都有點奇怪，總有點那麼些微的不同。

不同萬歲！

第二部

小說紀律論

埋頭苦幹、奮戰不懈

13
小說家的時時刻刻

這些年來，我發現：不管是不是吃作家這行飯的人，對作家的創作機制，好像總有無窮無盡的好奇。也許是因為發想的經過，神而明之，有些言語難以表達的奧妙，就連我們自己搞創作的，也說不出個所以然來，於是呢，大家只好把注意力集中在我們瑣碎的工作細節上。我們是在清晨，還是在晚間創作？用打字機，還是鉛筆——要不用蠟筆？是不是禁止作家使用尖銳的工具？我們是先打好大綱，還是意隨筆走，讓靈感把文章舒展開來？

這種話題持續下去，遲早有人會問：作家每天創作的時間大概是幾小時？答案，不管是兩小時，還是十二小時，通常還會附加一段界定性的說明：「當然啦，這是指實際寫作的時間，並不包括我事前的研究。如果，到了趕稿的階段，作家被鬧鐘叫起床之後，到他筋疲力盡，上床為止，都在工作。即便是在睡夢中，創作的過程，也不見得會完全暫停。我的下意識依舊蠢動，幫我篩檢細節，去蕪存菁，開展明天要創作的場景。我可以一點也不誇張的說：作家嘛，一天工作二十四小時，一個禮拜工作七天。」

我想我的同業，大概也在不同的時間場合，說過類似的話吧。我猜，有的作家或許會相信這一套，但有一部分的我卻認為上面那段話，根本就是廢話。從最嚴格的作家意識出發，只有坐在打字機前面，敲鍵盤，這一頁打完，再換下一頁的時候，才能真正被我界定是「在工作」。思考不是工作、研究不是工作、校對不是工作、跟出版社的編輯談事情，不是工作、講電話不是工作，就算是修改與編輯，都不算是工

作。除非，我做了一些什麼事情，讓情節離開故事的出發點，朝結局前進，否則，不管我在幹什麼，都不能算是在工作。

　　請你了解，我心裡比你清楚。在知性上，我知道我列在上面的雜事，跟我的工作密不可分，而且都得投下時間或精力去打理，否則的話，作品的質與量難免受到影響。只是講這些於事無補。除非我在打字機前面，完成今天的工作、除非我拿出具體的成績證明，否則的話，我總覺得我在逃學。

　　這種態度其來有自。我的心思每天都有層出不窮的花樣，總能想出點什麼理所當然的事情，誘使我離開打字機：一本不讀可惜的書、一個很有意思，肯定讓我大有收穫的小角落、一個我需要借重他專業知識的行家。這些課外活動都比坐在書桌前面苦思、寫點什麼，來得好玩。要不是我的自覺綁著我，我起碼可以搞上好幾個月，在這段時間裡，打字機的色帶上，連半個印子都不會有。

　　不過有的時候，我可能會把我自己逼進角落，鎖在前無去路的窘境裡，做也不是，不做也不是。我在創作柏尼‧羅登拔的雅賊系列——《喜歡引用吉卜齡的賊》的時候，就碰到這種典型的難題。這個妙手空空的高手，因故潛逃到森林之丘公園（Forest Hill Park）。那地方在皇后區，算是中高等級的社區。我突然發現這二十年來，我都沒去過森林之丘公園，上次去，也就溜達溜達而已。回想起來，我只剩下含糊的記憶，地貌有沒有什麼改變，我半點概念都沒有。

　　我有兩個選擇。第一，相信自己的記憶，跟我自己說：小說創作嘛，本來就是虛構的，盡可以自己寫自己的。要不，我就搭F線的地鐵，直接到那裡去，漫無目標、到處晃晃，看到什麼算什麼。

　　不管怎麼做，我都甩不掉罪惡感。如果我留在家裡工作，我一定會譴責自己偷懶，連最基本的研究都不想做。如果真去了呢，我又覺得我在浪費時間，明明該坐在打字機前面，一點一滴把故事寫出來的，卻胡亂找些雜務，逃避現實。幸好，我有解決這個難題的方法。我扔個硬幣，猜猜正反，然後，心一橫，就跑到森林之丘公園去了。

　　結果證明我的記憶力還不算太爛，那個地方沒什麼改變。但我還是覺得這時間花得很值得。我刷新了對此地的記憶，增添了幾許最道地的當地色彩，在我描繪這個場景的時候，因此顯得非常有自信。

　　不是每件事情都可以處理得這麼順暢。有的時候，把時間花在這種研究上，根本就是浪費。還有的時候，事前根本無法判斷到底這時間花得值不值。美國煙草公司的喬治‧華盛頓‧希爾（George Washington Hill）曾經說過，他扔在廣告上的一塊錢裡，起碼有五毛錢是浪費的，但真正的麻煩是，他不知道哪五毛錢浪費掉了，於是只好投下一塊錢。研究就這麼回事：你離開書桌之後，有沒有收穫，誰也料不準。

　　在我的內心裡，有一個小小的吉米蟋蟀（Jiminy Cricket，譯註：《木偶奇遇記》裡面的小蟋蟀，牠是小木偶最好的朋友，總是給他良心的建議）機制，我因此而很放心，不必把所有時間都耗在書桌前面。幾年前，我還可以在書桌前面，待上好長的一段時間，可能我那時年輕吧，如今是做不到了。不過，追根究柢，恐怕還是因為我根本自律不嚴。算一算，我能在打字機前面，坐上五到六個小時，就很了不起了。

　　我現在不這麼做了。我不強制分配我的工作時間，只規定工作分量，每次五到十頁之間，根據作品性質、截稿時間的急迫與否以及月亮圓缺等變數，機動調整。這種工作分量，大概只需要兩到三小時，如果我在一小時之內完成了，我就很高興的收工。如果，硬撐了三小時，仍沒法達到計畫中的篇幅，我還是鳴金收兵，只是難免會拖著沉重的心情。總而言之，我的工作還是有臨界點，如果超越過去了，只會產生反效果。油箱裡面明明已經沒油了，還不斷的啟動引擎，最後哪兒也去不了，反倒把電池耗光了。

　　有人告訴我，在辦公室裡，絕大多數的人處理正經事情的時間，一天頂多兩到三小時。其他時間，他們可能在休息、剪指甲、在辦公桌前發呆，或是跟隔壁的同事聊籃球，總而言之，都是些亂七八糟的事情，硬生生的把兩小時灌水成八小時。儘管這件事情還滿能讓人會心一笑的。但我卻不會因此改變我的信仰：我工作的時間，比起一般的上班

族，可要短得多了！

　　我找到了幾個方法，讓我的罪惡感，盡可能的不要來騷擾我。或許只是野人獻曝，但我還是冒著風險提出來，供你參考。

　　1. 寫作是我的第一要務。過去幾年來，無論日夜，只要有空檔，我就開工。後來習慣改變了，早飯一吃完，這才動筆，這是我實驗出來的最佳的時機，持續了好長一段時間了。這有幾個好處──第一，腦筋最清醒；第二，我的電池經過一夜的充電，那時最為飽滿──最要緊的誘惑其實是：我承諾我自己，只要把工作做完，剩下的時間，我愛幹什麼，就可以幹什麼。

　　2. 我試著每週工作七天。這麼做當然有好處。舉個例子，寫小說的時候，每天都有點進展，比較不會讓主軸滑離你的下意識。而我每天都有點產量──不管是長篇還是短篇小說──也比較不會覺得，自己浪費了大好的一天。哪天我突然放了一天假，也好跟自己說，已經工作六天了，一天沒幹活，也是人之常情。

　　3. 我把例行工作放在最後。信一寄到，大樣剛送來，我經常按捺不住馬上拆開或是立即校對的衝動。這種雜事會讓我覺得我還是在幹活，不必理會罪惡感的追殺。但是，比較起來，這種例行工作，畢竟比較次要，無須全神貫注的處理，即便寫完五頁分量，還是有足夠的腦力去應付。最近，再舉個例子，我接到從辛辛那提寄來的包裹，裡面滿是參加《作者文摘》短篇小說比賽的投稿作品。一收到這個包裹，我當場就想拆開來，但我強迫自己坐在打字機前面，直到當天晚上，我才閱讀這批小說，看到第二十來篇，睡意上湧，睡到人事不省。

　　最後，我允許自己動用最老套的藉口──作家嘛，一天二十四小時，什麼時候不在創作？說真的，如果你放開心胸想想，這也是滿有道理的。比方說，有一天吧，我在早上就把規定的頁數寫完了，下午，我去健身房，滿身大汗，舉起好多好重的東西，然後，在街上晃盪一個多小時。就在我東張西望的同時，我看到一輛轎車開進一棟大樓的地下停車場。我突然幫柏尼‧羅登拔想到一個好方法：只要把自己關進後車

廂，不就可以突破森嚴戒備，神不知、鬼不覺的溜進大樓裡？

　　你猜我有沒有把這個片段用到羅登拔的小說裡？未來有可能吧。時候到了，就順理成章的寫進去。我經常覺得我在纏毛線，但是，我並沒把路上撿來的毛線纏進去。這招有用嗎？或者，有沒有用，根本不是重點？

　　這得好好想一想，我就在這裡擱筆，讓你也有機會琢磨琢磨。就我的角度來看呢，我已經花了三個多小時寫這篇東西了，差不多寫完了。我想，我該給自己放個半天假，做點我想做的事情。

14

蘿蔔與棒子

「喔，你是個作家啊。」她說，插了一根雞尾法蘭克香腸，「你知道的，我也想當個作家，但我知道我辦不到，因為我缺乏自制力。」

我應該把她哽在喉嚨裡的話說出來，再把她剝個精光，按在書桌前，用皮鞭狠抽她一頓；但我只說了些跟沒說一樣的場面話，然後就去找葡萄葉包飯（stuffed grape leaves）了。每個人都想當作家，每個人都沒有自制力，很好啊，這個行業早就太擠。

打個比方來說，假設每個做白日夢的人，都想在書脊作者欄的位置，見到自己的名字，於是呢，每個人都在打字機裡面，捲進一張紙，噼哩啪啦的打字。接著往下想，萬一，大家的臉皮都很厚，一開始打字，就要堅持到底。最後，只要腦子裡有點風吹草動，就覺得是文學靈感，可以發展成情節，於是，每個人都坐下來，寫一篇小說。

最後，我的媽啊，一開門，我們就會見到堆到鼻尖的各類作品。且不說那些為了盲目創作慘遭砍伐的樹木，想想收到這些稿件的編輯，怎麼讀也讀不完，一輩子也回覆不了。他們的日子已經不怎麼好過了，再把慘況加重十倍、二十倍、兩百倍，對他們來說，那會是怎樣的悲劇？

您說，您沒有寫作的自制力，先生、女士？

那很好啊，繼續保持吧。

但是，你，尊敬的讀者，情況可不是這樣。讓我們這麼說吧，你是作家，不是那種在雞尾酒會，或是在夜店裡找人胡言亂語的閒雜人等。無論如何，我也要鼓勵你把浮現在心頭的字句，寫下來，哪怕只是吉光片羽。你，很明顯的，是把寫作當作是一件正經事情的人。你難道沒買

這本書嗎？你難道沒讀到這一頁嗎？如果這不是一種對寫作藝術的承諾、不是一種提升寫作技巧的奉獻，那又是什麼呢？

我始終相信：自律，是決定一個作家有多少成就、能夠發揮多少生產力的關鍵。一個作家想把工作做好，一定是一部自己就會轉個不停的發電機，就像是那種小廣告徵求的年輕推銷員，挨家挨戶的推銷小玩意兒，再怎麼被拒絕，半點兒也不灰心。跟他們相比，作家連銷售經理一大早的精神講話都沒有；他得自己給自己打氣，軟硬兼施，備好胡蘿蔔與棒子——而他自己就是那頭老驢子，拖著一部車，步履沉重的往前走。

小說家尤其需要自律，理由很簡單：你得花上好些功夫跟時間，才能把小說寫到足以出書的長度。詩人，往往一揮而就，靈感湧至，幾分鐘就完成了。短篇小說，說不定只要坐在打字機前面，連起身都不必，就寫完了。在上面兩種情況裡，作家單靠靈感，便可達陣得分。

長篇小說，可不是這麼回事。靈感，獨木難支大廈，就像是一路衝刺，絕對不可能領先到馬拉松的終點一樣。延續這個比喻，長篇小說家就像是馬拉松的選手，不管沿途如何狼狽，只有支持到最後，他的表現才算數。沒有人（也許只有選手的媽媽例外吧）會在百米短跑之後，衝過去恭喜他跑完最後一步；同樣的道理，也沒有任何人會跟打完最後一行的詩人或是短篇小說作家，歡呼致敬。

儘管如此，短篇小說作家如果想要擁有旺盛的創造力、想要在商業上有所斬獲，也還是適用我的「胡蘿蔔與棍子」理論。寫一個一眼就可以看穿的故事，到底稱不上是赫克力士的偉業（Herculean task），但是，他們需要強大的自制力去不斷重複手上的工作，逼出一個又一個的創意、完成一篇又一篇的故事，逐漸摸索、探尋這個類型的顛峰。

長篇小說作家享有動能的好處，一旦開了頭，大可把腦子依附在這股衝力上面，隨著洪流的方向前進。每天早上起床之後，他非常清楚今天該寫些什麼。短篇小說作家呢，則是面臨另外一種情況：他的腦子得不斷轉變翻新，提出一個又一個的寫作計畫，灌注熱情，逐一完成。不管先前的作品賣得出去、賣不出去，他都要奮戰不懈，他要知道退稿是

短篇小說行銷中，難以避免的一環，絕不能讓沮喪干擾他的持續創作。

自制力在運用之際，有什麼訣竅？胡蘿蔔應該伸多遠、棍子打下來應該多重，可有規矩可以依循？

我相信一定有，希望有一天我可歸納出一個公式。我無怨無悔的寫作這麼多年，寫出來的書，正常人一輩子都讀不完，很多同業都認為我是一個高度自律的作家。不過，每次我見到比我還多產、刻苦的作家，卻不免覺得自己懶散過了頭。問題是，這些人見到了生物界自律的典範——蜜蜂、螞蟻（我只能想到這兩種昆蟲），可能又會自慚形穢。等你真的變成螞蟻了，你說不定又開始懷疑自己是不是在餐櫥裡鬼混的流浪蟻。如果，真是這樣，我也不會覺得意外。

接下來，是幾個小技巧：

1. 永遠把寫作當作是第一要務。在行政人員的一般訓練中，大家總喜歡舉美國鋼鐵公司總裁查爾斯·史華伯（Charles Schwab）的故事。他跟一個效率專家說，他很忙，沒空聽他的長篇大論，有沒有辦法給他一個簡單快速的建議。「每天早上，」專家說，「寫一張你必須要在今天完成的工作清單，按照重要性排好先後順序，集中注意力，解決第一件事情之後，再處理第二件事情。盡可能的在一天裡面，舒舒服服的去做，能做幾樣，算幾樣。」史華伯看著他，聳聳肩，問他這個建議值多少錢？「你先試一個月。」專家說，「再決定我這個建議值多少錢。」三十天之後，史華伯寄給他一張兩萬五千塊錢的支票。

專家的建議其實很有道理，對鋼鐵公司總裁跟作家一樣有用。我建議把寫作放在清單的最上頭，作為起床之後的第一要務，在每天的進度完成前，不要去做別的事情。

2. 設定你的目標。我從早上開始工作，通常兩到三小時。三小時之後，我的注意力開始渙散，工作效率大幅滑落。我的目標不是每天要做多久，而是要完成多少篇幅。如果沒有特別狀況，我給自己設定的進度是每天五頁。

如果我在一小時之內，寫完五頁——這種事情經常發生——我就到

此為止，不再做下去了。有的時候，我會多寫一兩頁，那是因為行文必須兼顧一定的流暢性，我希望它能止於其不得不止。然後，工作就此結束，我不必再為寫作多花一分鐘時間。

如果狀況不好，即便花了三個小時，還是連五頁都寫不出來，我就在打字機前面，多待一會兒，看有沒有機會完成進度。我不會強迫自己，但如果在當天剩下的時間裡，我能趕上進度，或者，靈感一旦湧現，立刻把它寫下來，心裡自然好過些。

對我來說，這通常不成問題——部分原因是我有自知之明，目標還算實際。我很少覺得，我連五頁都寫不完。萬一出了什麼狀況，我會伺機調整配額。但即便進行得很順利，我也不會像組裝線一樣，加快速度。我的目的不是測試我自己的能耐，而是把工作做完。

3. 固守當下。 我之所以能把全副心力集中在今天的工作上，是因為我心無旁騖。如果，我一個勁兒擔心明天的工作，或是下星期二的進度，我哪有辦法把眼前的工作做得淋漓盡致？如果，我手上還有一個短篇小說沒寫完，那我何必去研究下一篇要寫什麼、寫完這篇小說要投到哪裡去、如果它被退稿的話，我要怎麼辦，或是有人買下來的話，我要怎麼花這筆稿費？我把今天的事情做好就行了，何必白費力氣？

4. 埋頭苦寫。 我時常覺得，費了半天工夫，我只是把上好的二號紙變成一堆垃圾罷了。有的時候，我是對的。有的時候，純粹自怨自艾。只是我的腦海一旦浮現這個想法，誰也沒法確定我究竟是不是杞人憂天。

答案其實很簡單：寫，就對了。寫完了，如果真的證明我寫了一堆廢話，再把它扔到一邊也不遲。這種事情當然說來比做到容易。如果我深信剛剛打好的那一段，行文遲滯，了無生氣，還得堅持下去，的確是不容易。但我經常發現前一天覺得慘不忍睹的作品，第二天看來，卻是異常的完美——或者，也沒有比其他各個章節差到哪去。就算是到了第二天早上，越看越不像話，憤而把它給撕了，至少，我還是按照進度，維持創作動能不受干擾。

5. 別過分苛求。 藝術創作往往得推敲再三。想要鍛鍊出一等一的寫

作技藝，總是得認眞些。但如果過分苛求，難免繃得太緊，反而無法舉重若輕，尋覓創意的最佳呈現。

這個故事或許可以說明我的想法。兩個退休的老先生聊上了，其中一個說他最近閒得快瘋了。「你應該培養點嗜好。」其中一個人說，「讓你的生活有點滋味，給自己找個活下去的理由。」

第一個人又開始狐疑了。「你是說黏黏藏書票、繡繡花什麼的？怎樣的嗜好？」

「我這麼跟你說吧。」另外一個說，「怎樣的嗜好根本無所謂。就拿我的嗜好來說吧，眞沒騙你，我養蜜蜂。」

「養蜂？你家住在匹特金大道（Pitkin Avenue）兩間半的房子，養蜜蜂？養多少？」

「喔，這倒算不清楚，大概兩萬隻吧。」

「你養在哪裡？」

「雪茄盒裡。」

「但是……牠們如果亂跑出來，或是成堆、成堆的死掉了，怎麼辦？」

「那又如何？這不過是個嗜好罷了。」

這不過是本書而已，我經常跟自己說。或許，你會覺得這本書是你生命中最重要的寶貝，是你存在世間的唯一理由，我只能說，別這麼死心眼，這只不過印在紙上的幾行字、一堆作家扯出來的荒唐言語。聽好，不過是本書。

壓力小得多了吧？知道這不過是本書、知道帝國會崛起，也難逃滅亡、我會吸氣，會吐氣，遲早能寫點東西出來。

啊哈。

這可是我在這個專業上，眞正的江湖一點訣，如今，傾囊相授。我跟你們保證，我就是靠這個絕招，一路撐過來的，也是以此頻頻自勉，才終於把這篇文字寫完，等會兒就可以寄出去了——在截稿時間之後，只不過拖了兩個禮拜而已。

聽好，這不過是篇專欄。

15

創意拖延法

　　打從一七四二年，愛德華・楊恩（Edward Young）把「拖延」定位為「時間之賊」開始，拖延，自此慘遭污名纏身。（問題是：楊恩在一七三九年就發明了這個定義，卻也是「拖」到一七四二年才發表。）卻斯特菲爾德爵士（Lord Chesterfield）更以他的名言——「今日事，今日畢」（Do not put off until tomorrow what you can do today），一舉將發呆跟鬼混，送進萬劫不復的墳場。湯瑪士・迪昆西（Thomas DeQuincey）語氣比較輕佻，他認為拖拖拉拉是一連串品格墮落的副產品，而源頭呢，很簡單——謀殺。

　　幹我們自由投稿這一行的，天性不免懶散，當然更有責任把事情規畫妥當，對於先賢的提醒，自應點頭稱是。我們這個專欄的立意，就是把讀者趕到打字機前面，更應採取強硬立場，防止大家把工作進度停留在昨天。

　　是吧？

　　錯。

　　完全相反。拖延，有它的價值。不過，希望你能了解，我也不是毫無保留的誠摯推薦。寫作跟人生其他的事情一樣，解決問題的最好策略就是迎頭痛擊、速戰速決。事情擱在那裡，很少會自己解決的。根據我的觀察：那些一天到晚坐在打字機前面的人，日復一日，通常多少有點收穫。

　　一般而言，拖延不是什麼好事，但「創作性拖延」卻是還不錯的資產。關鍵就是你得弄明白什麼時候要順勢延期，什麼時候要迎頭趕上。

　　讓我給你舉個例子吧。我是在翼手龍被列入瀕臨絕種生物名單的時候，開始寫作。年輕的我，性喜快馬加鞭，每有個什麼點子冒出來，務求在最短的時間內，把它轉換成一篇小說。當時，我靠寫犯罪小說餬口，通常在下午會有靈感，第二天一早，就可以把稿子寄出去。可得提醒你，這種小說不好賺，稿費低不說，寫出來的東西，自己看了，都覺得沒有面子。我那時剛出道，也只能這樣了。

　　時到如今，我變了。

　　舉個例子來說，兩個月前，我有個很棒的想法。那是一個推理故事，讓犧牲者自己來當偵探，在謀殺案發生之後，自己把真相查個明白。我最近讀到小雷蒙‧穆迪（Raymond A. Moody，Jr.）的《來生》（*Life after Life*），他調查了好些人的前世今生經驗，這批故事正是我靈感的來源。

　　如果是以前，我大概直接就坐在打字機前面，寫將起來，而且，多半會在碰壁之後，一事無成，因為這種特定的概念，其實很難發展成為一個短篇。更何況我又沒情節、沒主題、沒角色、沒衝突──只有一個我剛剛告訴過你的概念。我大可坐在打字機前面奮戰，絞盡腦汁，編點什麼出來，但是，我決定採取拖延戰術。

　　我在小筆記本裡，寫下我的點子──《是誰殺了我？》，潦草幾筆，夾在到洗衣店拿衣服跟替黃藥澆水之間。我經常瞄上幾眼，跟自己說：每天端詳它一會兒，總有一天把這故事寫出來。

　　每跟自己說一次，我的下意識都會晃盪一陣子。破碎的波動，慢慢的兜攏成為一個印象。

　　這個故事的概念，始終沒有發展完成，也沒有寫在紙上。主角更沒有陰魂不散，施展諸般恐嚇手段，讓壞人驚駭之餘，吐露實情。在「創意拖延法」的助陣之下，我修正了這個有點老套的想法。我決定把最關鍵的場景，設在手術室裡，醫師正在動手術，設法取出他身上的子彈，或是什麼類似的東西；就在主角命在旦夕的危急時刻，就跟穆迪的書裡描述得一樣，他突然理解，在完成他的使命、找到凶手之前，他不能斷

氣。於是，他暫且還陽，著手調查這起謀殺案。

好多了，我覺得。這故事開始成形了。但我還是覺得創作的時機沒到，於是把這個點子扔進烤爐，且讓它慢慢發酵。

稍後，我開始讀詩，讀的倒不是羅伯特‧佛洛斯特（Robert Frost，譯註：美國詩人，下引詩句，出自他的名作《雪夜林前暫歇》），但是，心頭一陣觸動，卻讓我想起這位詩人。我希望這本小說能夠傳遞出「長眠前且再奔數哩」（And Miles to Go Before I Sleep）的境界。我把這句話寫進筆記本，順便勾掉《是誰殺了我？》。（那時候，我早就把衣服從洗衣店拿回來了。）

我喜歡在寫小說前，先把題目擬好。題目當然可以改，但，能暫訂下來，多少會有些幫助。現在我有題目了，而且還相當不壞，問題是：我想不出故事。

所以，我又拖下去了。

不知道過了一個星期，還是一個月，我又開始琢磨這主角到底是幹什麼的？是個怎樣的人？什麼人殺了他，又是爲了什麼？這些答案還不知道，但我決定把主角寫成中年的生意人，隨後在他的身邊，安排了妻子、工作夥伴、情婦、一對兒女等幾個配角。這五個人都有殺他的動機，每個人都是嫌疑犯。殺人動機呢，就有點模糊了，這也無可厚非，因爲每個角色也都是模模糊糊的，而我也還沒弄清楚，到底是誰殺了他。

到了再拖一陣子的時候了。

有一天，你可能很高興聽到：我決定寫這個故事了。也許是有人鼓勵我，但更可能的是我想逃避別的工作。不管怎樣，我坐在打字機前面，開始寫了。

寫著寫著，我決定要用第一人稱寫這篇小說。用主角的口吻描述那種瀕臨死亡的迷離經驗，可能有些古怪；但我跟這個故事相處好一陣子了，直覺認定這麼寫下去準沒錯。果然這個故事寫來順手無比，因爲這本小說的性格與語氣，早就爛熟在我胸中了。

　　就在這個時候，又發生了一個很有趣的變化。主角的目的，並不只是把凶手繩之以法就算了；他在調查每一個嫌犯的同時，也都完成了一個未了的心願。他逐漸放下心上的大石頭，到了第二次，也是最後一次死亡來臨時，他安詳的告別人世。這個寫法上的調整，使得原本機巧有餘的故事，一舉變成言之有物的浩嘆。

　　我很喜歡這篇小說最後的模樣。故事在胸中盤桓已久，情節早經下意識的反覆磨洗，結構也是百般推敲，坐在打字機前，因此一揮而就。艾蓮娜・蘇立文很喜歡這個短篇，改名為《死後之生》（*Life After Life*），刊登在《希區考克》推理雜誌七八年的十月號上，有興趣的讀者不妨找來一看。

　　我的重點不是說我寫了一篇多麼了不起的作品，或是幫我贏得了如何讓人豔羨的名氣與財富。小說沒有大紅大紫，我也還是老樣子。我的意思是：要不是我一而再、再而三的拖延，爭取了這麼多的時間從容準備、慢慢消化我的點子，這個故事絕對不是如今的面貌。

　　《三軍密碼》（*Code of Arms*）是另外一個創意拖延法的例子，把行動——或是不行動——拖到一個更適合創作的時機。大概在四年前，這本書的原始構想就已經出現在我的腦海裡了。我讀了一些二次世界大戰的報導，心中不免懷疑（其實也不是第一次了）為什麼希特勒的部隊，在鄧克爾克（Dunkirk）的外圍，突然停滯下來了呢？也就這麼兩天的耽擱，讓英國撤出了二十五萬的部隊，否則的話，他們根本無力支應接下來的大戰。

　　假設：有個英國人滲透進了德國防衛軍（Wehrmacht）的總司令部呢？假設在他的運作之下，德軍才做出了錯誤的判斷呢？

　　我覺得這個骨架，應該有機會發展成為一部叫座的小說；但當時我只把這個點子擱在心裡，就忙別的事情去了。幾年後，我又想起這件往事，那個在英國情勢岌岌可危之際、力挽狂瀾的主角，也開始有點模樣了。我現在有的不只是個點子，而是一個劇力萬鈞的故事、一部在商業上頗有競爭力的作品。我用接下來的半年時間，著手蒐集資料。研究工

作與拖延不盡相同,儘管長相差不多。接著,我跟一家出版社的編輯談了談我的寫作計畫,交出一份大綱,花了比興建沙特爾教堂(Chartres Cathedral)更精雕細琢的功夫,布置了比寶琳歷險記(*Perils of Pauline*,譯註,這是美國一九四七年出品的喜劇,女主角寶琳,幾經波折,終於當上了大明星)還曲折的情節,《三軍密碼》終於在一九八一年的春天上市。

在這個例子裡,我很幸運,靈感時隱時現,但卻始終沒有離我而去。我認為讓自己的點子,經常在眼前晃一晃──記在筆記本上、貼在牆上,隨便你,只要能喚起你的記憶,片片段段的資訊、吉光片羽的構想,隨著故事情節的逐步推演,自然會慢慢的湊在一起。

在什麼情況下,拖延就只是拖延,激發不出任何創意?如果你只是想逃避工作,不是在等待最好的創作時機、如果A計畫的替代方案行不通的時候,大概就會落到這樣的下場。我是個懶人,當然會去進行B計畫。

還有一件事情──唐・馬奎斯(Don Marquis,譯註:美國二○年代的幽默作家)說,拖延是與昨天共舞的藝術。我的意識老是提醒我:在適當時機,要把這句話放進我的文章裡。接下來呢,我要跟讀者分享我對「創意剽竊法」的構想。

也許,它就是下個專欄的題目。也許,我會再拖一陣子。待我想想,我要先替我家的黃葉澆澆水。

16

時間到！

告訴你一個秘密。我玩寫作遊戲的時間越長，就越覺得自己知道的其實很少。我每個月都不免懷疑，自己當初是不是過於孟浪，竟然敢靠寫作混飯吃，更別提開這個專欄，對著後進指指點點了。

這番偏激言論，當然不是，也不可能是內省的心得，而是從經驗裡，摘取到的苦果。

假設你願意試試我這幾個星期來向你介紹的寫作模式：每天早上，根據我的習慣，七點左右醒來，坐在床沿，看著我自己的陰影，再鑽回被窩，把被蓋在頭上，眼睛閉得緊緊的，研究一下接下來幾個小時要幹些什麼。一夜好眠，我其實已經不怎麼睏了，待我從小寐醒轉過來，我就得強按著百無聊賴，才能賴在床上。

大約到了十一點，我終於起床了，把茶壺放在爐子上面。這一天從現在開始，應該算是很安全的吧。我是那種早晨寫作的作家，上午既然過完了，我當然可以直接進行下午的非寫作活動——弄點吃的、上健身房運動、赴一個午餐的約會、散個長步，盡可挑些有趣的事情來排遣時光。反正我不想進辦公室，更不想瞧我的打字機一眼。

我又躲過了一天的工作。

我贏了。

我不想用「作家障礙」之類的名詞，美化我的古怪行為。我壓根不知道什麼是「作家障礙」，只知道這種毛病的外觀是：不管作家怎麼努力，硬是什麼東西也寫不出來。現實更加殘酷：我根本沒去嘗試，相反的，我是盡一切的可能性跟我的打字機保持距離、阻止自己去發現我到

底寫得出來、寫不出來。

常讀我這個專欄的讀者，應該記得很清楚，我不斷強調「謹守崗位、持續奮戰」的必要。有成就的作家，我在前面說過，一定會坐在案前，孜孜不倦，日復一日的苦幹實幹。每天工作定時、產品定量，卑之無甚高論，正是作家維持量產的唯一秘訣。兔子在一開頭可能遙遙領先，但最後賺到稿費的，一定是步步為營的烏龜。

我曾經反覆的提過幾次，不僅是產量，即便是品質，也得靠這種穩紮穩打的策略。我每天工作——或是每週工作六天——手上的故事，始終盤桓在我腦裡。我朝思暮想，白天寫作，晚上交給下意識繼續琢磨，絕不讓故事離開我的掌握。

那麼，我為什麼不乾脆早上七點燒壺水，泡茶，八點開始寫作，目標鎖定普立茲獎呢？

道理也不難懂：有些事情，我無能為力。我的計畫，跟世上所有生物的盤算一樣，難免出點差錯。

我把最近的工作背景說明一下，或許你就能了解我的苦衷了。

兩個月之前，我開始一個仰之彌高的寫作計畫。在我的創作生涯裡，這是一本前所未見的野心之作，篇幅龐大，初稿預計要寫個四、五百頁，跟我一般的推理小說相比，足足是兩倍之多。情節曲折複雜、出場人物眾多、地域橫跨數洲，雖說我對這本大河小說，有大致的勾勒，卻沒有，也不想有寫作計畫。我始終覺得，只要開始下筆，情節就會自然而然的湧現。

剛開始，寫作還算是順利。在第一個月裡，我每週工作五到六天，每天寫五到六頁，很快的就把小說的第一部寫完了，厚厚的一疊，一百三十來頁。然後，我打算換個敘述者，從另外的觀點、地點、時間，發展這個故事。我放了一個星期的假，試著拋開第一部的故事，另起第二部的爐灶。到了那個星期的尾巴，我再度撲向打字機，連寫了三天，到了第四天，我終於體會一件事情：這個故事無以為繼了。

自此，這種體會成為我生命中的一部分，每天早上都會出現一次，

儘管形式略有不同。如果，我能安然享受這種寫不出來的落寞，倒也是好事一椿，但，我沒辦法。我始終不能諒解我自己，不住的譴責我的放縱、怠惰，當然，這種自怨自艾，無非雪上加霜。

如果我能把這種枯竭當作是某種創作的歷程，多少還能得些好處。可惜，直到我能用「過去」來形容這個尷尬階段的時候，我才能從容面對。

去年秋天，舉個例子，我按照進度，創作柏尼‧羅登拔的第四篇小說。寫到第六十頁左右的地方，我突然覺得有個聲音老是在我耳邊叨叨唸，警告我這故事有問題；問題是我根本不知道哪裡出了錯，更不可能知道該怎麼修正。我以不同風格的麻木不仁，試圖解決這個進退兩難的窘境。這次我沒有賴床，乾脆設定一個重新開工的日期。

「感恩節之後接著寫。」我跟自己說。感恩節來了，走了，十二月中，又到了《大氣精靈》平裝版開標的日期了。「等到這件事情搞定了，再開始寫。」我同意退讓，「心頭懸個疙瘩，誰寫得下去呢？」

是啊，誰寫得下去呢？不知道，但至少我寫不下去。《大氣精靈》賣出去之後，聖誕節假期又來了。一樣的道理，在這般熱鬧時刻，誰能繼續寫作計畫呢？至少我沒辦法。我決定把這個寫作計畫，當作新年一開始的頭號大事。

我還真做到了。新年的第一天，我搭地鐵輕輕鬆鬆的來到瑞文戴爾（Riverdale）勘景，儘管，這地方終究沒在小說中登場。一月二號，我坐在打字機前面，從第一頁，從頭寫起，文思泉湧，下筆有神。整本書在五個星期之內就寫完了，內容也很讓我滿意。靈感有如活水源頭，汩汩流出，情節鋪陳有條有理。我只消每天早上醒來，坐在打字機前面，把它打出來就成了。

這也讓我想到，我先前的拖拖拉拉，並不純然是浪費時間。逃避打字機的那兩個月，正是文學創作的過程。如果，去年十月我就逼著自己非寫完不可，這本書的品質可能參差不齊，寫作過程顯然是一種折磨。

為什麼，我沒法把如今的停滯不前，跟那個時候相提並論呢？畢

竟，我已經把第一部分寫完了，行文流暢、駕輕就熟，內容也不賴：工作成果很讓我滿意。（至少前一部分不錯，直到如今懶散的生活，迫使我戴上有色眼鏡，才讓我改變觀感。）我的下意識需要時間整合、消化，下一段的情節，才會破繭而出，這假設也不能說是不合理吧？我在寫完一本書跟開始寫另外一本書之間，會有比較長的空檔；那麼，在一本大河小說的兩個部分之間，為什麼就不能休息休息呢？

當然可以啊。更何況在那兩個月裡，我經歷了人生相當難堪的境界，精神被引上岔路，寫作的進度，難免步履蹣跚。等到我翻攪的心情平靜下來，收束心思，重新創作，難道不需要一點時間嗎？

當然需要啊。

我想，熬過這種創作旱季的第一要務，就是學會接納自我。面對可望不可及的目標，我們明明無能為力，難道非得把自己鞭策得鮮血直流，力竭而亡不可？這種根本趕不上的進度，訂出來，又有什麼意義？一個人做不到的事情，他就是做不到。幸好，人生不一定會按照既定的劇本走，這倒要謝天謝地。

接納自己，說來容易，做來難。等到這種枯竭的尷尬階段，變成往事，當然比較容易一笑置之。卡在這進退兩難的時候，實在很難平和以對。去年那個文筆乾澀的秋天——如今回想起來，我自認做了明智的決定，也因此我必須要強迫自己，記得這種心態上的變化。當你還在相框裡的時候，是很難打量全盤的風景的。一旦文思再度順暢，我可能又覺得這段冬眠期，其實只是蓄勢待發。但現在，在我寫這個專欄的同時，很像是得了盲腸炎的「基督教科學派信徒」（Christian Scientists，譯註：這是一個極度質疑物質的基督教支派，信徒宣稱疾病是虛幻的，只能靠「意識的方法」來醫治，服藥半點也沒用），左右為難。我想要相信，卻又怕它靠不住。

我相信，有些辦法可以排遣這種創作上的無力感。除了接納之外，我認為日常的節奏，絕對不能跟著創作殉葬，該做什麼，還是得做什麼。一樣，這種事情也是說來容易。我就是因為拒絕去做那些會讓我開心些、日子好過點的事情，所以，我心頭上的烏煙瘴氣，始終都消散不

了。舉個例子來說，我應該寫的專欄，進度就嚴重落後。還有，我也好久沒記帳了。我就是沒法重拾正常的工作規律。再舉個例子來說，我通常一個星期會去健身房三回，每次回來，心情都會放鬆不少，但是，我現在怎麼也提不起勁上健身房。

我還是強迫我自己去了一趟。我壓根不想去，到了之後，立馬想走。但是，我總不能一輩子都顧影自憐吧？總不能把花了不少力氣搬來的大石頭，再搬回原處吧？我知道來這裡只是浪費時間、力氣，但我強押著心不甘、情不願的我去運動，進到蒸汽間，沖過澡，我還是一肚子不稱意。但稍後，我終於覺得清爽了些。

我經常告訴自己：我終究會回去寫書的，我不會當一輩子的作家。我現在的進度已經遙遙領先，書該寫完的時候，就會寫完，還有……

有的時候，我還真信了。

不好玩。對我們這群搖筆桿的人來說，有一件事情，千真萬確：不管你喜不喜歡寫作，不寫只會讓我們更痛苦。很不幸的，寫不出來，正是文字創作必經的過程之一。如果，我們能全心全意相信這個過程，就會比較寬容這腸枯思竭的片段，也比較容易從容自處。

至少我寫完這個月的專欄了——這事，我也是想盡辦法在逃避。就像是強迫自己去健身房，我得咬著牙，硬著頭皮頂住反對聲浪，逼著自己一字一句的寫完。我不知道值不值得費這麼多功夫，我無力判斷。

但我現在的感覺好多了。

17

做就對了

　　我有個朋友，這兩個禮拜，幾乎每天都打電話找我。前些日子，他簽下一紙歌劇撰稿的合約，自此，開始他的悲慘生活。他的進度嚴重落後，錯過了好幾次的截稿時間，被他的老闆客客氣氣的恐嚇了幾次。而我呢，在這個領域裡的經驗，就算是吹牛吧，也只能說是所知有限而已。我沒聽過歌劇，更不知道歌詞要怎麼寫。但我們是朋友。寫歌劇歌詞的人，根本沒有幾個朋友，所以，只要他想要傾吐心中哀怨、無病呻吟、涕泗縱橫、頓足捶胸，或是尋覓點鼓勵，他總是會來找我。

　　只是，最近我有些詞窮，鼓勵來，鼓勵去，也就那麼幾句。他總是在我耳邊絮絮叨叨：他的歌詞怎麼也寫不出來啦，勉強寫出來，連自己也看不下去，就算是看得下去，看完了也想把它撕掉，單單靠近打字機，焦慮就排山倒海的壓過來，諸如此類，聽得我頭昏腦脹想要吐，他還是不肯住嘴。

　　「不管三七二十一，寫就對了。」我告訴他，「把你的屁股強壓在椅子上，手指頭按著鍵盤，想到什麼，就打在紙上。寫得不好也沒關係。你用不著喜歡它，也不必覺得驕傲，你甚至無須考慮這個過程值不值得。反正寫就對了。」

　　「不行啊。」他有時會說，「呆滯，了無生氣，拙劣無比、難看至極！」

　　「好啊。」我回答道，「那就寫一齣爛歌詞吧，反正寫就對了。」

　　不管是對自己，還是對朋友，我會視情況，提出上面的建議。有的時候，一本書寫得荒腔走板，我唯一能做的事情，就是刻意把它放到一

邊，讓自己的潛意識，慢慢的過濾雜質，理順情節，然後再回頭來寫。寫作畢竟不是工廠的生產線。你總不能定時出現在工作場合裡，做完份內的事情，就保證一定有生產力，得到薪水吧？有的時候，堅毅不拔到偏執的程度，未必能換來相對的成果，只是拿自己的頭去撞牆而已。而且，那還是一堵不動如山的牆。

總有時候吧，特別是那種把事情做完比把事情做好的緊要關頭，也就沒法那麼講究了。我的朋友顯然就在這種處境。放在他面前的選項不是寫一齣扣人心弦或是平平無奇的歌詞，而是要不就硬寫點什麼出來，要不就擱筆投降的重大關鍵。

報紙，每天截稿，對於作家來說，其實是很好的啟示。尤其是在我們這個行當裡，有很多人是幹記者出身的。儘管新聞跑得好，寫小說未必寫得好，但是，一個人總不能磨蹭到虛擲時光，進度嚴重落後，什麼東西都寫不出來吧。

在報社，趕不上截稿，新聞再好也沒用。假設法院今晚著火，我的新聞當然要上明天的報紙。新聞可能寫得不怎麼樣，可能還有很多重要訊息沒有包進去，更不可能寫得讓海明威看了眼紅，但是，這條新聞一定要印在明天的報上。否則，寫得再好，也沒人要看。

報紙上的每條新聞都一樣吧：如果記者有更多的時間，他一定能寫出更完整、更動人的故事，但是，他們的工作就是要在截稿之前，把手上的新聞處理完。所以，有的時候，儘管稿子寫得坑坑巴巴、七零八落，離完美還遠得很，但一定要在新聞還是新聞的時候，傳遞出去。

對我們這種懶散慣了的自由投稿作家來說，截稿時間，純屬參考，自己愛怎麼定，就怎麼定。故事是想出來的，一般而言，作家會順便想個截稿日期，在某個時間前，完成某個故事。沒人起義，帝國就不會倒。故事什麼時候寫得完，只有自己清楚。

當然，我們可能也會設定一些懲罰機制。自由投稿作家如果想維持一定的產量，對自己就不能太客氣。要求自己實現連老闆都難以啟齒的要求，只要進度些微落後後，就一定快馬加鞭。

　　因此，在我們很嚴肅的設定截稿日期之後，我們多半會全力以赴。只是，在寫作過程中，難免要幫自己保留某種迴旋空間。假設我們的截稿日期是星期二，硬趕的結果，品質無法保證，或者會傷害我的健康，又或者造成他人的不便，我當然要保留彈性，根據現實的情況，調整截稿日期。

　　如果截稿日期，不能隨我們高興，一再調整，眼見時間所剩不多，那麼，也就只有這麼一招好用──「寫就對了」。

　　以下兩個觀察，可以讓你的決策容易些。首先分辨一下，進度為什麼會停滯不前？通常是因為我們覺得寫出來的東西，不忍卒睹。既然筆下的情節與文字，如此拙劣，要如何強迫我們自己再寫下去呢？

　　有件事要知道：對自己的作品來說，我並不是一個客觀公允的評斷者──特別是正在寫的故事。有好幾次，我明明覺得文章寫來行雲流水，但寫完一看，卻覺得不怎麼樣。多半是因為我一頁、一頁的寫下來，並沒注意到整體張力不足的緣故。

　　還有的時候，誘惑，始終在我們身邊打轉。寫作，可能會變成一件想要去之而後快的苦差事，離開打字機，變成一個再適當也不過的選擇。

　　某些經驗讓我懷疑：在寫作過程中，我對作品的感受，是不是最不重要的變數？十五年前，當時的我，婚姻和諧，住在紐澤西市（New Jersey City），手上的一本冒險小說，已經完成三分之二了。突然，我的生活劇烈變動，周遭環境天翻地覆。我從車禍裡，勉強撿回一條性命，婚姻破裂，還得強忍一堆我不想在這裡細數的災難。幾個星期之後，我突然發現我置身在都柏林（Dublin）一家附早餐的民宿裡，截稿日期，可不理我，照樣步步緊逼。

　　所以，我只好開始工作。什麼事情都不對勁，我租來的打字機怪怪的，我在這裡買到的稿紙，太長又太窄。簡單來說，我瞧什麼都不順眼。但是，我還是強迫我自己了解：把書寫完，比強求文字完美，要重要得多。我狂砍亂殺，好容易殺出一條血路，把書寫完了，出版商倒沒

什麼異議，修正了幾個地方，就以《譚納的十二體操金釵》書名出版了。出版之後，我重看了一遍，幾乎找不到書中的接縫之處。我的生活出現了巨大的缺口，沒錯，需要很長的時間撫平，但是，這本書卻是渾然一體，從第一頁到最後一頁。

　　寫作的環境與心境多半不會那麼戲劇化，但是很少有哪本書，一路寫來，暢通無阻的。有的時候，我靈感泉湧，像是挖到一口水源充沛的水井；但總會寫到欲振乏力的當口，那段時間──當然還有那幾章──痛苦得像是在拔牙。

　　長跑選手常說，每次的比賽，都是超級倒楣、壞事齊聚。身體每個部分都疼，前途茫茫，沒個盡頭，腦裡唯一的心思就是放棄比賽。在這個當口，選手只能追憶上次比賽，想想自己是怎麼熬過痛苦的低潮，再根據先前的經驗，鼓勵自己，倒楣終有盡頭，光明即將來臨。

　　寫書，也會有這種諸事不順的低潮。最重要的就是要熬過去，別挑剔，想到什麼寫什麼。就我的情況來說，事後看看，我在艱苦日子寫的文字，未必比那些自認行雲流水的段落差。要不，我就打一段哈姆雷特的獨白，告訴自己，大文豪的精品，不過如此，照樣誇張呆板。我因此可以甩脫我的偏見，繼續寫作。

　　有個小技巧可以幫助我在這種情況繼續寫下去。我跟我自己說：不管怎樣，我一定要再寫個五或十頁，明天早上，如果我還是瞧不順眼，撕掉也就是了。我會有什麼損失呢？撕掉五頁，總比放自己一天假要好吧？我既不會有罪惡感，手指頭也可以保持一定的柔軟程度。

　　我很久很久才會爆發一次，把當天的作品，全部撕光光。但即便在這種時候，我也不是毫無所獲，至少證明了此路不通，得另闢蹊徑。經常，而且是很經常，我在前一天寫的（而且痛罵了一整天的）東西，第二天看看，也還挺順眼的。我當然不會覺得它寫得很棒，但，一般來說，也都算是中規中矩。有的時候，會需要一點修改，但多半的時間，也就是原來的那個樣子。

　　如果我發現手上的作品，真的有問題，我也會毫不留情的自我批

判。就跟我的朋友一樣，我會逼問我自己，我這麼寫到底對不對？我的能力足不足以應付這個浩大的創作？我應不應該用頭去撞牆、該不該放棄手上的工作，認賠殺出，把我的心力轉到別的地方去？

這些質疑可以直譯為：「我不想寫這個東西，因為我怕我寫得太爛」。這種對失敗的恐懼，的確具有癱瘓的效果，在寫作過程中，也沒有辦法分辨這些個問號，究竟有沒有道理。有的時候，不是無的放矢，我的能力絕對無法實現過頭的企圖心。我伸手所及，就是搆不到我的目標。

但是，也只有把手上的東西寫完，我才有機會客觀評斷。有的時候，我會用另外一種恐懼，來平衡我的懷疑：半途而廢比寫得差更糟糕。這是我用恐懼武裝自己、繼續前進的一個小策略。

我剛剛說過，有的懷疑，並非空穴來風。兩年前，我簽下一紙合同，答應幫人寫一本書。但是，我一開始寫，頓時茫然了起來。很明顯的，這本書不是我擅長的類型。這種書裡必然會出現的角色，在我筆下，顯得很彆扭，情節、場景，我都不太熟悉，塑造起來，格格不入。我開始後悔了，真不知道當初為什麼要答應別人寫這本書，真希望它能無疾而終。

但是，我畢竟簽了約，訂金花了，想賠，也無從賠起，但我心裡明白，這是因為恐懼，才會讓我想出這些藉口。書沒什麼理由寫不下去。於是，我放低姿勢，匍匐前進，一天五頁，管它是文思泉湧，還是文思枯竭，我熬過了一個又一個慘痛的低潮，好歹是寫完了。

只是這本書寫得真不怎麼樣。我看了一遍以後，只確定一件事情：在每個環節裡，都有些難以修復的毛病，分開看，合著看，這書都不怎麼樣，還不如中途擱筆。

這故事到頭來，還是喜劇收場。我把草稿交給了一個合作夥伴——擅長寫冒險小說的哈洛德‧金恩。在我們兩個通力合作之下，《三軍密碼》由李查‧馬爾克出版社（Richard Marek）出版，寫得還不差，謝謝你。我覺得這次的成功有些僥倖。從第一次的草稿到最後成書，有件事

情含糊不得：如果我不堅持「寫就對了」，不強迫我放下滿心的厭惡，持續前進，這本書永遠也不會問世，我也永遠學不到教訓。這個專欄寫了半天，要教給你的，其實就是這重要的一課。

18

F U CN RD THS（IF YOU CAN READ THIS如果你看得懂）

你可能在巴士或是地鐵上看過這樣的廣告：「f u cn rd ths」，如果你看得懂，那麼「u cn gt a gd jb & mo pa」（you can get a good job and more pay，譯註：就會找到好工作，賺更多的錢）。這訊息簡短而誘人。如果可以自由選擇，誰不希望有個好工作？面臨兩位數的通貨膨脹，誰又不希望多賺點錢？

這個廣告賣的是一種「速寫」的課程、一種有別於傳統速記的記錄方法，使用一般的字母，記下代表性的音節，上面就是兩個例子。這個廣告的含意是：如果你看得懂，那麼，參加這個課程之後呢，你就寫得出來，加快書寫的速度，等於增加你被聘雇的機會，你薪水會增加，於是，你的生活會更好、更愛你的生活。

你有什麼問題嗎，瑞秋？

這跟寫作有什麼關連？

等會兒會跟你解釋，瑞秋。

你總不會在寫作的時候，都把母音字母拿掉，然後——

別把母音這類的事情扯進來，這裡已經夠亂的了。我在這裡想要提醒你們的是：如何增快你的寫作速度。寫得越快，每個月、每年生產的小說或是出版的書，數量當然越大。同樣的道理，如果寫作的時間想要減半，那麼速度當然得加倍。

在這段話裡面，暗藏了幾個假設。其中最主要的一個是：增快寫作的速度，並不會降低寫作的品質。一般來講，大家都認為寫得越快，品質就越難掌控，布局難免漫不經心，情節發展可能容易牽強。對於這種說法，你們可有自己的心得？

這個問題我覺得很有意思。約瑟夫・海勒（Joseph Heller）的第二本小說──《事有蹊蹺》（*Something Happened*）足足花了他十年的時間。如果他只花了五年時間去寫，品質就一定比較差嗎？告訴你另外一個極端，伏爾泰（Voltaire）的經典小說──《貢第德》（*Candide*，譯註：或譯為《老實人》），三天時間就寫完了。如果他用一個星期來寫，這本小說就一定會比較好嗎？

速度加快，品質不見得跟得上，這是有可能的。點子還沒有從容發揮，就這麼急匆匆的趕到終點。但也有人說：有時，一本書，或是一個故事，一揮而就，更具可看性。

我想，壓迫，是會產生一定的動能。舉個例子來說，如果我在一個月內寫完一本書，一定是一氣呵成。我對角色的描述──還有他們跟環境的互動──比較容易保持一致。更何況，在這一個月裡，我的心力大概始終在琢磨這個作品；同樣的工作拉長到一年，有意識、無意識的注意力，一定隨之遞減。

同樣的道理：寫快一點，可以避免故事躺久了發霉。如果一本書要寫一輩子，肯定會把我磨得了無生氣。當然啦，作者寫得很煩，並不代表讀者也會讀得很煩。只是，作者無精打采了，難免會有那麼個一兩頁，反映出作者的欲振乏力。

我倒也不是說書寫得越快，品質反而越好。世界上的事情都是這樣的，有一得，難免一失。得到了壓縮而來的急迫感，就不免丟掉從容琢磨的細膩。如果我衝得太快，就沒法給自己足夠的時間，評估情節發展的各種可能性，挖掘書中角色蘊藏的內涵。我會變成一個急躁冒進的將軍，只顧揮軍直進，不管補給線越拉越長、後防空虛。我也沒有辦法補充腦力與能源，讓自己每天都保持最好的創作狀態。

　　到底多快才算是太快？這是一個很難回答的問題，答案不但因作者而異，也要看你寫的是哪一本書。

　　我最快的紀錄是三天完成一本書。我的二女兒剛剛出生，我想盡快料理掉醫院的帳單。原本，我每個月投入十到十四個工作天，只寫一本色情小說，但是那個月我快馬加鞭，多交了一本給出版社。頭兩天，我從早上九點，寫到晚上六七點，第三天，我從九點寫到下午三點，就寫完了，在這段快樂時光裡，我總共寫了兩百五十頁初稿。

　　我也不知道這本書比起正常速度寫完的小說，是好一些呢，還是壞一些。我只知道我一邊寫，一邊就把先前的場景扔到腦後。剛剛把腦海裡的字，打在稿紙上，新的文字又接著湧了出來，速度之快，讓我應接不暇，有時，寫得恍惚了，連主角的頭髮是什麼顏色，都不大確定了。除了名字，我對他們一無所知。在完成這本書的一天之後，我連角色的名字也忘了。我只記得寫得很快，其他說不上來了。這本書我沒留底，哪回又讓我撞見了，很可能，翻了半天，我也不知道這本書就是我寫的。

　　這本書，我可以毫不遲疑的告訴你，寫得太快了。

　　換個例子來說，我曾經在四天之內，寫完一本書——《隆納德兔子是個糟老頭》，儘管沒人拿它跟《貢第德》相提並論，我自認寫得還不壞。這本書的靈感，也是汩汩流出，我得順勢創作，停也停不下來。《這種人真危險》也是，我只花了八九天的時間吧，也是寫得熱火朝天，欲罷不能。很多人認為這是我至今最有力道的創作。

　　我現在的速度沒法那麼快了。倒不只是因為我年紀大了，更是因為我如今下筆比較謹慎，會通盤考慮。寫得這麼快，有點像是縛上眼罩的賽馬，披掛上陣之後，就是一頭栽入，心無旁鶩，絕不能理會其他發展的可能性。有一段時間，我只想得到一種句子、只會建構一種場景、編織一種情節。如今，我有了更寬的視野，更多的選擇，我需要更多的時間評估。

　　話雖如此，最新一本的雅賊系列，《閱讀史賓諾莎的賊》卻只花了

一個月的時間，就從打字機上面蹦出來了，連我自己都有點意外。那個敝帚自珍、難免偏見的作者認為，這本書是整個系列裡，最精采的一本。

想想看。

有人說，這世上有兩種人——一種是把世人分成兩種的人，另外一種是不這麼分的人。嘿嘿。我相信，咱們這個行業裡也有兩種作家——動作快的跟動作慢的。有一種熟悉金屬轉換道理的煉金師，還有一種不知道會煉出什麼玩意兒出來的人。

當然，不管怎樣，我們總得試試看。要不是因為我們把自己討厭到某種程度，怎麼會來當作家？那麼，我們不滿意我們的作品，又有什麼稀奇？

一般來說，速度天生就很慢的作者，習慣深思熟慮，期望自己的作品能更上層樓，或者，先放個暑假，再完成預定的篇幅。三不五時，那種急衝衝的作者，也會想放慢腳步。

伊凡·韓特，素來是業界公認的快手，幾年前，他決定放慢速度。他認識了一個叫做史丹利·艾林（Stanley Ellin）的作家。這個人寫作極其講究，殫精竭慮，步步為營，每寫一筆，都要沉吟再三。他說韓特寫作的毛病就是貪快、莽撞，韓特因而大徹大悟，決定放慢自己的腳步，過幾天，他見到了艾林，只見得他一臉欣喜，「真的很有效！我現在一天只寫八頁了。」如果天時、地利、人和統統湊在一塊兒，艾林，一個星期，也只能寫八頁。同樣是八頁，艾林怎麼會在一天之內寫完？是的，阿諾。

老師，您剛剛說的，可是「切勿自欺」這句老話的重新詮釋？

你這話聽來客氣，但有點不懷好意，阿諾。我承認今天的課程裡，有部分的目的，是希望你們能想明白，你們到底是哪一種作家，思考的過程呢，可能跟波隆厄尼的名言相去不遠。針對這個話題，我還有幾點比較詳細的說明。

願聞其詳，老師。

1. **不要過度假設**。許多職業作家習慣幫每天設定一個量產目標。每天一頁、兩頁、五頁或十頁。一般來說，這種配額制度算是有用的——我就是這麼規定自己——但是，沒有哪種魔術數字可以普遍適用在每一種書、每一種小說，或是心態、狀況各自不同的創作者身上。

長跑選手常常勸人：步伐與速度要設在「喘不過氣來」的邊緣——換句話說，再怎麼衝刺，也要幫自己留口氣。作家也可以本此要領，研究出一個安全範圍內的極速。

2. **累了就休息一會兒**。超過界線的創作，經常步履凌亂，倒不如暫歇一會兒。既然累了，就表示我不是處在最好的創作狀態，如果我還是勉強自己坐在打字機前面，等於是浪費時間，說不定還會引發反效果。請注意，也不要假設自己寫超過幾頁之後，就一定會累。建議你仔細分辨一下真正的感受。

3. **避免尋求任何藥物的協助**。有一些很邪惡的小藥丸，在市面上流竄，有的號稱可以消除疲勞、刺激中樞神經，甚至可以強化你的創作表現，讓你的感受，更加敏銳。但是，日積月累，這些小藥丸，卻會毀了你的腎，鈣化你的肝，讓鈣質急速的從你的骨頭、牙齒流失。待你養成了對藥物的依賴，你的神經系統會慢慢惡化，讓你陷入了瘋狂與終究難免的暴斃。

如果真有作家要倚靠這些藥物，那麼，後果請自負。我也嘗試過，倚賴它到某種程度，但我現在再也不敢濫用了。不管這些藥物會給你怎樣的刺激，單就精神損害這一點，我就敢保證你得不償失。

有個故事：某個學院的歷史系學生，為了寫下有生以來最棒的答案，在考試前，打了一針海洛因（a hit of speed，譯註：hit跟speed都是美國暗指海洛因的黑話，強調藥性發揮的速度極快，下文因而一語雙關）。很不幸的，他在考卷上，只畫了一個死亡句點。

有問題嗎？阿諾。

你不會剛巧記得藥頭是誰吧，老師？

速度殺人（speed kills），阿諾。

喔，我知道啦。不到我非得打一大筒的時候，我不會去買啦。笑話，老師，只是我說的冷笑話。

19

清洗垃圾

　　還真有喜歡一改再改的作家。至少他們嘴巴上這樣說。要想假裝自己陶醉在改寫的過程中，難度就像是你明明不是同性戀，卻要假裝自己喜歡男性一樣，所以我只得相信他們是說真的。有的作家會說，「我的書不是寫出來的，而是重寫出來的」或是「在我把初稿敲敲打打出來之後，真正的樂趣才算開始——二稿。然後是三稿、四稿，最後壓軸的樂趣，便是定稿前的細部修飾。當然，有的時候，這樣還是不能出版。我迫不及待的想把這個故事捲進打字機裡，重新再來一遍」之類的豪語。

　　是啦，「品味無可爭辯」（de gustibus non disputandum est），就是有老太太喜歡跟母牛接吻，那又如何？但是，要我在打字機上，把同一個故事，接連寫個五六遍，實在是我連想都沒法想的折磨。牽頭駱駝從針眼裡鑽過去，說不定還簡單些。反之亦然，你想想看就明白了。

　　有的作家認為改寫只是雜事，而且是很惹人厭的零碎活計，他們只是覺得既然是寫小說的，就免不了要修修補補。有的人會認為，第一版嘛，只是把「故事在紙上打出來」而已。第二版，開始調整情節、修訂前後矛盾的出入、齊一角色個性，把散落在各地的線索，兜攏起來。第三版，場景可以重新建構一下，情節、角色，再精鍊一些。第四版，段落、文句要敲敲打打一次，對話能不能修得再犀利一點，這邊要拿掉幾個逗點，那邊是不是再添幾個符號？好不容易那個難入行家法眼的初稿，終於變成可以藏諸名山的傳世之作。

　　賈桂琳・蘇珊（Jacqueline Susann）生前經常在電視上說，她是怎麼把同一本書，寫上個四五遍的。初稿用黃色稿紙、二稿，綠色稿紙、

三稿，粉紅色稿紙、四稿，藍色稿紙，最後的定稿，則用白色稿紙。我不大記得這種彩虹稿紙戰略，究竟能幹什麼，每次的修正又是爲了什麼。我也不大確定蘇珊寫一本書，是不是眞的這麼費工。像她這麼擅長自我推銷的作家，想來也會是刺繡高手（embroidery，譯註：在英文裡，刺繡也有粉飾的意思）。

這當然是閒話。眞正重要的是：蘇珊很了解電視觀眾。一般人當然很喜歡這種千錘百鍊、一字一句都是作家心血的作品。如果打字機噼哩啪啦的就打出一大堆字，像是石頭裂開，噴出源源不絕的泉水一樣，還要你掏出八塊九五買上一本，你或許會不免心痛吧。問題是：書，不是應該讀起來越流暢越好嗎？但是，讀者大概也希望在書裡，讀到作家孜孜不倦的苦心，才能得到心靈上的滿足吧。

不用把讀者想得那麼磊落。同樣的人會去看那種打得血流成河的職業拳賽，或者抱著僥倖的心理，跑到賽車場，想親眼看到翻車意外。如果他們眞想要確定作家沒有偷懶，那麼跟他們說這是嘔心瀝血之作，也就夠了。幹嘛眞的把一本書翻過來、翻過去的修改？

這麼說吧，反對重寫的理由，其實充分堅強。至少有兩種方法說明你的論點，看你想用略帶戲謔的職業達人口吻，還是用憤世嫉俗、橫眉冷對的態度。

前者認爲創意是一個整體，必須渾然天成。藝術家創作時的心境，正是達成這種整體性的功能之一。那種自然湧出的神韻，只會被重寫時的刻意沖淡。傑克·凱魯亞克（Jack Kerouac，譯註：五〇、六〇年代的美國知名作家，最著名的小說就是《旅途上》）就是這種思維。他解釋說，他的作品是想創造「本能的現代爵士旋律」，相當於爵士樂高手的即席演奏。只是這種放蕩不羈的寫法，就我看來，也只在他的部分作品裡揮灑得較爲自在，有些就未免牽強了 —— 比如說，《地底人》（The Subterraneans）就很成功，其他作品卻不盡出色——所以，我想換個角度詮釋他的講法：不斷的重寫，雖然可以把文字打理得整整齊齊，但會稀釋原先的生猛力道。

　　在一本小說裡面，我們可以看到這種憤世嫉俗的論調。書裡有個角色，是個靠寫科幻小說混日子的平庸作家，他既瞧不起自己的作品，也瞧不起會看這種書的讀者。他從來不改寫他的小說，因為他認為反正拉的是屎，再怎麼擦也擦不了多乾淨，反而抹去了它唯一的優點──新鮮。一旦開始重寫，這位作家申論道，你就停不下來了。每改動一次，初稿的生命力與天真自然，隨之減損了幾分，最後只剩稿骨子裡俗不可耐的胡言亂語。威廉‧葛德曼（William Goldman）有句很難聽的名言，形容這種一意孤行的後果──「洗垃圾」。他在話劇──《季節》（*The Season*）首演之前，不堪重新布局、百般修正的折磨，撂下了這句狠話。

　　我個人也不喜歡重寫。不管是極短篇，還是十磅重的長篇小說，畫上最後一個句點，這篇作品就此了結。結束了，就是結束了。既然是「句點」，我就是玩真的。

　　幾年前，我幾乎不重寫任何東西。我每天都跟廉價小說廝混在一起，暈頭轉向，初稿，就是出版。我的腦子會有自然湧出的行文與對話，情節與角色塑造等諸般技巧，在這種小說裡，基本也派不上用場，即便是在敘事連貫上出了點矛盾，也不必費神修改。

　　我那時的態度堪稱勇往直前。「我絕不重寫。」我經常這麼說，「因為我一次就寫對了，這不是比較簡單嗎？」

　　那時的我年少輕狂；如今，我老成得多，不像以前那麼狂妄。我寫的故事、書籍，也不像是春天的怒潮澎湃，反倒像是一月的涓涓細流。我現在的作品野心更大，需要更多的時間醞釀。

　　當然，比起以前來，它們更需要重寫。

　　我還是不喜歡重寫、我還是設法在第一次就寫對。我把各種不同的寫作模式徹底比較一番，還是覺得一鼓作氣最容易。

　　除非你有一副天生就是要重寫的靈魂，否則，你大概不會想把時間放在翻修舊作上，應該會把主力移往開發新作品上──或是修整花園、欣賞夕陽、愛幹什麼就幹什麼。要達到這般境界，請讓我提供你幾個小

技巧。

1. 別把重寫視為理所當然。如果在打字機上旅行幾次，你手上的作品就可以脫胎換骨、永垂不朽，重寫也就罷了。問題是：如果你在寫初稿的時候，就打定主意要重寫，不住的跟自己說：沒關係，先隨便寫寫，反正寫完了還要改，於是下筆倉促，給自己找個濫竽充數的藉口，那可就不好了。「粗糙一點沒關係啦，先寫下來，過一陣子再改成大家都看得懂的英文好了。」這可不行，我沒法接受。初稿漫不經心，拖泥帶水，等於暗示你全篇都可以馬馬虎虎的亂寫。

抱持著一種「矛盾的心態」可能有用。你心裡知道你可能會重寫這篇作品，但是你在寫作的時候，卻要打點全副心思，一副要一次搞定的模樣：這是最後一版，寫完就要付梓了。這樣的話，你初稿的文字勢必精鍊，情境設定也會比較周詳——這種態度會不斷的自我強化，你會覺得這樣出書也無不可。如是寫來，即便你要重寫，也不會驚覺初稿根本漫無章法，好像是腳指頭打出來的。

順著這個理論，你的初稿就得用全新稿紙，不能用回收紙。邊界設得漂漂亮亮的，再夾上複寫紙，儼然是畢其功於一役的架勢，因為我很清楚的告訴我自己：我就要這樣清清爽爽的寫完。

2. 邊寫邊修。這招在長篇小說中格外適用，用在短篇小說裡也成。我經常寫著寫著，心頭冒出一個更好的點子，一路行來的情節，必須意外轉彎，偏離原先設定的路徑。這麼一來，先前我寫過的文字不免要隨之調整——幾個場景必須重新布置、某些伏筆要寫得更意在言外，諸如此類。這種靈感的脈動可能會一直持續到故事的最後，然後，你再掉頭，更動前面的鋪陳。

越早回頭越好。剛毅果決，善後就會簡單得多，拖到寫完，自然千頭萬緒，收拾起來很費手腳。如果你不想中斷行雲流水般的創作，也行，寫完一個段落，盤算一下前面哪些地方要修改，馬上處理。

有兩個理由可以說明這麼做的好處。第一，拖到最後才去調整，會有一個聲音始終在你的耳邊嘮叨，排除了心腹大患，你在神清氣爽之

餘，便可以全心全意的推敲未來的發展。第二，在改動前面的時候，極有可能激起新的火花，有助於後來的發展。這種更改就像是修理籬笆，早補早好；不要等過了一陣子、洞裂得更大，才去亡羊補牢。

　　3. 專心工作。這是永遠也不退流行的建議。作家不是爆破專家，心力非集中不可，否則的話，就會鬧出人命。但是，專心工作總有你的好處。不管你是想寫完重改，還是想要避免重改，這個原則都要牢記在心。就是因為你對現在筆下的文字以及寫完的篇章，掉以輕心，才會養成草率的習慣，也才會需要大幅度的修改。如果你無法保持清明的心思，你可能會不斷重複寫過的句子，甚至寫出跟先前相互矛盾的情節來。第三章的金髮美女，到了第七章就變成黑頭髮了。第五章的孤兒，到了第九章，突然跟他媽媽聊上了。如果你幸運，在二稿的時候，還來得及修。如果你很背，說不定怎麼也瞧不到這個破綻。萬一被眼尖的編輯識破了，可就難為情了。運氣再壞一些，書都上市了，突然收到五百多封的讀者來函指正，這就真是騎虎難下了。

　　不讓這種荒腔走板的情節出現在故事裡的唯一方法，就是集中精神。在你精神渙散的時候，就不要寫作。也不要倚靠任何調整心境的憑藉——酒精、大麻、鎮定劑，外力介入而產生的高亢與沮喪，都萬萬信任不得。

　　如果你的工作要花一天以上才做得完，那麼，每個工作天一開始，你最好先把昨天的工作成績讀一遍。這裡有個訣竅，不只是要看看昨天寫了什麼，更要校對一遍，把那些綾綾羅羅的小錯誤，順便處理掉。這樣一來，諸般細節在你心裡就算是各就各位了，然後接著描述，文氣才能通貫。如果你寫的是小說，有事耽擱了幾天沒寫，就不是把前一章讀一下就算了，最好能把前面所有的成果，都翻閱一遍。記得，要從頭到尾看一遍——如果你是擱筆好一陣子，那得反覆多讀幾次才成。

　　一邊寫，一邊校閱，這樣做還有一個附帶的好處——增加你對作品的信心，同時，更可以在你完成之後，省去全篇的校正時間。

　　在你進行今天的寫作之前，先看看昨天處理完的段落，慢慢的，你

就會養成一個習慣：不管是什麼事情中斷了你的注意力，在你重新動筆之前，會先瀏覽前面一兩段的敘事。這會讓你更容易進入先前塑造的情境，承接先前的文氣，避免重複段落甚至文字。單就這點，就可以讓我放棄對錄音機的倚賴，因為想要親眼看看我的工作成果。否則的話，對於正在進行的創作，我怎麼也放心不下。

4. 先在心裡打好草稿。我什麼都寫，從短篇到長篇小說，信筆所至，完全不在乎我在何處落腳。有的時候，只想出第一段，我就開始創作短篇小說。有的時候開頭很順暢，但最後能不能寫完，自己也沒有把握。

最近我發現，靈感一來，就往打字機衝，不是一個好辦法，我覺得比較適合的寫作時機是第二天早上，甚至第三天早上。在此同時，我會在腦裡把情節推演幾次，白天想不夠，晚上睡覺的時候，再琢磨個幾遍。有時，還會夢到故事情節。這種夢總比我一天到晚夢到的場景——光著身體站在詹姆士頓（Jamestown，在馬里蘭州）的農會會員年度烘焙義賣會場上，要來得有意思得多。到我真的開始動筆的時候，比靈感剛來的時候，想得更多、更完整，打字機打出來的文字，嚴格說起來，已經不是初稿，而是二稿甚至三稿了。腹稿既已斟酌再三，大規模的改動，自然沒有必要。

5. 不要太偏執了。最後一點是用來平衡上面四點的。不要死命堅持絕不修改，把自己逼瘋了。不要為了想把初稿寫得完美無瑕，反倒連初稿都寫不出來。這麼來來回回的磨蹭，稿子沒有變長，只會變老。也不要為了想在肚子裡打出完美的腹稿，到頭來連怎麼下筆也搞不清楚。更不要一遍又一遍的讀自己的文章，讀到心馳神醉，完全不去想接下來的情節要怎麼開展。

換句話說，中庸才是正道。每一件事情都要謹守中庸之道。但即便是中庸之道，記得，也要中庸。

上面提到的史丹利・艾林幾乎只寫短篇小說，他對於重寫就有罕見的狂熱。每往前跨一步，他都要斤斤計較，只要有一頁未臻完美，一定

反覆再三，不把缺點改正過來，絕不罷休。他回憶說，有一頁，他整整修改了四十次，這才心甘情願的接著寫第二頁。就這樣，頁頁苦戰，直到最後。

這算是很瘋狂了吧？但其實每個作家對於重寫——或是對於寫作——的堅持，不都帶點傻氣？如果我們沒有一點不正常，怎麼會選作家這個行業？為什麼不去找一份正經工作？在這個專欄的最後，我要提醒你的是：我建議你盡量避免重寫，也只是建議而已。這種作法在我身上行得通，但是別的作家，想來也有他們的私房訣竅。

喔，對了，還有一件事情，我實在是不好意思跟你們說，你們剛剛看完的這個專欄，其實，是我幾經淘洗的「垃圾」……

20

讀我

　　幾年前吧，我們兩個還心平氣和的躲在中西部的一個小學校裡。理論上呢，他是個教書的；模樣上呢，我是個唸書的。朱森・傑洛米（Judson Jerome）宣稱，在校園裡，可以找到兩種學生。第一種，他解釋道，留個大鬍子，整天怒目橫視，不管是誰問他（有時連問都沒問），他就要硬說他是作家——但是整天磨蹭，也蹭不出個什麼名堂來。

　　另外一種呢，他又說了，三不五時會痙攣出幾首歪詩，偶有成作，馬上端在手上，像展示尿液樣本似的，到處獻寶，夾雜著幾聲狂喊：「你看，這是我的一部分！」

　　我呢，如果我沒記錯的話，算是兩種的綜合體。我留了個落腮鬍，也是整天吹鬍子瞪眼的，這副德行還延續了二十年。當時的我昭告世界：我長大之後，要當作家。我寫東西，葷素不忌，零零落落的詩句、軟弱無力的小說，寫完之後，也還真的把這些亂七八糟的習作，拿給同學、老師以及迎面撞來而不知道閃躲的人看。

　　大鬍子刮掉了，眼神也跟著溫馴下來了。我好一陣子不寫短篇小說，更不會為了詩裡的幾個字眼，經年累月的苦思、推敲。

　　有件事情沒有改變。我還是希望被看到。不只是被閱讀大眾看到，儘管他們的接納是我專業架勢與金錢收入的來源，還有我那個小圈圈裡的朋友。我還是跟在安提阿學院唸大二的時候一樣，寫完點東西，總是迫不及待的想找他們品評一番，請他們盡快的把想法告訴我。

　　對我們這種人來說，想要被讀到的慾望，正是創作的驅力。把自己

的經驗轉換成較有理路、較具藝術性的存在，單為了自己的會心一笑，畢竟只是一些特例。他們但求一吐為快，完全不在乎外人的說好說歹。只有老天爺才知道，天底下究竟有多少個這種作家。記著詩作與小說草稿的筆記本，鎖在抽屜裡面，鄭重交代親朋好友，在自己過世後，要立刻焚燬。我相當懷疑這種作者正是《作者文摘》的訂戶。雜誌裡有關如何加強溝通技巧、如何增加投稿錄取機會的篇章，在他們眼裡，可就是對牛彈琴了。

其他的作家還是希望自己的作品能夠出版，贏得金錢與肯定，但這慾望的核心，其實很簡單——只是為了作品能被人看到。柏克萊主教（Bishop Berkeley）說，如果沒有人，樹葉落地，只能是一片寂靜，但有了人的傾聽，這輕微的顫動，就會變成蕭蕭的落葉聲。同樣的道理，如果沒有人聽見，我們的作品也只是無聲的吶喊。

把作品拿給自己的好友或是同行看，究竟有什麼好處呢？又應該徵調哪些犧牲者呢？萬一我們自己接到了「敬請指正」的稿件，又該怎麼回應呢？

就我自己的狀況來說，我很少把寫一半的東西拿出去獻醜，不管是短篇故事還是長篇小說，我多半要等初稿告一段落了，才會拿出來公諸同好。我通常會選擇先前喜歡過我的作品的人，或是我揣測他們可能會喜歡這本作品的人，作為試讀的讀者。

我懷疑我居心不正，因為此舉純屬虛榮，目的是博得他人的稱讚與敬佩。做我們這行的人，老是說他們需要批評，但是，恕我直言，絕大多數的作家根本就是騙子。我可能假惺惺的說，我多麼渴望大家給我的指教，如果得到隻言片語，讓我的作品更臻完美，我一定感激涕零。事實上，我跟那些把嬰兒抱出來向親朋好友炫耀的父母一樣，最恨別人說三道四。我給你們看的是我的孩子啊，是我的骨肉心血，誰敢當著我的面說這個小吸血鬼的頭太大，我一定翻臉。要世故點，說從沒見過這麼漂亮的孩子、在他茫然的眼睛裡，又是如何閃爍著所羅門王的智慧，這樣我才會愛你，認為你是個有智慧的人。

這種對讚揚（至少得熱情接納）的需求，對作家來說，是異常眞切的渴望。作家基本上是活在眞空裡面的動物。夜總會脫口秀主持人心裡就會有數：他今天是生龍活虎，還是死氣沉沉、觀衆對於每個笑點的反應，就是成敗的依據。但是作品完成之後，作家可沒有這種檢驗的機制。

我們寫出來的作品，按照正常程序，是由我們的經紀人與編輯先看過，他們的專業意見當然彌足珍貴，但是，那種沒那麼專業、可是我們又信得過的朋友，看完我們的作品，有什麼感受，也具有特殊的價值。幹我們這行的，經常興沖沖的把作品往郵筒裡一扔，就陷入漫長的等待，苦候幾個月之後，可能只收到一張退稿的紙條，或者是一封看起來很像是庫存單的官樣文章：「您的作品不符合我們目前的需要」。

作家的自尊心很強。我們之所以坐在書桌前面編故事，是我們自認有人想看，卻又沒有十分的把握。即便是這本書在藝術或商業上都取得豐碩的成果，我們還是需要一點眞心的肯定。

特別是我偏離熟悉的範疇，開始摸索陌生領域的時候，我格外需要這種支持，確認我沒有誤入歧途，或者貪多嚼不爛。如果情況相反、如果我是延續某個系列的新作，我還是需要別人的意見，保證這部作品並沒有喪失先前的水準、我不是一隻變不出新把戲的老狗、我的筆力依舊雄渾動人，讀者不會看得呵欠連連。

其實，能夠給作者最大幫助的，不是那種諛詞如潮的加油團。我們需要的是眞正的諍友：要提醒我不曾注意到的弱點、何處舉證有誤，萬一給編輯看到了，會減損這部作品的可信度。他們也應該要告訴我，哪個場景劇力萬鈞，我堆砌出的效果，完全符合預期；哪個角色刻畫入裡，哪個角色只在一旁壞事；哪個轉折太過突兀，伏筆埋得不夠，或者是安排過於明顯，讀者一眼就識破玄機。

《閱讀史賓諾莎的賊》的最後，一共設計了三個高潮，其中兩個跟發現眞凶有關。我拿草稿給幾人看，每個人都猜到了其中一兩個設計，但是，都沒想到三個變化，竟然會同時出現。收場出人意表，因此讓我

覺得很安心。

有一次，《機智》（*Savvy*）雜誌的編輯告訴我，我的某個短篇小說結尾太含糊。我找了個朋友來看，她也覺得有些交代不清的地方，但還滿欣賞沒把話說盡的餘韻。她的意見讓我知道編輯的憂慮不是無的放矢，也讓我知道該怎麼修改，可以讓這個短篇變得更周延。

幾年前，我埋頭苦寫情色小說，全部以筆名發表，初版便是平裝本。有幾本，我覺得寫得還滿出色的，拿去給我的朋友試讀，他們一致激賞，我便把這些書從原先的平裝書印刷廠抽出來，送到精裝書出版社試試看。那家精裝書出版社替我出了《隆納德兔子是個糟老頭》。只是故事不曾出現旋風式的轉折——出版社並沒有大力促銷這本小說，也沒引起什麼書評家的注意，至於銷路呢，差不多等於在冬天賣冰。但是，有個道理倒很清楚，如果不是我的朋友鼓勵我，我可能根本不會想讓這本書用我的本名，挺進精裝本市場。

有的作家本身就是很好的讀者。我找來試讀的朋友，不是作家，也是跟出版業有點關連的人。他們多半具備了文學的修養與批評的技巧，對於他們的反應，我自然格外重視。我也在意一兩個圈外朋友的反應，他們的想法跟專家的評論，幾乎一樣重要，畢竟我絕大多數的讀者，不是幹這行的。但我多半是等書出版了之後，才會拿給他們看。

有的時候，我認為作家俱樂部的功能之一，就是讓創作菜鳥可以找得到人讀他們的作品。一般來說，參加這種團體的目的，就是大家相互砥礪批評，讓會員的創作，更加得心應手。但我始終懷疑：會員只想找到專家來鑑賞一番，未必想聽到什麼逆耳忠言。

聽聽別人的反應，當然很重要；但如果能從別人的作品裡，琢磨出優缺點來，更有裨益。文章是自己的好，所以，拿手電筒照自己的作品，未必看得見什麼；但是，衡量別人的成果，小小的缺點，都可以看得清清楚楚。我應該不是第一個人提醒你這一點吧：從同儕的作品裡，找出成功與失敗的地方，最能磨尖我們的筆鋒，增進創作技巧。

以下是幾個建議：

1. **不要衝動莽撞**。有的人為了要維持自己的既得利益，看到別人的作品，總是惡言相向。他們的肚子裡，有他們的盤算，並不想讓你加入這個市場，言詞之間，毫不掩飾。這是他們的問題，不過你一而再，再而三的把作品拿去給這種人品頭論足，那可就是你的問題了。

2. **不要把未完成的作品拿去給別人看**。不是萬不得已，不要把正在進行的作品拿出去展示，特別是在文思泉湧的時候。別人難以預測的反應，會擾亂你原本流暢的創作，甚至讓你方寸大亂，舉步維艱。

3. **如果真的要拿未完成的作品出去供人品評，千萬小心**。有的時候，強烈的不安全感，會讓我放棄原則2。我因為陷入強烈的自我懷疑之中，無以為繼，這時候，找個人幫我看一下，說幾句安慰的話，我的心頭會為之一鬆，再次出發。如果我真的遇到這種困境，我會慎選讀者，絕不冒險。第一，這個人一定要非常喜歡這類作品，第二，就算他對我的作品有強烈的保留，也不會輕易脫口而出──除非，作品裡有絕難忽略的致命危機，他才會給我善意的提醒。萬一事態嚴重，當然越早知道越好。

4. **兩國交戰，不斬來使**。真正有用的讀者，當然不是那種滿嘴空話的馬屁精，他要能給你誠實的反應。他可能會流露出心有戚戚焉的讚許，對你的作品大致接受，但不可能不分青紅皂白的給你毫無保留的肯定。有的時候，他的反應會很微弱，不置可否。有的時候，他會冷酷批評，毫不留情。沒有人是完美的。他可能會不喜歡你的作品，倒不見得是文章不好，只是因為他不習慣這個類型，或者是當天他的心情剛巧很差。

不要因此而恨他。不要覺得他根本不識貨，眼光有問題，或者把整本作品，拆解得支離破碎，鼓勵他逐一批評，再跟他力爭到底。耐不住熱，就別進廚房。如果你不想吃桃子，就不要猛力搖樹。不想聽不中聽的話，請把你的作品鎖進抽屜。

21

木筏兩頭燒

　　想像一下，如果你想要想的話，一個少年仔乘著木筏，飄在北大西洋的冰海之中。他陸陸續續的抽掉幾根木頭，生火取暖，免得被凍死，日子就這麼過去了，木筏當然越來越小。

　　遲早，這傢伙會出狀況。

　　我舉這個例子的意思是：作家其實跟這個少年仔的情況差不多。我們每個人都坐在一個建在成長背景與生活經驗的木筏上，面積可能很大，但每把一張稿紙捲進打字機裡，就等於抽掉一根木頭。我們為了要寫作，消費我們的過去。一天又一天，木筏當然縮水。

　　總有一天，我們得踏浪而來。

　　這是一個普遍性的問題，誰也逃不了，尤其是小說家。有意思的是：在我們這個行當裡，越成功的作家，這種效應就越明顯。這是我們流傳了好幾代的老話了：在美國，成功經常是一種毀滅，成功的美國作家毀掉自己的悲劇，更是屢見不鮮。打個比方，某個作家（且讓我們再借用剛剛的航行譬喻）駕艘船，航行在酒精的斯庫拉巨岩（Scylla）與自殺的卡律布迪斯漩渦（Charybdis，譯註：這是希臘神話中的女妖與激流）之中，好容易殺出重圍，闖出點名頭了，他還得面對江郎才盡的困境。素材越來越少，文字卻得越寫越多。成功讓一個作家更加孤立，離他的過去、周遭的世界越來越遠，讀者愛上了他的文字，很悲哀的是：他卻沒什麼好跟他們說的。

　　你用不著取得天大的成就，才會發現自己置身在這麼個木筏上，或是驚覺自己正在逆流而上，不用。好些年頭之前，我就發現這種力道已

然反噬過來。我開始寫作的時間很早，大學唸了一半就沒唸了（儘管這也是校長的建議），全心全意的搖筆桿。六○年代中期，除了有一整年，我什麼也沒幹之外，我始終靠寫作混飯吃。我寫作之前的經歷，乏善可陳，隨著一年一年的消逝，記憶更加模糊。時間過去了，交遊圈裡出現了更多的作家、經紀人、出版商，我對於這個圈子，倚賴日深。這麼一來，我的木筏自然是越來越小。

　　這種靈感源頭縮小的效應，對我來說，沒有那麼嚴重，主要是因為我的創作元素，較少直接汲取自己的經驗。有些作家，像是湯瑪士，吳爾芙，直接把自己的生活經歷，灌注到小說裡面，受到的影響就很嚴重了。還有些作家創作的題材，集中在某些特定的領域，比如說，馬上就出現在我腦海裡的詹姆士·瓊斯（James Jones，譯註：美國知名的戰爭小說作家，名著《從此到永恆》〔From Here to Eternity〕、《細紅線》〔The Thin Red Line〕，分別改編為電影《亂世忠魂》與《紅色警戒》）。他的文學造詣高峰，就全部展現在二戰小說系列。

　　我多數的作品跟有趣的幻想一樣，多半是從我的經驗裡蒸餾出來的，跟日常生活反倒沒什麼關連。但是，上面的理論還是適用。路不轉山轉，總有一天，我會找不到題材可寫。

　　這些年來，我算得上是一個量產作家——木筏兩頭燒，你要這麼說也成——而且還是全職作家，所以呢，也沒法從我的工作環境汲取什麼養分。但我覺得那種兼差或是週末作家，也終究會走到這般窘境。上班族每天去一樣的辦公室，做差不多的工作，跟差不多的人互動，說不定上下班走的，還是相同的道路。就算工作本身很有趣——甚至很迷人好了——對於未來的寫作，恐怕終究助益有限。

　　回頭看看，我還真沒有幫自己多找些活水源頭。額外的靈感來源，多半是因為錯誤——或者只對了一小部分——的理由，不小心做了正確的事情。

　　跟許多同行一樣，我也是那種三心二意、見獵心喜、沒什麼定性的人。我曾經對很多事情一下子就著了迷，但來得風急雨驟，去得也雲淡

風清。我有很多嗜好，有很多我會全力以赴的興趣。不管什麼書籍，只要放在我的面前，我就會囫圇吞下，三四個月內，無怨無悔的付出，但熱情一過，我就會把它們束之高閣，又忙別的去了。我以前認為這種見異思遷的毛躁個性是缺點，現在，我覺得這種邊走邊看的好奇心是資產，讓我增長了不少見識。

這種傾向加上當時我對生活的厭煩，讓我離開了賴以維生的打字機，在不同的路子上，飄盪了好一陣子。舉一個例子就夠了吧。九年前，我不知道哪根筋不對，突然跑到賓州的新希望（New Hope）開了一家藝廊。說這事業在商業上，不算成功，已經很給自己留情面了。簡單來說，根本是藝廊版的鐵達尼號慘劇，也根本沒有帶給我想像中的創業樂趣。每到週末，遊客一大堆，問題是每個人都帶了孩子，藝廊於是人馬雜沓，就算是有人想買，大概也沒有工夫出手了，更何況，根本沒有人想買。週一到週五呢，門可羅雀，你說不定可以在店裡打到鹿。

雖然藝廊以慘敗收場，但是這段經歷，對我這個作家來說，倒是有直接的收穫。在藝廊苟延殘喘的那一年裡，我在新希望，碰到了不少有趣的人，生活圈裡出現了藝術家、兜售藝品的小商人、旅客、嘻皮、怪卡、吸毒的，還有來自當地不同環境的各色居民。我學了不少藝術上的知識，鑑賞能力更加老道，買賣場合的各種訣竅，比以前心領神會，對於想要出手的顧客心理，更是觀察入微。我沒說我因此學會畫畫，儘管在獵鹿季節的午後、百無聊賴之際，我有一搭沒一搭的畫了幾幅幾何抽象畫，但我卻弄懂了畫家是幹什麼的。在我的幾幅畫賣出去之後，我再度確認：宇宙之間，什麼事情都有可能，巴爾讓（譯註：這裡應該指的是巴爾讓・佛洛爾〔Barnum Forer〕，他在一九四九年研究出所謂的「巴爾讓效應」：用廣泛籠統的字眼，去形容某一個人的性格，對方會毫不遲疑的接受，認為你說的正是自己）是對的。

這段畫作經理人的慘澹歲月，對我的創作最直接的影響，就是一部以新希望為背景的小說。我把我的觀察、我的生活經驗，全部都放進去了。請你了解：我絕對不是為了寫這本小說，跑到窮鄉僻壤去開這家畫

廊的。我也不是在蒐集資料，我是在追尋另外一種生活的可能，只是這一年的經驗，變爲我的小說素材而已。

這段時間累積的效應，還不止於此。那本書在書店消失很久以後，我整個的認知架構，因爲生活經歷，隨之改變、豐富了起來。我在新希望碰到的人，慢慢的在我接下來的幾本小說裡，逐一成形、登場。打個比方說，我在我越坐越悶的隱喻木筏上，增添了新的木材。

從此之後，我的生活裡出現了無數有趣的波折與轉彎，好玩的題材蜂擁而入，腦袋保險絲眼見負載過重，就要熔掉了。這兩年來，我跟相同的人住在相同的地方——老天爺也幫忙，我的房東跟我的配偶，在可預見的未來，也幫我設定好有限的選項。

穩定，並沒有局限我的創意輸入，也許是因爲我開發了好些新的源頭。有些方法，我覺得很好用，提供給你試試看。

列舉如下：

1. 避開制式的生活模式。安定下來，未必非得一成不變不可，掙脫呆板的生活模式，其實也不難。而且，我覺得你有必要刻意幫自己安排點插曲，增添點情趣。有個地方，我每天至少會去一趟，距離我家八條街之遠。我每一次都挑不同的路徑走。事實上，即便是從相同的地方，前往相同的目的地，我也經常變換不同的行進路線。有的時候，我還刻意挑些很少走的路，即便遠一點，我也不在乎。

我建議你把羅伯特・佛洛斯特的《不曾行經的路》（*The Road Not Taken*）找出來，再讀一遍，這本書在文學上、在隱喻上，都很有意思。走一條絕少行經的道路，你就會發現，生活就是不一樣。

2. 打量你的周遭環境。有些路線索然無味，多半是因爲你視而不見。瞭若指掌的熟悉感，讓我們懶得注意周遭的一舉一動。我發現：如果我對任何新奇的事物都保持開放的態度、如果我多花點心思，即便是踏上一樣的道路，我都有全新的感受，讓自己眼睛一亮。

3. 不要停止學習。最近我注意到我能用一種嶄新的角度，觀察建築物。我發現我會注意建築物的形狀與裝飾細節。我最近讀了保羅・戈德

伯格（Paul Goldberger）的《城市觀察》（*The City Observed*），這是一本迷人的曼哈頓建築導覽。讀完之後，我的視野一開，眼光比以前敏銳細膩，也有學問得多。連帶著，我也可以用新的角度，打量我家附近的房子。我正打算到新學院（New School）去上門課，深入了解紐約的建築風格。

你說這個課程對我的寫作有什麼幫助？我想最重要的一點，是擴大、強化我的觀察角度，最後，改變我看事情的方法。我增加的自覺，可能出現在未來作品裡。也許，我學到的東西可以直接延伸我的情節、豐富我的場景，或是讓我的角色塑造更加刻畫入微。也許，在這門課程上，我還會碰到意外的驚喜。我可能在課堂上，碰到某個人，在迴廊的飲水機邊，他可能在無意間告訴我一件什麼事情，讓我想到下一本小說的方向。說真的，我不知道這門課對我未來的寫作，到底有沒有幫助，我也不用知道，因為寫作素材的靈感來源跟研究不一樣，後者是在找答案，而前者呢，其實是連問題是什麼都搞不清楚。

4. 多遛遛，多看看。阿爾特・史比柯爾（Art Spikol），《作者文摘》非小說類的專欄作家，經常揚揚眉毛，告訴家庭主婦，如果想找個理由跟先生吵架，就去酒吧裡鬼混一下，找點靈感。就我自己的例子來看，我每次躲到沙龍裡，把自己關起來，阻斷更多的訊息灌進來的時候，我每次都覺得史比柯爾的話，說得有道理。我不確定哪一件事情更能夠擴展我的經驗、促進的我的靈感：是跟個警察朋友，坐上他的巡邏車，在街上晃幾小時呢？到聖文森醫院急診室，冷眼旁觀個一會兒呢？到華盛頓廣場（Washington Square）跟藥頭、玩撲克牌騙小錢的混混，攀談幾句？還是到港務局巴士車站（Port Authority Bus Terminal，譯註：紐約主要的長途客運發車站之一）遛遛，感受一下裡面的氣氛？我不知道，但我確定一件事情：如果我待在家裡，看重播的《我愛露西》，肯定一無所獲。

旅行很能拓展視野。不管我是出城旅行，還是在我平日活動的鄰里走動，我都試著保持旅行者新奇的眼光。我們在茫茫人海中，賴以維生

的木筏，未必越縮越小。我們當然會不斷抽出木頭取暖，但我們的知識與經驗，也會增添新的木料，汰除腐朽的角落。經驗的成長，永無止境——只要我們能敞開胸懷。

22
創意剽竊論

幾個月前吧，我接到我的朋友布萊恩·加菲爾的電話。他說，他在《希區考克》推理雜誌上，看到我的一個中篇，認為允稱傑作。我聽了心花怒放，你應該不會覺得很意外吧？

然後，他的聲音裡隱約傳來些許不安：「我很愛這篇小說，」他說，「我正在想辦法偷。」

「偷？」我說，「你要偷？」

「喔，應該是合法的參考啦。」他跟我保證，「等我的作品出來，你就會明白。」

我只得引用奧斯卡·雷文特（Oscar Levant）的名言相應：「模仿。」我跟他說，「就是一種誠心誠意的剽竊。」

「說得好極了。」布萊恩說，電話就此掛斷。

我那個中篇，名為《有如喪家之犬》（*Like a Dog in the Street*）。故事是說：某個國際恐怖分子，落在以色列情治人員手裡。他的同黨在紐約聯合國大廈，放了一枚炸彈，要求放人，否則就轟掉半個美國東海岸。以色列人迫於無奈，只好照辦，但是，臨行前，給他打了一針狂犬疫苗，症狀在三十天之後才會顯現，到那個時候，恐怖分子也只能乖乖的去見閻王了。

這個故事之所以曲折，是因為我在裡面放進了狂犬疫苗這個元素，我在好些年前，發現了這個片段，但一直找不到適當的地方安插。聽說，布萊恩企圖染指，一開頭，心裡難免有點疙瘩，過了一陣子，見到他的作品，我馬上就釋懷。在他的詮釋之下，故事有些更動：美國情治

人員在恐怖分子的要挾下，被迫釋放了一個敵營的間諜。美方當然不想讓煮熟的鴨子飛了，在釋放他逃往東柏林（還是其他的什麼地方）之前，暗中下了毒藥。藥效發作之後，有人找上了這個間諜，跟他說，解藥是有的——只要向美方自首也就成了。間諜乖乖照辦，但是他束手就擒之後，他才發現著了道，這個毒藥根本不會要他的命。

　　布萊恩所言不虛——他這篇小說，真是合法借用，或者，用我喜歡的「創意剽竊」這個詞來形容也成。他的故事從我的故事而來，但經過他的巧思改編，已經是一個全新的作品。

　　仔細想想我的故事的源頭，其實也不是我憑空創造的。這要回到一九六一年，我在電視上看到了班‧凱西電視影集（Ben Casey TV Show）。在這個影集的最初一季裡面，文斯‧艾德華斯（Vince Edwards）飾演的班‧凱西遭受狂犬病患的攻擊，但是因為某些醫療上的原因，他沒辦法接受巴斯德狂犬病疫苗注射（Pasteur shots），得等上三十天，才知道狂犬病會不會反撲回來，致他於死命。這裡提到的醫學訊息，還有這種張力十足的運用，深深烙印在我的腦海，但隔了很久，我才終於把它融入了我的故事中。這番回顧讓我也明白了，我這小說根本就是從班‧凱西影集偷來的。就說借用好了，我從影集製作人那邊借來，布萊恩又跟我借去，有借有還，倒也公道。

　　絕大多數的作家都喜歡讀書。我們閱讀時得到的想法，自然而然的在我們的小說中，會佔到一定的比例。但是在合法借用與非法盜用間，還是要畫出一條界線。直接剽竊與創意剽竊，是有差別的。就我看來，最重要的標準是剽竊者有沒有把足夠的創意，灌注進去，從而讓原始的故事，發生重大的轉變。

　　三個世紀前，密爾頓在他的《反對偶像崇拜》（*Iconoclastes*）一文中，講得清楚：「就拿借用這件事情來說吧，」他寫道，「如果借的人，沒能處理得更好，那麼他就是個剽竊的作者。」

　　作家（不論功力如何）經常懷疑自己是否涉嫌剽竊，毫無創意，照本宣科。我自己就有這種捏一把冷汗的經驗。舉個例子，我曾經寫過一

本叫做《作廢的捷克人》（*The Canceled Czech*）的小說。書裡的英雄穿破鐵幕，營救一個在二戰期間與納粹合作的捷克人。他把一種強力的鎮靜劑注射進他的身體，讓他呈現假死的狀態，然後把他裝在棺材裡，運送過邊界。事成之後，他受不了良心的譴責，決定把棺材連同昏睡在裡面的捷克人一起送進焚化爐。

這本書出版之後兩年，我湊巧看到《磨坊》（*The Mills*）這本小說。一開場，主角就是絞盡腦汁，把一個戰犯裝在棺材裡，讓他憋住氣，權充屍首，從東柏林運到西柏林，成功之後，他卻按捺不住正義感的驅使，把這具棺材直接送進了焚化爐。

讀完這本小說，我的心情可想而知。我不確定這個人在寫《磨坊》的時候，有沒有看過我的《作廢的捷克人》。就算他看過，我也不能確定這是惡意的剽竊。我的一個好朋友突然發現他在某本小說裡，犯了作家的大忌，從一篇著名的短篇小說中，抄襲了好些段落，甚至連細節都一模一樣。他因此陷入了前所未見的恐懼當中。他知道他在幾年前曾經看過那個短篇，但他在寫的時候，卻完全沒有意識到。這個短篇小說的作者沒有告他，出版界也沒人發現這件事情。只是他一想到這種無意識下的犯罪總是汗毛直豎。

這種事情就是會發生。而且還經常發生。編輯在看到部分情節涉嫌抄襲，就會立馬通知作者。好些作者在知道部分情節來源可疑之後，甚至會把整篇小說丟進垃圾桶裡。但是，創意剽竊者只是把別人的作品當作出發點，因此無須杞人憂天。

遺憾，經常是創意剽竊最初的動念。就像是一顆沙粒進到牡蠣的殼裡，它用體液一點點的覆蓋、磨潤，最後才會變成一顆亮麗的珍珠一樣。作家當然也可以把一部讓人扼腕的電影、一段意猶未盡的故事，作為靈感的起點，重新入爐鎔鍛，創作一個更讓人滿意的作品。我如果見到某個人物，被描繪得笨拙呆板，也經常發現自己在暗自盤算，這角色應該如何修正？該讓他做什麼、招致怎樣的後果？有的時候，我的解答跟原作者完全不同，效果猶有過之，我就會另起爐灶，自己動手。

　　我有時也會根據別人的故事，假設幾個有別於原著的結局。電視，是很便利的工具，其中尤以老掉牙的「希區考克劇場」最理想。我經常在看到一半的時候，就識破作者布下的機關——但有的時候，我也沒能猜對。我猜測的結局跟電視劇的收尾，完全不一樣。既然情節已經走上別的道路，有一兩次，我乾脆坐在打字機前把我的版本寫了出來。

　　我知道某些作家的靈感來源，根本就是別人的作品。我以前就認識個科幻小說家，一天到晚在研究別人的故事，待自己琢磨出不同的寫法之後，就放心的偷過來用。我也依樣葫蘆過，偷點東西來寫自己的犯罪小說，但怎麼寫，總是不大對勁。

　　只有一個例外，我花點時間跟你聊聊好了。

　　二十年前，我在《獵人》上看到佛萊契·佛洛拉（Fletcher Flora）的一個故事，大意是這樣的：敘事者的朋友因為連續謀殺案被捕入獄。他用同一條鞋帶，接連勒斃了六七個少女。（他真的用同一條鞋帶去殺人，不是說他去找那種皮鞋上繫著同一款鞋帶的女性，抽出鞋帶，再把她們勒死。我只是想把話說得清楚些而已。）

　　敘述者去探監，發現鐵證如山，於是潛回朋友住處，找到了另外一根鞋帶，但他並沒有把證據交給警方，反而用相同的手法，四處犯案，由於他的朋友關在監牢裡，成為完美無瑕的不在場證明，最後，他的朋友因而出獄。

　　在過去二十年裡，我始終想偷這個故事。我想，我是真的愛上了這個故事。但是，怎麼辦呢？佛萊契·佛洛拉已經把這個故事寫得好端端的，我根本無以為繼。寫著，寫著，這個讓我垂涎三尺的情節，經常會在我腦海裡冒出來，但每次我都得無奈的把它扔到一旁。

　　大概是不到兩年前吧，我剛巧在《獵人》雜誌上，又看到這個故事。這次我下定決心，要讓這個故事脫胎換骨，安心行竊。

　　我先把鞋帶換成領帶，但這樣搆不上「脫胎換骨」。然後我把關在牢裡的人，從原先的連續殺人魔改成一個沒人想幫他辯護的被告。這傢伙用以前學校打的領帶，勒殺了跟他解除婚約的未婚妻。我決定讓他媽

媽出面尋求一個刑事訴訟律師的協助。這個律師是我新加的人物，行事異常奇特，在被告釋放之後，才肯收錢。

其實，這個律師是壞人——我讓他在幕後動了頗多歪腦筋，經過縝密的推演之後，他飛到英國，買了一大堆凶手犯案用的制服領帶，回到美國之後，他找了很多跟被害者神似的女性，逐一勒殺，成功的迷惑警方，將原先的殺人意外，轉成連續殺人案的首部曲。

在我完成這篇小說之後，我不知道佛萊契·佛洛拉有沒有發現我的剽竊。那個詭計多端的律師——我給他取名為馬汀·H·厄倫葛夫——因為演繹得活靈活現，頗有戲劇張力，到目前為止，已經是六篇小說的領銜男主角。這個系列在《艾勒里·昆恩》推理雜誌中，連載了好幾個月，我寫得相當開心。

根據《艾勒里·昆恩》推理雜誌編輯佛列德瑞克·丹奈的評論，厄倫葛夫這個角色，脫胎自倫道夫·梅森（Randolph Mason，譯註：美國早期偵探小說作家波斯特〔Melville Davisson Post〕筆下的人物）。這是通俗小說家梅爾維爾·戴維森·波斯特（Melville Davisson Post）筆下的人物。你看嘛，梅森邪魔歪道，不擇手段，生冷不忌，只求把客戶解救出來。儘管厄倫葛夫跟梅森的行徑，如出一轍，但是，佛列德瑞克也不認為我抄襲了波斯特的作品。

但是，我告訴你個秘密：我根本連倫道夫·梅森是誰，都沒聽說過，當然更沒有看過他的故事。如果我唸過了，我保證不敢讓厄倫葛夫登場亮相。有意思吧，你不覺得嗎？厄倫道夫其實是創意剽竊的成果，但是，在他誕生之後，就有了自己的生命，

已經不是創意剽竊者可以掌握的了。

最後再加幾個註腳，有些事情可當不得是「創意剽竊」。如果你從六七個故事裡面，各自擷取一段，再把它們湊起來，混充自己的創作，可不能算的。把背景從西部換成科幻，或是把莎士比亞的戲劇，變裝成為現代故事，如果改動的只是角色的服飾，或是外部的場景，也別自稱是「創意剽竊」。（《西城故事》〔West Side Story〕）就是「創意剽竊」。

我最近擔任一個短篇小說比賽的評審，其中有三四篇，只是把場景換成科幻的模樣，骨子裡還是西部片。主角騎著藍色的龍，互開雷射槍，換湯沒換藥，手法拙劣，成績當然不會出色。）

最後，如果你不是搖筆桿的作家，這般的西拼東湊，非但不算是「創意剽竊」，有時，根本連「剽竊」都稱不上。

一般來講，這種作品的名字叫做「研究」。

23

「你的點子打哪來？」

在過去的十五年來，我把兩件沒什麼關連的事情，組合在一起，悟出絕不含糊的道理。第一：如果你不小心點，玻璃面的咖啡桌對你的脛骨來說非常危險。第二：在承認你是作家之後，你會遇到一大堆答都不知道怎麼答的蠢問題。我盡可能的避開玻璃咖啡桌，一度，我也拒絕承認我是作家。別人問我是幹什麼的，我就說自己是紳士珠寶大盜。但是很快的，我就不開這個玩笑了，因為比起問作家的蠢問題，問紳士珠寶大盜的問題，讓人更加哭笑不得。

問題，問題，問題！我有沒有讀過你的作品呢？我不知道，先生，我是寫小說的，不懂讀心術。你有沒有出版過什麼作品呢？說真的，女士，還真沒有。我寫作十五年了，作品超過（而且是遙遙超過！）一百本書了。但是一本都沒有出版過。我是被虐待狂、我住在樹林裡，挖樹根藍莓吃。寫一本書要多長的時間呢？從開頭到結尾算是滿長的，差不多跟林肯先生的腿一樣長，您不知道嗎？

那麼，你的點子打哪來呢？

這倒真是個問題。

難就難在這裡。社交場合那些問了也白問的問題，大可左耳進，右耳出，但是，這倒是作家經常捫心自問的苦處。理論上，這個問題答得出來，事實上，被問到的人經常啞口無言。作家創作，當然需要點子，否則小寶貝就生不出來了。文章的樣式百百種，在基本的表達能力提升到某種水平之後，剩下的就全要看點子好不好了。這是文章成敗的關鍵所繫。也就是因為文學創作幾乎全部寄託在靈感的電光一閃，於是作家

是怎麼生產作品的，對於圈外人來說，始終難以索解。作家不是向A先生買些原料來，加工之後，再賣給B先生。他要從虛無之處、從空氣裡，硬生生的創造點什麼東西出來。作家既然靠點子謀生，接下來的問題，當然是他從哪裡得到這樣的點子呢？

是啊，從哪裡呢？

或者，對作家而言，更重要的問題：怎樣才能讓點子冒出來呢？

每個作家好像都過過這樣的好日子：創意層出不窮，像是伊利諾州豐饒的河邊低地，到處都有竄出頭來的禾苗，走沒兩步，就會撞見一個棒得不得了的點子。但是，遲早，每個作家也會跌進這個譬喻的另外一面，彷彿置身塵盆（Dust Bowl，譯註：美國乾枯的大草原地帶，大約包括了科羅拉多、堪薩斯與德州的一部分），勉強掙扎出頭的植物，也是有氣沒力。在稿紙上打完自己的名字之後，就不知道要寫些什麼了。「我窮過，也有錢過。」蘇菲·塔克（Sophie Tucker，譯註：美國知名歌星）說，「相信我，有錢比較好。」我相信她，也請你相信我，左右逢源，要比文思枯竭好。

作家的點子究竟打哪來？我有個朋友，一被問到這個問題，就說：有這麼本雙週刊，叫做《點子手冊》。（還是什麼其他亂七八糟的名字，我也不確定。）「裡面全都是有關小說情節的好點子，」他說，「我訂了這麼一本，一送到我手上，我就一口氣選五六個點子，來個大清倉，把它們湊在一塊兒，埋頭就寫。這麼一來，別的訂戶想要抄，也沒辦法了。這是絕招，只在今天告訴你。」

還真有不少低能兒吃他這一套，慌不迭的問他要怎麼樣才能夠訂到這樣的雜誌。「你必須要是職業作家。」我的朋友氣定神閒，務必把他們的希望摧毀而後快，「然後，要是作家聯盟的會員，還得出過十來本書才行。門檻是高了點，不過沒關係，你們一定要不擇手段，極力爭取。」

夠了。還是回到作家創作的基本原則吧。很明顯的，一大部分的點子，來自於你的下意識。你從出生時開始感受的痛苦（如果你是榮格

〔Carl Jung〕的信徒的話，你還可以追溯到種族的集體潛意識），在釋放之後，透過一些無從理解的過程，最後便轉化、延伸出一條創意的線索。

我呢，可以提出一些沒那麼神奇的點子出處，仔細分析之後，或許我們可以比較務實的理解點子是怎麼發展出來的。

我的點子打哪兒來呢？

某些能湊在一起的訊息片段。我所認識的大部分作家，都習慣把一些看不大出來有什麼用的訊息，保留起來。有的時候，這些碎渣渣派得上用場，有的時候則否。舉個例子，我就知道一九三八年懷俄明州幫這個國家的每個男人、女人、小孩，生產了三分之一磅的乾豆子。如果，我根據這個不知道可以幹嘛的點子，發展出一個故事，那一定是本世紀的大驚奇之一。

但是，大概十來年前吧，我在雜誌上，讀過一個故事：這世上有一小群人是從來都不用睡覺的。我覺得這個消息很有意思，花了點時間研究一下睡眠的原理，然後把它扔到一邊去了。過沒多久，我在百科全書上面又看到了斯圖亞特王朝（British House of Stuart，譯註：十四世紀起，統治英國三百多年的貴族）這個歷史片段，還知道至今依舊有人自稱是斯圖亞特王朝的後裔，有資格入主當今英國王室。不過這個人呢，好像只是喊喊而已，沒看到他認真的想幹點什麼。更有趣的是，這個人是巴伐利亞人（Bavarian）。我現在把永久性失眠跟恢復斯圖亞特王朝兩個訊息連在一起了，但組不出一個故事。但是，一個永遠也睡不著的人，會過什麼樣的日子呢？我覺得這個線索滿有潛力的，可以好好的斟酌一番。

兩年之後，我花一整個晚上的時間，跟一個對古錢幣很有研究的記者，暢談痛飲。他剛剛返國，待在土耳其兩年，在那段時間裡，曾經靠走私古錢幣與古董維生。這傢伙講話很有趣，有個故事尤其引人入勝。他曾經聽過一個傳說，在士麥那大屠殺（Massacre in Smyrna，譯註：發生在一九二二年，土耳其屠殺了希臘與亞美尼亞人近十五萬之多）之際，亞美尼亞人把他們所有的金幣，藏在巴勒基塞（Balekesir）某間房子裡面。他

跟幾個朋友根據倖存者的描述，找到了這個房子，挑個月黑風高的夜晚，破門而入。金子的確在過那裡，遺憾的是：有人先下手為強，早了他們一步。

啊哈。

兩個星期之後，我開始創作一篇小說。故事的男主角腦子嵌進榴彈砲碎片，睡眠中樞遭到破壞。這個人以恢復斯圖亞特王朝為己任，因為各種錯綜複雜的原因，前往土耳其，想要找到消失已久的亞美尼亞黃金。這個人，我管他叫伊凡‧譚納，這本書叫做《睡不著覺的密探》。我用他當作男主角，寫了七集的系列，然後，這傢伙離我而去，暫時小寐一會兒。

如果在我知道有人睡不著這回事的同時，馬上創作譚納這個系列，大概什麼也寫不出來，因為我沒劇本給他演，我的腦子也不會把他放在思考的邊緣，讓他的個性慢慢成形。但如果我壓根忘了這麼回事，讓他從我記憶裡永遠消失的話，那麼，即便聽到亞美尼亞藏金的故事，也找不到適當的人選擔綱，勢必得捏造個刻板的類型人物，來段大家早就看得厭煩的異國大冒險。時機成熟，兩個點子湊在一起，我很愉快的完成七集譚納大冒險，就像是我把衣物逐一選妥，穿戴整齊之後，就可以出門一樣。

別人會給你點子。大概一天到晚都有人會跟作家說：他有個好的點子，一定能寫出很棒的作品。絕大多數的情況，這些話都沒經過大腦。真的會提供你好點子的是你的同行，或是搞出版的人。

什麼？別的作家會把好點子告訴你？他們是瘋了不成？沒錯。作家經常會把好點子分享出來，而且他們的腦子並沒有問題。作家就是這樣。我也把自己寫不出來或者是不擅長寫的點子，告訴別人，落在合適的作家手裡，它們就會變成很精采的小說。這些點子的底子不壞，但我只能望而興嘆。我硬著頭皮寫，可能痛苦萬分、可能寫得很爛──多半是兩件壞事一起來。所以，我為什麼不乾脆交給別人寫？

搞出版的人，更是會把點子提供作家。從某個角度來說，他們也不

是「給」，他們是把點子提供給適當的作家，簽好約，寫完書之後，順
勢出版。這種事情一天到晚發生，頻率之高，一般讀者絕難想像。還有
不少作家，多半的時間，都是靠出版社釋放出來的點子過活。我可不是
單指以公式化平裝小說為創作主力的作家，好些布局縝密、出版社全力
包裝、促銷的知名作家，作品中的情節、角色，頗有一定的比例源自出
版社的點子。

　　這種餵進嘴裡的點子，嚥不嚥得下去，其實很有風險。點子如果是
你的，那麼這想法可能在你心中醞釀已久，經過下意識的好一番打磨，
等你下筆的時候，可以得到意想不到的各種助力。如果要借別人的點
子，自行創作，除非你從頭開始、徹頭徹尾的深愛這個點子，你大概很
難在別人提供的基礎上，更上層樓。這也就是為什麼有許多根據出版社
需求，量身打造的書籍，點子明明大投市場所好，執筆者也是一時之
選，最後出來的作品卻失之平淡、機械的原因。

　　我用借來的點子——當然是得到同意——寫過一本書。他的故事大
綱是這樣的：新娘在新婚之日慘遭強暴，新郎誓言緝凶復仇。他連書名
都想好了：《致命蜜月》。我把它們兩個都偷了過來。

　　我等了一年才開始動手。那時是因為我什麼別的也寫不出來，而
《致命蜜月》諸般情節始終盤據在我的心頭，揮之不去。我打電話給原
創者，問他要不要把這個故事寫出來——他說，不要。介意借我用一下
嗎？他也不介意。我就讓新郎新娘，在蜜月期間聯手追殺壞蛋。這本書
由麥克米連出版社（Macmillan）出版、戴爾出版社（Dell）再版，其
間，有幾家電影公司想要買下這本書的電影版權，幾經波折，最終沒有
成交，但我一度認為，我下半輩子，就要靠這本書了。

　　作者覺得靈感與牡蠣產生珍珠一樣艱辛。也有人這麼說：創意，是
掙脫精神防衛之後得到的成果。這句話說得有點過頭，但思考的過程，
卻被它形容得很貼切。幾年前，我的生活陷入空前的低潮，悲慘的程度
會讓你覺得叔本華（Carl Schopenhauer）是個樂觀進取的人。每天我過
了午後才會起床，然後一個人開始玩接龍，玩到晚餐。吃飽了之後，再

接著玩，然後喝得爛醉，昏昏睡去。我一定是我自己的刺激玩伴。

偶爾，我也想提筆寫點什麼，但是，沒有任何一個角色，肯受我驅策。我也想不出任何合理的理由，叫書中的人物去做點像樣的事情。沒辦法。想了半天，有時會有點靈感讓我研擬出如下的情節：「不管了，為什麼不叫他翻個身上床去睡覺呢？」我於是照辦。

好不容易，我開始寫一本小說，講一個前綠扁帽隊員的故事。他被利用完了之後，被中情局解僱。他始終沒能從打擊中復原，想不出什麼別的營生，最後只好在佛羅里達州基角（Keys）附近的小島嶼，釣魚裹腹，過著刻苦的日子。有一天，某個中情局的幹員出現在他的面前，於是他重出江湖，加入了某個秘密行動。想到這裡，角色設定完成，這本書就開始講它想講的故事了。（這本書後來出版了，書名叫做《這種人真危險》，以筆名保羅‧卡凡納出版。）

從電視裡看來點子。我覺得電視是個不壞的點子來源。如果我看得下去，一般會得到很多想法，但多半時間，我根本看不下去。

我可沒叫你在電視上面，看到什麼，就把它們寫下來。這叫做剽竊，萬萬使不得。你應該做的事情——也用不著一直提醒自己是在找題材，靈感該來的時候，就是會來——是把你看到的故事當基礎，重新改寫。你必須要提升故事的品質，有鑑於電視製作的品質實在有限，所以，這不是什麼太難的事情。

我大概在無意識的情況下，改寫過幾個電視故事。但是，有一次，我是怎麼從電視中汲取靈感的過程，倒是記得很清楚。（這是我作為一個人，罕見的特例。）那時，我看的是「希區考克劇場」。劇情是說：一個人跟他老婆處得很不好，然後呢，這傢伙的言行舉止開始有些不大正常。

「哈！」我跟我未來的前妻說，「我知道結局了。他假裝發瘋，累積出一定的行為模式，在心理醫生那邊留下就醫記錄之後，就殺了那個婊子，然後再以『精神異常』的理由脫罪。所以呢，他正在裝瘋賣傻，幫謀殺鋪路。」

錯！大錯特錯。

我忘了結局有多蠢了，蠢到我連一絲的記憶都沒有。他沒有裝瘋。也許是他的老婆，也許是另外的人，讓他以為他瘋了，諸如此類，不記得了。事實上，我根本沒怎麼注意結局到底怎麼了。我那時正忙著寫我自己的故事。

我還沒等到希區考克上場解釋，這個處心積慮的罪犯，最後並沒有逃過法律的制裁，就朝我的打字機奔去。完成了一個《如果這便是瘋狂》（*If This Be Madness*）的短篇，然後投給《希區考克》推理雜誌。我覺得它應該是我第一個賣家。公平就是公平。

有件事要解釋一下。我是一想到這個點子馬上就開始寫作。在這例子中，創作的過程很順暢，是因為我在節目進行的同時，就已經把情節盤算好了。以前，我都是這樣的：一想到就提筆，頂多擱個很短的時間，稍微處理一下。但是我最近卻歸納出一個結論：這般寫法好像莽撞了些。

一個點子當然能發展出一個短篇，但如果故事要講得精采，就要有一個很細緻的場景，一組打造得很有型的角色。如果機緣巧合，地點、背景、角色，各就各位，那麼，你坐在打字機前，靠著一點創意，寫作，是可以行雲流水。

但我最近發現，花個一、兩天時間思考，把情節反覆的推演幾遍，某些構想會跳出來，助我一臂之力。我可以讓角色更深入、讓情節更撲朔迷離，讓對話更具機鋒。我可能一時之間消化不了，但我可以在實際寫作的時候，慢慢淘洗、篩選。

我現在的生活方式，倒是可以把這個原則，發揮得淋漓盡致。我居無定所，每天從這個地方飄到另一個地方，跟著太陽打轉，在別人趕我之前，離開某個陌生的城鎮。我黎明即起，在打字機前面坐上兩個小時，之後，要不，就開個兩百英里，要不就是待在同樣的地方，出門晃晃，東張西望，找人聊聊，釣釣魚，再過一夜。這段時間，可以讓我慢慢的推敲情節、琢磨背景。第二天早上，我坐下來寫作的時候，元素早

就斟酌多時，大可信手拈來。我每天所到的新地方，見到的新朋友，都可能是靈感的來源。

從聊天對話中，冒出來的點子。兩個星期前，我在北卡羅萊納州外河岸（Outer Banks）一間禮品店裡鬼混。我跟賣牛仔褲的老闆娘，為了她賣的東西是不是回收品，辯了起來。她賣的牛仔褲六塊錢一條，實在讓人想不透哪裡會有這種便宜貨。老闆娘說，她是從一家國內主要的牛仔褲供應商那邊批發來的，每次至少得一百條。她還告訴我，這些牛仔褲全都是新的，絕非舊貨混充。

問題來了，這公司的貨又是打哪兒來的呢？誰有本事把牛仔褲的製作成本壓到這麼低呢？如果零售價是六塊美元，這家公司進貨的成本又是多少呢？難道是一塊美元一條嗎？

詭異。

我們就這麼聊起來了。我說，我想寫一個故事，說這家公司雇用一個中間商，專靠謀殺年輕人，取得牛仔褲。我們倆大笑之後，我便上路了。但是這番爭論倒是一個很好的思考起點。如果我馬上提筆，這個故事一定很單薄，為了一條零售價六美元的牛仔褲，把人給殺了，實在算不上是一個很充分的理由。等到這個故事真的寫出來了，牛仔褲回收只是這家公司經營的副業之一，他們的正業是生產狗食。

是吧？這個故事太恐怖了，可能賣不出去，但我喜歡。

以前我住在紐澤西的時候，我鄰居的爸爸開了一家動物庇護所。他有一部焚化爐，專門處理亡故的動物。我的鄰居告訴我，有兩個本地的警察，很熱切的看著這部焚化爐。「這玩意兒用來料理那個毒販，倒是很方便，一勞永逸。」一個人說，「把他往裡面一推，隔天早上，就只剩下一袋灰了。神不知，鬼不覺，你說是吧？」

根據我鄰居的說法，這兩個人講得一本正經，可不是在開玩笑。

我也想把這段經歷寫成小說，但總覺得中間少了什麼，擱在心裡一段時間也就忘了。過了一陣子，我鄰居的父親關掉了動物庇護所。所謂的庇護所，其實只是個簡陋的房舍，把動物關起來飼養，讓小朋友有機

會餵餵動物，跟牠們玩一玩。但總有人翻過籬笆，以屠殺動物為樂。老先生束手無策，乾脆收掉算了。

好，我的故事終於成形了。在我的小說中，庇護所的主人，設計抓住一個殺了一頭羊的孩子，先帶他在屋裡面兜了圈，然後把他往焚化爐裡一扔，烤成焦炭，在《希區考克》推理雜誌上，以《溫柔的方法》（*The Gentle Way*）這個篇名刊出。艾爾·胡賓（Al Hubin）還把它選進《一九七五年最佳推理小說選集》。這兩段生活經歷激發出來的段落，如果各自為政，其實，半毛不值。

點子、點子、點子。如果，某個點子不適合你，那麼，點子再好，再有延伸性，終究也派不上用場。拿達許·漢密特（Dashiell Hammett，譯註：美國冷硬派的推理小說大師）當主角，偵辦謀殺案，當然是個絕妙的點子。但是除了周·高爾（Joe Gores）這個當過私家偵探、道道地地的舊金山人之外，又有誰，能把這個創意，發揮到這般淋漓盡致的地步？（即便高爾的文字如詩如夢，對它也是分毫無損。）如果是我想到這個點子，大概會送給朋友——要不就是一下子就忘了。

換個角度說，前些日子，布萊恩·加菲爾告訴我一個好點子，我恨不得當場把他打昏，鎖進衣櫥裡，等我把他的點子寫成書之後，再放他出來。我壓抑了我的衝動，布萊恩把書寫好了，書名：《死亡希望》（*Death Wish*）。

我還真該把他鎖進衣櫥裡的。他到底是怎麼想到的？

布萊恩的點子是這麼來的。有一天，他的敞篷車車頂不知道被誰劃破了，他理所當然的憤怒，便成為這篇小說的素材。這一章，請容我補充，就是我為《作者文摘》寫的第一篇專欄，執筆地點大約是在卡羅萊納州的某處。一年之後，我跟約翰·布雷迪相約，提出這個專欄的構想。同時，《一條回收牛仔褲》（*A Pair of Recycled Jeans*）也在雜誌上刊出，並收入選集之中。

第三部

小說結構論

喔，這網眞糾結

24

開場白

　　在這國家裡，挨餓的人都活該。

　　別緊張。這並不是作者的政治主張，只是我第一個刊印的短篇小說開頭而已。這篇小說登在《獵人》上面，大概是葛蘭特（Ulysses s S. Grant）攻克李奇蒙特（Richmond，譯註：李奇蒙特是南軍的首都，這是南北戰爭中的最後一役，時為一八六五年）之後兩三年的事情吧。小說本身不差，但也不會有人說它是人類有史以來最偉大的故事。我覺得這篇小說得蒙青睞的原因，是因為破題破得乾脆。

　　開場當然很重要。非小說類的作者也知道一個漂亮的開頭，是成功的一半。在新聞寫作中，導言幾乎等於一切，在一兩句話裡面，得包含人事時地物。在雜誌文章中，開場，也是需要審慎布局的緊要所在，跟報紙的唯一差別是：雜誌文章從容些，不必匆匆忙忙的把所有東西塞在一塊兒。總而言之，不管是哪種文章，導言都有不容忽視的分量，它要能吸引讀者的注意力、帶他進到故事裡面、預留情節舒展的空間，既要有用又要有趣，讓讀者欲罷不能。

　　短篇、長篇小說的第一段，故事開場，其實也有相同的功能。常有人說：讓人留下好的第一印象，你可沒有第二次機會。這句聽到耳朵生繭的老話，在現實生活與文藝創作中，都是顛撲不破的真理。小說的開場也一樣，要給人留下最好的第一印象。

　　比起那些在文壇已經有些成績的作家，剛進門的菜鳥，要更留心這番道理。老作家投稿，編輯還知道這篇小說是誰寫的，即便是第一段有些無聊，他心裡還會有數：接下來，文字不可能這麼乏味。這篇小說最

終還是有可能會被退稿──老作家被退稿的機率，跟新作家相比，也未遑多讓──但至少，編輯肯花時間把整篇小說讀完。

菜鳥的文章是從信箱裡塞進來，破題千萬留意，因為這可能是編輯唯一肯看的段落。一開頭就拖泥帶水，讀起來痛苦，編輯又怕浪費時間。大概只有被虐待狂，才肯把這種生澀、邋遢的文字，從頭讀到尾。編輯是很忙的，他們當然想盡快從泥沼中脫身。

你的故事，當然不是垃圾，但非常有可能根本未入編輯法眼，就直接被退稿。因此，你的每個句子都要能夠傳達特定的訊息給讀者，第一句，更是任重而道遠。

例如說──

1. **讓故事動起來**。最糟糕的小說開頭，偏偏就是一般菜鳥作家最常犯的毛病，他們花了一大堆篇幅，幫故事暖場，弄得自己的小說好像是在冬天裡發動的史圖帝貝克（Studebaker）老汽車。最近我參加了《作者文摘》的小說評選工作，算不清楚有多少參賽者是從主角的一天開始寫起的：幾點起床，沖個澡，穿好衣服。小說限長兩千字，一堆人花了四分之一（甚至還更多）的篇幅，在描繪這種沒有意義的瑣事，然後故事主軸才慢吞吞的登場亮相。

請看李查‧史塔克的小說《外裝》（*The Outfit*），這是完全相反的處理：

> 女子尖銳的驚叫，讓派克睜開眼睛，從床上跳了起來。在他騰空而起的片刻，只聽得身後一聲悶響，子彈把枕頭打穿了個洞。那還是剛剛他頭顱安放的位置。

史塔克一下子就讓故事動起來了不是？他用動作開場──說精確點，已經是動作進行了一半的驚險時刻──在你還沒有搞清楚這些角色到底是幹什麼的之前，你已經被故事吸引住了。史塔克稍後，才會在適當的時機，告訴我們派克是誰、那個女的又是誰，為什麼會有這麼離奇的事情出現。我們的心懸在半空中，只好一路讀下去，這是漂亮的開

場，一下子就鎖住我們的好奇心。

這類的開場未必都是用「動作」擔綱。喬義斯·哈里頓（Joyce Harrington）在《老灰貓》（*The Old Gray Cat*）這篇小說中，就讓我們先聽一段對話：

> 「我應該殺了她的，我真的應該殺了她的！」
>
> 「是啊，是啊，問題是：怎麼殺？怎麼殺呢？」
>
> 「我總想得出辦法的，一定有辦法！」
>
> 「喔，當然啊。」
>
> 「你不相信我有辦法？在她喝的可可裡，下點毒藥不就成了？」
>
> 「怎樣的毒藥？」
>
> 「啊，你知道嘛，砷之類的東西。」

這段話也滿能吊人胃口的——兩個角色正在研究怎麼謀殺第三者，我們只知道這個即將被害的人，是個女子，經常喝可可。這個故事一開場就劇力萬鈞，引誘我們非看不可。

2. 設定風格。

> 電梯，像是一個絞環（garrotte），輕快安靜的載著這個年輕的男子，攀上十八樓，來到威爾森·柯立德在頂樓的豪宅。電梯門一打開，柯立德本人就坐在客廳裡。他穿了一件上好葡萄酒的酒紅色寬鬆長袍。法藍絨老爺褲與牡蠣白色的毛織襯衫，剛巧搭配精心修剪、略帶獅子造型的頭髮。頭髮底下是有稜有角的白色眉毛，微微遮住一對像是加勒比海一般深沉、湛藍的眼珠。他才從那裡的海邊曬太陽回來，皮膚被烤成淺褐色。他瘦小的腳上，套著一雙麂皮拖鞋，薄薄的嘴唇，隱隱上揚，彎成一抹微笑，右手握著一把德國製手槍。至於是哪家廠商製造、什麼口徑，就不勞煩我們深究了。

這段開場白，出自我的小說，《這是咱們的瘋狂事業》（*This Crazy Business of Ours*），描繪兩個職業殺手會面的場景。我大可把這個段落

寫成下面這麼精鍊：

> 這人剛從電梯門跨出來，就發現威爾森‧柯立德握把槍，指著他。

　　這兩個開場說不上哪個好、哪個壞。我選擇比較長的那個，是因為我想藉由這個場景，確認故事的風格，以絞環的形象，幫這個故事定住冷峻的基調，然後用長篇的描述，刻畫柯立德這個人，強化他的出場。我希望讀者對這個人有些概念之後，再讓他們知道他手上握了一把槍。這一段的最後一句，是一個刻意的設計，提醒讀者，這是一個故事。我經常用這種手法，拉開讀者與故事的距離，因為我認為，如果讀者發現他只是在看小說，接下來的情節殘酷些，他們才不會太認真。

　　除此之外，這段開場白也有效的推動了故事情節。在這個段落的最後，已經有兩個人，外帶一把手槍，緊張對峙。

　　有的時候，一些特殊的描述，特別是跟情節沒有什麼直接關連的細節，反倒能一舉底定行文風格。這是羅素‧H‧葛林南（Russell H. Greenan）給《阿爾及讓‧潘樂頓的秘密生活》（*The Secret Life of Algernon Pendleton*）開的場。

> 貝肯街靠近街角的地方，有一棵被砍了一半的老榆樹，孤伶伶的站在那裡。它的枝葉被布魯克林林業局鋸得乾乾淨淨，其實只算得上是一棵殘株。很快的，這個殘株也會被連根拔除。但在同時，卻有一個枝芽，從鏈鋸削得凹凸不平的切面，長了出來，在這個枝芽的頂端，有幾片橢圓形的柔嫩葉片，正在奮力延伸。

　　這個視覺上的小地方，從主述者的口中娓娓道出，讓讀者發現他正在思考大自然的生命與死亡，或者死亡中的生機，頗有後勢可期。這棵榆樹的殘株，姿態鮮明，不只讓我們了解主述者的胸襟，也因此確認了敘事的風格。這就是定調。調子定了，讀者就自然而然的被吸住了。

　　3. 點明問題。 有的時候，把作家最關心的問題，放進第一段，就能

讓讀者在最短的時間裡，理解這篇小說試圖解決的重大關鍵。傑克‧李奇（Jack Ritchie）就直接用一段對話，布下一個必須層層揭開的謎團。

> 我剛剛度假回來，羅夫馬上就塞了一個案子給我們兩個。
>
> 「有三個陪審員被殺了。」他說。
>
> 我點了點頭，自以為是。「啊，明白了。這三個陪審員定了某人重罪，那傢伙心有不甘，於是下重手報復。」
>
> 「也不完全是。」羅夫說，「事實上呢，這個判決還有點爭議。陪審團裡，四個人認為被告無罪，八個人認為他有罪。」
>
> 「這也很合理啊。」我說，「被告找了人把三個認定他有罪的陪審員殺了。」
>
> 「也不是這樣，亨利。死的三個都是認為他無罪的陪審員。」
>
> 「他為什麼要謀殺判他無罪的陪審員呢？」
>
> 「他應該不是凶手，亨利，我們敢這麼說，是因為他也死了。」

這段對話敘述的情勢，還真是撲朔迷離。透過刑警向同事解釋案件緣由的對話，故事就這麼順勢開展出來了。

在《李唐的麻煩》（*The Problem of Li T'ang*）這篇小說中，傑佛瑞‧布希（Geoffrey Bush）也是透過一小段摘要，馬上就把難題交代出來，言簡意賅，洗練的筆觸，一般人實在很難企及：

> 我有個麻煩。我在我的中國繪畫課上，收到十六份報告。這是我第一次教書、第一次收到報告。其中有一篇寫得精采至極。

從某些方面來說，越有效的開場，涵蓋的功能就越多：它們可以讓故事動起來、把基調設定好，還可以把關鍵問題點出來——在達成這些目的的同時，它們還可速寫幾個角色、傳遞重要訊息，順便幫你把垃圾拿出去倒、在你的袖口上，補個鈕釦。

話也要說回來，開場並不是一切。就算是你用「叫我以實瑪利」（譯註：Call me Ishmael，《白鯨記》〔*Mody Dick*〕的著名開場白）打頭，但隨後

荒腔走板，讀者還是很快就會失去耐心，離你而去。總而言之，你的開頭一定要精采——否則故事根本沒有機會呈現，因為沒有任何人非把你的小說，從頭到尾看完不可。

25
二軍打頭陣

千萬不要在叫什麼「老媽」的餐廳裡吃飯。千萬不要跟綽號「郎中」的人玩撲克牌。千萬不要騙比你惹上更多麻煩的女人。

這些血淋淋的教訓，來自尼爾森・阿爾葛林（Nelson Algren）的《每個年輕人都該知道的事情》（*What Every Young Man Should Know*）。我年輕的時候讀到，至今不忘。而且，我從不在「老媽餐館」裡面點蛋捲，或是在郎中邁克基之類的人面前，偷天換日。

三個教訓能有兩個有道理，應該算是很不壞了。

只是阿爾葛林的諄諄教誨，也未必是我這輩子最精闢的忠告。這個崇高的地位，我想保留給我千載難逢的好友兼經紀人——亨利・莫里森（Henry Morrison）。他在數年前告訴我的一句話，讓我終身受用。說真的，我反覆再三，還是有點不大情願，實在不想這個訣竅，就此點破。我就靠這一招闖蕩江湖，悠悠數載，如今要把這個不傳之秘，公諸大眾，心下躊躇，在所難免。

但，管他的呢。我們不是朋友嗎？我們不是同屬於國際寫手、窮酸作家聯盟的一份子嗎？所以，我們為什麼不能互通有無，分享這個行業的秘密呢？但是，在你知道之後，請像木匠一樣，釘個螺絲釘在上面，別再到處傳了。你自己心裡有數就行了，兄弟。

不要在開始的地方開始。

請讓我告訴你，我是怎麼得到這句真言的。我當時在寫一篇名為《懦弱之吻》的推理小說。金徽出版社（Golden Medal）的諾克斯・柏格（Knox Burger）最後明智的改名為《死亡騙局》（*Death Pulls a Double-*

cross）之後出版。這本書已經絕版了，所以我們可以盡情的對著它指指點點。小說的故事平鋪直敘，主角叫做艾德‧倫敦，是個私家偵探，個性相當溫和，喜歡來上幾杯白蘭地，手裡永遠握著個煙斗，除此之外，面目模糊。我想在這本小說裡面，他應該沒有被人偷襲，頭頂挨上一記，或是在樓梯間跌上一跤：這是我唯二避得開的老套。

這本書的一開頭，倫敦的損友——他的妹夫找上門來了。這傢伙的情婦剛剛被殺，只好由他抱著嬰兒，或者是什麼要緊事，或者什麼我記不得的玩意兒，上門討救兵來了。第二章，倫敦找了幅東方壁毯，裹住女人的屍體，拖到中央公園，順手一抖，就讓她滾進天堂，或者說是留在一片青青草地上，等著戀屍癖找過來。然後，他開始偵辦這起案件。

我把這個故事拿給亨利看。他一口氣讀完了，連半個玩笑都沒開。接著我們倆就討論起來。

「頭兩章調換一下。」他說。

「嗯？」我很是狐疑。

「把第一跟第二章的順序調過來。」他很有耐心的解釋說，「原來的第一章，把它改成第二章。你找部打字機，重新打一遍，讓銜接順暢一些，但用不著更動太多。一開場，就是倫敦幹活幹到一半，把屍體拖去公園。然後再倒過來說明他在幹什麼，解釋他心裡的盤算。」

這個再簡單不過的更動，並沒有讓《死亡騙局》入圍愛倫坡獎。阿拉伯的情調，無法挽狂瀾於既倒，但是，這個建議卻讓這本小說出現了新的風貌。用第二章打頭，好戲開演，頓時有了動作，出現了進展，有緊張、有懸疑。讀者並不知道倫敦是誰，也不知道那個女生為什麼跟捲餅似的，裹在一幅布哈拉（Bokhara）壁毯裡面，但是，他們已然上鉤，有的是時間，慢慢的把這個場景弄明白。

告訴你件事情。我為了要增進自己的寫作能力，我讀了大量其他作家的作品。我也從自己的創作中，體會了不少心得。但是這些年來，我還找不到任何一句話，可以一語道破寫作的關鍵技巧，讓我終身受用。唯一的例外，就是這個概念，我要再說一遍，確認你牢記在心。

不要在開始的地方開始。

在我的推理寫作生涯中，我見到了光明，從此以後，多半信守不渝。冒著被譴責「粗製濫造」的風險，且讓我回顧幾個作品，讓你們了解我如何把這個原則，落實在實際的寫作上。

在《第一次死亡之後》（*After the First Death*）這本小說裡，我描述一個大學教授，酒後亂性，殺了一個妓女，因而判處終身監禁。在他入監服刑的同時，妻子也跟他離了婚。可是由於檢方證詞是用非法的手段取得的，兩年之後，他被釋放出獄，過著東漂西盪的日子。一個早晨，他在時代廣場附近的一間小賓館醒來，發現地板上躺了個妓女，喉嚨被割斷，血流成河。他想，天啊，我的毛病又犯了，趕緊逃離現場。但是，等他冷靜下來，記憶一點一滴的回復，讓他相信凶手另有其人，於是，開始尋找這個暗中設計他的壞人。

《長綠女兒心》則是說一個金盆洗手的騙子，如何從最後一次的詐騙行動中，順利得手脫困。這是一個喜劇，在詐騙行動展開後，大夥兒爾虞我詐，彼此背叛。這本書的一開場，敘事的主角已經抵達紐約的歐林恩（Olean），騙局已然進行。然後，我再倒敘敘事的人是誰以及他是怎麼來到這個城市的。如果我現在才寫這本書，我可能會讓情節再往前跑一陣子，才會回頭倒敘。

我寫了七本以伊凡‧譚納作主角的小說。譚納是一個屢發奇想的冒險家，還是個兼任密探。在這些作品裡，無一例外，一開頭，我都是讓譚納身陷離奇的險境，稍後覓得空檔，我才會解釋他是怎麼掉進這個尷尬的陷阱裡，通常是他受到朋友牽連，或是按捺不住他那古怪的心思，總想要捍衛一個不可能實現的夢想。

在《睡不著覺的密探》這本開山之作裡，一起頭，譚納就被關在土耳其的監獄裡。在《作廢的捷克人》中，他被當局列為不受歡迎人物，警察要求查驗他的證件。《譚納的非常泰冒險》的第一頁，我們的英雄光著身體被關在一個巨大無比的竹鳥籠裡，還知道日出之前，他的腦袋就會被砍下來。在《我是譚納，你是珍》的第一章裡，我乾脆把他給活

埋了。他在《譚納的十二體操金釵》中則是絞盡腦汁，想要穿過鐵幕。在《譚納的兩隻老虎》中，加拿大禁止他入境。在《英雄來了》裡面呢……

　　夠了。你現在應該明白我的意思了。有的時候，我經常把譚納放在一個匪夷所思、退無可退的險境裡，然後找一章，倒敘來龍去脈。有幾本書，正敘的部分綿延個兩三章，這才回頭說明原委。這麼寫，還有個附帶的好處。一開頭，譚納就被困在山窮水盡之中，這種緊張，會因為我暫且擱下正線，回頭補充說明，始終無法排除，壓迫讀者非讀下去不可。

　　這種「在開始之後才開始」的技巧，對於推理小說來說，是再正常不過的事情，因為這個類型的主軸就是冒險與動作。但是，其他類型的小說，也可以使用這個技巧，收到不錯的效果。許多頗受好評的主流小說，故事結構也是根據這種原則，逐一開展的。作家經常在一開頭描繪一個危機，用接下來的三十章告訴讀者，主角是怎麼讓這個危機逐漸升高，最後再用最後一章，交代結果。（傑洛米・威德曼〔Jerome Weidman〕的《敵營》〔*The Enemy Camp*〕就是一個最典型的例子。）大致上，我覺得這種布局法有些過譽，既然危機的呈現跟解決只需要一萬字，那為什麼還要再加幾萬字去交代背景呢？

　　啊哈。我寫了好些推理小說，並沒有死守這個鐵律與布局的模式。我覺得這個原則是很棒的寫法，但卻不認為這是唯一的寫法。相反的，還有好些個例子，我是刻意從頭開始，一路順寫下來的。

　　舉個例子來說：

　　《致命蜜月》講的是一對新婚夫妻的洞房夜，剛巧有一群凶神惡煞在附近殺人。這夥人殺得眼紅，發現隔壁有人，便把先生痛毆一頓，還強姦了他的新婚妻子。但是，他們並沒有報警，反而決定自己獵殺這些壞蛋。在這個故事裡，強姦，尤其關鍵。這層傷痛讓這對夫妻有足夠的理由，合理化他們的暴力行徑，甚至會讓人同情他們的不得已。在這本書裡，故事是順著講的，沒有任何倒敘。

　　《這些人真危險》講的是一個已經沒有什麼利用價值的特戰隊員的故事，一開場，他已經瀕臨崩潰邊緣，獨自躲到佛羅里達的偏僻小島，過著隱居儉約的生活。就在這個時候，一個中情局模樣的人找上門來，讓他又只好重作馮婦。這種題材看來又是施展「把第一章調成第二章」的祕技。但是，我想在一開頭，把主角的性格確認下來，對我來說，這點是這本小說最核心的關鍵。

　　《父之罪》（*The Sins of The Fathers*）是馬修‧史卡德系列的第一本小說，開頭是講有個女兒被謀殺的父親，找上史卡德幫忙查案。這本小說也是按部就班，慢慢的開展，我覺得這種按照時序的方式，講這個故事，筆墨最為精簡。但是，在史卡德系列中，有兩本書還是包含了倒敘的寫法。

　　《專家》（*The Specialists*）也是一本反英雄的動作小說（caper），講一群退伍的綠扁帽部隊，在斷腿上校的領導之下，行俠仗義，順便撈點錢回本。我是用電影人所謂的「片頭前情節」（pre-credit sequence）開場的：拉斯維加斯有個妓女被惡少欺負，找上了綠扁帽中的某個人訴苦。序曲開展之後，整本書的主軸才跟著呈現。

　　（我得在這裡插段告白。有些小說按照時序鋪陳，是因為在我動筆的時候，根本不知道這本書會寫到哪裡去。情節是按照圖普西〔Topsy，譯註：這是《湯姆叔叔的小屋》裡的小黑奴，她的名言是：「我不是誰創造出來的，我是自己長大的。」〕的風格長出來的。但我不見得會墨守這個原則，有時也會變通，只要文字看起來還算自然，我通常就信筆寫去，隨意而至。）

　　你的小說是不是在開始的地方開始，不是重點；故事怎麼開始，又從哪裡開始，才是關鍵。寫文章的人都知道把導言寫好有多重要，短篇小說的作者也知道第一段具有怎樣的特殊意義。（我覺得有件事情你一定要知道：看文章的人，可能會因為他對題目有興趣，於是耐著心思把它讀完；但是，短篇小說的頭開得不好，十篇中大概有九篇，會被讀者扔到一邊。）

　　你的第一章，就等於小說中的導言段。米奇・史匹蘭（Mickey Spillane）老是喜歡掛在嘴邊的一句話是：第一章可以賣掉這本書，最後一章，可以賣掉下一本書。我從來不敢駁斥這句名言。

　　我們一天到晚聽到說：一本小說該有頭、有中間、有尾。

　　一點問題也沒有。

　　但未必要按照這個順序。

26

跳一步，退一步

一、二、三、四、五、六、七、八、九、十、十一……

如果你要把一到十一這批數字，按照某個順序把它們排列好，那麼上面就是最可能的排序——除非你是一個異常偏執、無知、神經質的人，堅持自己莫名其妙的創意。我們大多數的人，只有一點點偏執、無知、神經質，也只肯堅持小小的創意。如果我們要把一系列的事件組合起來，不管是紀實還是虛構，那麼，我們最習慣的方式，就是按照時序，也就是事情的先來後到，一件件的把它們排出來。

打從第一個穴居人講述他怎麼獵殺凶猛的劍齒虎開始，我猜想，人類大概一直都是用這樣的方法說故事吧。按照事件發生的順序，一路說來，正可以吸引聽眾的注意力，維持最高的懸疑張力，直到最後的結局。劍齒虎可曾感受到人類的欺近？這頭大蟲是否暴起傷人？牠們那對犀利的牙齒，有沒有染上人類的鮮血？獵人最後是不是以智取勝？這些問題懸在那裡，故事當然好聽。如果你一開始就形容獵人如何把虎皮剝下來，如何開腸破肚，還沒開場呢，所有問題就都回答完了。

不按照時序講故事，還有其他的危險。其中最主要的一個就是造成讀者或聽眾的混淆。如果你講的不是那種天馬行空、沒有邏輯的故事，時序一旦抖亂，讀者或觀眾就會被搞得一頭霧水。在《寫小說：從情節到出版》這本書裡，我曾經討論過兩個不按照時序創作的作品——珊德拉・史柯匹頓（Sandra Scoppettone）的小說，《某個不知名的人》（*Some Unknown Person*）與史丹利・丹恩（Stanley Donen）的電影《儷人行》（*Two for the Road*，譯註：奧黛麗・赫本一九六七年主演的喜劇）。這兩

部作品就是因爲時間忽焉在前，倏地在後，取得了相當不錯的藝術成就，但是，在一般市場上的反應，就不免有些冷落。

我們不是經常聽說：一個故事就是有腦袋、有身體、有尾巴？我想這是一個好時機，承認我其實不大明白這句話的意思。誰不知道每本書都有第一頁、最後一頁，還有好些夾在兩者之間的頁數。足球有上半場、中場跟下半場。或者高爾夫錦標賽有第一輪，中間兩輪跟第四輪。或者——

夠了吧？這麼說可能更有用些：每個故事都有兩個開頭，一個是第一頁的開頭，一個是時序的開場。有的時候，兩者重疊；有的時候，兩者各走各路。

這個討論開頭時序的文章，其實是來自約翰·布雷迪的筆記本。我抄錄了一小段放在下面，除了這段文字切合主題之外，更是因爲我非常樂意竊取編輯的作品，再賣回給他。

> 我在雜誌寫作課上常說：「在中段開始，在開頭結尾。」沒錯，這原則是很僵化、對作者的確是束縛，但是，它硬是有用。一開頭，就對準標題，全力衝刺，迅速讓讀者投入你設定的議題。然後再倒車，填充內容，透過你的研究、主題強化、強化、強化，再強化……抵達終點，回頭看看你在第一段設定的主軸，再潤飾一遍……

與長短篇小說相比，雜誌文章是另外一種寫作的格式，約翰的描述比較適用於非小說；但是，在中間開場，其實更是小說寫作的絕招之一。一開始，故事就已經動了起來，讀者很容易就進入你的小說情境中。然後，你再退回出發點，讓他理解箇中原委，這麼一來，他已入彀中，要脫身就沒那麼容易了。

這種寫法，長短篇小說都適用。短篇小說要速戰速決，最好的方法當然就是一開場，劇情持續推進，動作隨之登場，讓人喘不過氣來。

想舉個例子來說明，但想來想去，只想到個負面的例子。幾個月

前，我在一本老雜誌上，看到我以前的一篇犯罪通俗小說。故事開頭是
說一個傢伙從辦公室回家，想去酒吧小酌兩杯，誰知道他常去的那家剛
好改裝歇業，於是他在街上東晃西晃，好容易找到了第二家酒吧，喝了
一杯酒，認識一個美貌的女子，一件意外接著一件，最後，他竟然變成
了一個毒販：我記得情節好像是這樣。

　　重點可能是：他進了第二家酒吧，純屬巧合，如果他平常灌黃湯的
地方在那個節骨眼上，正常開門的話，也就沒那麼多囉唆了。但這不是
關鍵，更傷的是：我竟然讓這個小丑晃盪了一千個字之後，才讓正戲登
場。

　　如果我今天再寫這個故事──說真的，可能性趨近於零，因為這個
故事不管怎麼寫，都不會出色──我會把故事的開場，盡可能的拉到時
序的後面一些。也許，一開場，我就讓主角跟那個美貌女子聯絡，要
不，就直接讓這兩個人先幹一票買賣，然後，再找個機會，把劇情拉回
來，讓讀者知道他是誰，為什麼把生活搞得一團糟。我也可以完全採用
倒敘法，然後，只用很簡單的摘要，描述前因。

　　這種先從動作開始，才倒敘補足說明的基本技巧，比較常見於短篇
小說的開場，長篇小說作者略少運用。在敘述的過程中，你可以隨意前
進、後退，反覆使用。就這麼前進一步、後退一步，作者可以開創出無
數個開頭，避免過多呆板的描繪，拖慢了故事的節奏。

　　每個場景轉換，都是重新開頭的好機會。如果第一章結束的時候，
男主角上床睡覺了，那麼第二章，就用不著從第二天他起床開始寫起。

　　這邊有一個例子，來自於《最後的甜蜜親吻》（*The Last Good
Kiss*），這是詹姆士‧克倫利（James Crumley）偵探小說系列的上乘之
作。敘事者是一個私家偵探，他忙活了好一陣子，卻發現他銜命尋找的
女孩，幾年前就死了。然後，有人闖進了他住的汽車旅館，把他痛毆一
頓，綁在浴缸裡。第一章，他是這麼收尾的：

　　　　他的同夥在我的嘴裡塞了隻襪子。我其實非常感激，因為這隻

襪子還滿乾淨的，也感謝他們綁得馬虎，在他們離開之後，我還可以用腳關掉水龍頭，更感激的是：第二天女傭進來打掃，竟然沒有放聲尖叫，只是冷靜的把襪子從我的嘴裡拿出來……我重重打賞了她，請她跟櫃臺說，我要多待一天，因為我快累死了。

接下來就是第二章。請注意：克倫利不但把劇情退了回來，而且他還選中間的地方回顧稍早情況：

「不可能！」蘿希已經重複五次了。

「抱歉。」我也重複一遍，「但是，我看到了死亡證明，還跟見過她屍體的室友談過。抱歉，事實就是事實。」

「不。」她說，頭垂在雙胸之間，這一記重擊，粉碎了她的心，眼睛噙著淚水，「如果我的小女孩，這些年來都不在人世，難道我會不知道嗎？」

中午剛過，蘿希的家裡，灑進柔柔的、略帶些灰塵的陰影，外面，是芬芳的春日，清風徐來，陽光溫煦……

我到急診室，匆匆忙忙的照了張X光，拿了些止疼藥，便離開了柯林斯堡（Fort Collins），往蘿希家駛去，一路上我就靠安非他命、可待因、啤酒與大麥克維生。趕到的時候，我一身狼狽、滿臉鬍渣、醉意醺醺……火球早就醒了，口水沾滿了我整條褲子，等了會兒，沒見我餵牠啤酒，牠便在門後晃過來晃過去。不單是我進來的時候，就連我告訴她，她女兒逝去的噩耗，蘿希始終也沒用正眼瞧過我。

「抱歉，」我說，「但她真的過世了。」

這種前進一步、後退一步的寫法，比較省時間，少了那個小小的回顧，克倫利完稿的字數，想來也不會有什麼差別。這個段落大可從「我到急診室，匆匆忙忙的照了張X光」開始，再簡單描述這一路的艱辛。但是，克倫利一口氣就跳到蘿希家。我們當然希望情節盡快往前推進、

想知道接下來會發生什麼事情，但也很高興的看到寥寥數筆勾勒出旅程大略。

　　這種技巧在各種類型的小說都很好用。在那種時間綿延好長一段時間的大河小說裡，單刀直入，把動作場景帶出來，跨越不同的橋段，乾淨、漂亮，不費絲毫力氣。像是《最後的甜蜜親吻》這種動作連續不斷的小說，相同的技巧更可以串連起好些鮮活的場景，不落痕跡。

　　進一步、退一步。請記住這句箴言。如果你沒法運用在寫作上，那麼它至少可以幫助你在夏令日光節約時間結束之後，記得把時鐘調回來。

27

不要坐地鐵D線

在我沙拉歲月（日子慘綠，胡亂攪拌，重油、重酸）的早期作品裡，我曾經強自說愁、痛苦琢磨，寫出一段這樣的文字：

> 我掛上電話，想了好一會兒，然後從客廳的衣間裡，取出我的短大衣來。我讓我自己踱出公寓，拿出鑰匙，把我身後的門鎖上。電梯把我帶到六層樓底下，我走出大廳，來到街上，朝西七十七街走去。
>
> 我到了百老匯，往下城方向前進。在七十二街與百老匯交叉口的地鐵站外，有個書報攤，我買了份報紙，在等地鐵的空檔，翻了翻。我坐上下城本地線，來到哥倫布廣場（Columbus Circle），然後到獨立地鐵系統（IND）月台轉車。我搭上往布魯克林的D線，在迪卡伯大道（DeKalb Avenue）換乘本地線。在M大道站，我下了地鐵，踩在油膩膩、髒兮兮的階梯上——

夠了！

我想你知道我的意思了吧？記性不好了，這個段落肯定被我複述得丟三落四，反正原文也好不到哪去，但重點是：在那個時候，我的文章，也只有這般水平。就像是一本維多利亞女王的傳記，講了太多高中女生根本不會感興趣的事情一樣，我的文筆也是拖泥帶水，寫了太多讀者不想知道，也不需要知道的廢話—— 紐約市的地鐵系統——敘述本身很無聊，對於劇情的推進毫無幫助。

在《地鐵大劫案》（*The Taking of Pelham One Two Three*）這樣的電

影裡，由於主軸是地鐵挾持，描述點地鐵的相關位置與運作規則，還有些道理。但是在我的小說裡，講了半天，也只是讓主角從A點到B點而已，這麼寫也就夠了：

> 我掛上電話，想了好一會兒，然後從客廳的衣間裡，取出我的短大衣來。四十分鐘之後，我在布魯克林下了地鐵，踩在油膩膩、髒兮兮的階梯上──

喔，那些個油膩膩、髒兮兮的階梯……

換場，的確是門學問。怎麼讓主角在某個地方出現、消失，菜鳥作家還真的頗費思量，就像劇作新手可能讓主角一會兒上舞台，一會兒下舞台，鬧得天下大亂一樣。隨著技巧的增進，作者的經驗越來越多，下筆自然更具信心，但是，轉場還是要他拿個決定（下意識也好，精心盤算也罷），要怎麼、要在哪裡打斷敘述，又要怎麼、在哪裡，把故事情節接續下去。

在多重觀點的小說中，關掉一個場景，完全沒有問題，越過時空，直接跳到下一個段落也就行了。作者還是得決定要告訴讀者多少訊息，但一般來說，他不會把在地鐵站怎麼轉車，寫到地老天荒。但是，在單一觀點的敘事中，不管你是用第一人稱，還是第三人稱，都會有一種自然的態勢，吸引你把主角的每一分、每一秒寫下來，難以自休。

有的時候，當然，你會有滿腹心事，想要告訴讀者。就算是在小說的一開頭，連篇累牘的描繪地鐵運作的細節，也未必真的不行。打個比方說，如果你要塑造的印象是時間消逝的緩慢，生活的冗長無聊、一個人的身不由己，總是被外力扯著，在這個大城市的地底，從這裡晃到那裡，而主角是如此茫然，每天硬要按著既定路線，盲目的走下去……諸如此類。

如果你強調的是動作、速度，那麼，轉場處理得越明快越好。論轉場之俐落，大概很少有人追得上米奇・史匹蘭的身手。他筆下的偵探──麥克・漢默從來不浪費時間從這個場景跳到那個場景。經常是前一

句話，他把一個傢伙的腦袋塞進馬桶裡，接下來，不知道他怎麼跑到城市的另外一頭，朝一個女孩的肚子開了一槍。他當然會浪費點時間在做愛、自言自語，但是，作者絕對不會把筆墨用在他怎麼移動、怎麼從這個動作換到下個動作。

史匹蘭是寫漫畫書出身的。我想這是他把快速剪接、場景調換，玩得出神入化的原因。就我個人來說，我是寧可讀辣椒醬上面的說明標貼，也不想研究麥克‧漢默的冒險。不過，有件事情卻不能含糊帶過：史匹蘭，特別是在他早期的作品中，儘管有大量的性與性虐待的場景，但他善於運用創作直覺與文字壓迫感，堆砌戲劇張力，才是讀來讓人欲罷不能的主要原因。

其實史匹蘭的寫法，大致上是連續的。快速的場景變換，在他筆下，駕輕就熟，主要是因為他略去了日常生活中的瑣事。那種綿延很長時間的作品，你經常得省去幾天、幾個月甚至幾年，為了交代時間的消逝，有時你得運用下面這種寫法：

> 夏日微醺入秋，冬天接後踵至。白天越來越短，黑夜越來越冷。假日一個個的來了——感恩節、耶誕節、新年。隨著白晝一點一滴的增長，太陽光又開始溫暖了敏感的地球……

古早以前，拍電影的人經常用時鐘快轉，或是讓一隻手不斷的撕掉日曆，權充過場。也有一種作法是把報紙扔在鏡頭前，用具有歷史上的大事，說明光陰似箭，比如說，先是第一次世界大戰停戰日（Armistice Day），接著來到偷襲珍珠港，這一晃，就是好幾個年頭。

不見得一定要撕日曆，你其實有很多技巧，可以把冗長的時間卡掉，讓讀者理解日子不知不覺的就過去了。你可以在一個新場景的中間，讓角色出場，順著理路，補些句子，也能達到相同的功能，比如說：

> 蘇珊溜下床鋪，盡量輕手輕腳的，免得驚動了霍華。她套上一

件睡袍，下了樓梯。從地板算起來第二階的階梯，是她最提防的一階。如果踩在正中間，就會嘎唧的好大一聲。現在都一月了，他們搬到這個房子也三個月了，但是，他還是找不到時間來修理這個惱人的階梯。

標誌時間消逝的信號就在這裡──「現在都一月了」、「他們搬到這個房子也三個月了」──先是在若無其事的句子，給蘇珊一個抱怨的理由，然後交代出霍華真是會拖拖拉拉，順帶暗示兩人之間的關係。我們可以用一種很低調的筆法，推動場景，告訴讀者今非昔比。

這是另外一種方法，用極短的段落，快速的讓時光流逝。這一次用的是長期天氣預告的策略：

> 接下來的兩個冬天都不怎麼冷。在孩子四歲那年，九月的最後一個星期下霜了，感恩節前下了第一場雪，翌年，還沒到四月份，土地就暖得可以耕種了。

假設你的小說講的是主角跟另外一個角色的友情，你或許可以安排一個久別之後的重逢，迅速的把時光演進中的斷裂空檔，很有效的填補起來。

> 我握了他的手，微笑，「那，咱們就再見了。」我說。但事實上，待我再次見到瓦爾多‧戈登已經是三年之後的事情了。我偶爾會想起這個人，但次數不怎麼頻繁，情感也沒有多麼強烈。一個五月的晚上，我從俱樂部回家，轉了個彎，發現他就站在那裡。我的第一印象是他胖了不少，下巴都圓了，身子也顯得更壯碩了。我的眼睛老是在他的體型上打轉，好一會兒，赫然發現他的右手臂從手肘以下，都不見了。我正想跟他握手，這才……

讓我們再回到地鐵D線。我們不但覺得那段嘮嘮叨叨的描述可以砍掉，甚至還覺得它真應該砍掉。道理不難懂：在這個過程裡面，什麼事

情也沒有發生。搭乘地鐵從這個地方到那個地方，總不算是什麼挑戰吧
——至少不應該是什麼挑戰——從頭到尾，無風無雨，平淡如常。

　　誘使菜鳥作家花了一堆時間，鉅細靡遺的回報一趟地鐵之旅的原因
是：這種文字比較好寫，比集中筆墨在特定場景，濃淡有致的布局與著
力，要容易得多。但是，如果這趟地鐵之旅真的很重要——比如說你的
主角在地鐵站被痛毆一頓，或是爬進第三條軌道之類的驚險畫面，你當
然不能蒙混過關，一定要筆力酣暢，寫個痛快。

　　在這邊舉一個例子，說明文字與電影之間的差異。電影，跟書不一
樣，要踩著既定的步伐，往前推進。導演再怎麼剪接變換，觀眾也只能
耐著性子跟下去。你總不能叫影片暫停一下，皺個眉頭，想個半晌，然
後說，喂，退個幾格，讓我研究一下，這裡好像有些銜接不上的地方。
電影經常是大剌剌的跳接推進，前後不呼應，邏輯不合理，胡剪一通的
結果，就是主角經常莫名其妙的捲進麻煩裡，然後，莫名其妙的脫了
身。

　　但是，讀者可不會這麼輕易饒過你的小說或故事。

　　幾年前，我寫了一本《睡不著覺的密探》，講一個古里古怪的探險
家，為了追蹤一筆湮沒已久的神秘寶藏，在歐洲大陸玩上了跳房子的遊
戲。這本書的主要情節，就是說他在一些怪人的唆使之下，使盡各種詭
計，從這個國家，偷偷摸摸的溜過邊界，跑到另外一個國家，好去進行
他的尋寶大冒險。我不曾因為這本書得到普立茲獎，但總體來說，這本
書的成績還不算差。

　　又過了一陣子，隨著夏日微醺入秋，噴射機隊（Jets）勇奪超級盃
之後，我多了一個工作，要把這本書改編成劇本。（可惜的是：這個差
使白忙一場，這本書終究沒能搬上大銀幕。）只是原本在書中很有趣的
章節：如何從這個國家溜進另外一個國家的描述，改成劇本之後，完全
走樣。節奏緩慢、對話冗長，從視覺的角度來說，乏善可陳。所以，我
決定先把主角豐富多變的個性勾勒出來，盡快展現他的豐功偉業。先是
描述他穿個三件頭西裝，拎個公事包，出現在法國巷道的角落，接下來

畫面直接跳到米蘭的公車內景，裡面有一大群工人正在吃午餐，又笑又唱，鏡頭一拉近，裡面有個人，衣著跟大夥兒一樣，言行舉止也沒什麼出奇之處，但是，他，正是我們的男主角。沒有解釋，因為這是電影，他是怎麼混進來的，已經不重要了。

　　電影、電視的寫作技巧把讀者鍛鍊得更敏銳。我們用不著把每一個轉折，都向讀者報告個清楚。但是，這也不表示你可以亂打馬虎眼。至少在書裡，我們的英雄不可能莫名其妙的出現在米蘭的公車上。

　　換景，其實很有趣。看看別的作家是怎麼轉場的，不管是天衣無縫，還是僵硬生澀，都可以學到不少東西。閱讀到這種關鍵，請特別留心。只是，不管你想怎麼做，千萬不要搭乘地鐵 D 線。艾靈頓先生（**Mr. Ellington**，譯註：指的是爵士樂名家，艾靈頓公爵，他的經典作品之一，正是「搭乘地鐵A線」）說，我們其實應該搭 A 線。

　　至今，這還是去哈林區最快的方法。

28
唯「我」獨尊？

大概二十年前吧，我背著良心，在一家文學經紀公司，靠評斷他人的作品餬口。在退稿信中，我連篇累牘的提醒作者，千望不要輕易使用第一人稱。我很直接坦率的告訴那些人，第一人稱對於沒有經驗的作家來說，步步陷阱，一掉下去，很難脫身，也很容易在讀者與故事之間，形成障礙，局限了敘事的視野，而且，還會導致（如果我沒記錯的話）孩子蛀牙與實驗室白老鼠皮膚癌。

如今，要大家盡量避免使用第一人稱的這種說法，甚囂塵上，已經不是我個人的怪癖了。在一般的寫作課上，經常有老師提醒同學，要慎用這種行文觀點。我記得在我那多愁善感的慘綠歲月中，聽到這番談話，不禁悲從中來，覺得沒法用最自然的方法，抒發情感，實在是一大憾事。

嗯～～

現在我把箇中道理，再思考了一遍，開始懷疑：這種強迫大家放棄第一人稱的說法，究竟是不是清教徒傳統的一部分？門肯（Henry Louise Mencken，譯註：美國文筆犀利的記者）說，清教徒對於逗人開心的事情，都有一層隱憂。我想我略略修正他的名言，他應該不會很在意才對。於是我在他的定義上，多加一條，清教徒對於任何自然的事情，也瞧不怎麼順眼。如果一件事情如此容易、自然，又能發揮得如此淋漓盡致，那麼，就一定有問題，不是會讓你的手掌長毛，就是會讓眼睛瞎掉，諸如此類。

就在我諄諄教誨新進作家，不要用第一人稱寫作的同時，我看到一

篇〈我如何寫作〉的自述，作者叫大衛・亞歷山大（David Alexander）。他是老報紙——《晨間電訊報》（*Morning Telegraph*）的記者，後來以巴特・哈丁當主角，寫出一系列異常精采的私家偵探小說。哈丁專混百老匯，套件刺眼的花俏背心，下午四點前不喝酒，喝酒，也只喝愛爾蘭威士忌。為了讓他的寫作產生一種即時感，亞歷山大解釋說，他都是先用第一人稱寫好初稿，然後呢，為了不讓手掌長毛，他再用第三人稱翻修重寫一遍。

　　亞歷山大已經過世了，我也沒法打聽他究竟是怎麼做的。我的直覺是：他根本在吊我們胃口。一個作家先用第一人稱寫一篇小說，再用另外一個人的角度，重寫一遍，有點像是把政府計畫，偽裝成效率專家的什麼新發明一樣。亞歷山大到底做了什麼，或許也沒那麼重要，但他在自述中卻不經意的提到有關第一人稱敘事的兩個重點——第一，它能夠產生強烈的即時性；第二，這種寫法不大好。

　　我曾經加入這一個門派，警告那些擅闖文學禁區的菜鳥，不要使用第一人稱，幸好我還沒笨到會聽自己的建議。我的第一本小說，就是用第一人稱寫成的。我絕大多數的推理小說，包括好幾個系列，用的都是第一人稱。一開始，我知道我冒的是天大的風險，但是，這種寫法終究比較容易，我一時之間也戒不掉，所以，我決定暫時這麼寫下去，等我需要眼鏡的時候，再來思考看看。

　　我到現在還沒瞎，但卻匆匆來到雙焦點（bifocal，譯註：擁有兩個焦點，既能看遠也能看近的眼鏡）王國的山腳下。這些年來，我從毛姆的作品讀到奧加拉拉蘇族（Ogallala Sioux）傳說（我跟你賭一分錢，這是你第一次看到這兩個名詞排列在一起），在在發現不同的力量，支持我使用第一人稱繼續創作。

　　先從印地安人開始吧。我有個在保留區長大的朋友，他跟我說，在印地安人的口述歷史中，總是以第一人稱的口吻，不斷重複幾世紀以來，族裡面的重要征戰以及水牛圍獵。聽眾很清楚，故事起碼比這個講故事的人，老上個幾百歲，但是，在他以參與者或觀察者的角度訴說部

落的過往，大家也聽得如癡如醉，不覺有異。我躺在豐茂的長草叢中，我看到雙矛騎著馬，從山邊急馳而至，隨著他的接近，我感到大地的震動⋯⋯

毛姆則是說，在他還年輕的時候，充滿自信，乘著這股銳氣，用的都是全知的第三人稱觀點。但是，在他變老之後，他改變了主意。他覺得用自己的聲音、從一個固定的觀點講故事，他會比較安心。（毛姆是個極特殊的例子，在他的作品裡，使用第一人稱，對於他如雄鷹遨翔般的流暢筆觸，幾乎沒有任何影響。這個大師把第一人稱玩得出神入化，想知道敘事者不在，故事要怎麼進行？又是如何時光交錯，卻有條不紊？請看他的《剃刀邊緣》〔The Razor's Edge〕、《浮生樂事》〔Cakes and Ale〕與《月亮與六便士》。）

當我放下作家身段，回復成一個普通的讀者，面對著整排不知內容的平裝小說，我發現，選擇第一人稱的頻率，超過第三人稱的小說。如果，其他條件完全一樣，第一人稱的小說，比較有真實感，主角看起來，也比較像是個活蹦亂跳的真人。

從作家的觀點來看，最能說服我使用第一人稱的理由，就是我可以很快、很容易的把角色勾勒完畢。在《別無選擇的賊》這本小說中，我寫的是一個紳士小偷，發現他自己陷入一起謀殺案，只得想辦法破案，洗刷自己的清白。我想在一開頭，就點出這傢伙調皮狡猾的一面。所以，第一段是這麼寫的：

> 九點過幾分鐘，我提起我的布魯明黛百貨公司購物袋，跟著有張馬臉的金髮高個子走出門外。他手裡拎了個扁平的公文手提箱，扁得好像什麼東西都放不進去。如果你見到他，會以為他是個很有格調的模特兒。他的外套是時興的蘇格蘭格子料，頭髮比我的略長，但是經過精心打理，可比我要有型得多。

這個段落當然搆不上什麼絕妙好辭。但是，主角的個性卻可以躍然紙上，如果同樣的一段用第三人稱說來，我想，這番描述就不大可能呈

現得如此舉重若輕。

用第一人稱敘事，是一件很自然的事情，對於人物的塑造，因而事半功倍。畢竟你不是從外部觀察，而是鑽進主角的皮膚裡，用他的聲音跟讀者交談，信筆所至，這個角色也就活靈活現起來。

反對使用第一人稱的標準說辭是：你沒法描述這個敘事者。你當然可以讓你的主角照照鏡子，告訴讀者他是個什麼模樣，但是我真的建議你，這種手法要節制使用。你不必刻意的去描述主角的長相，只要筆鋒一轉，就能傳達出相關的訊息。就拿上面一段來說，主角的頭髮是什麼模樣，其實我們也約略知道。

我越來越認為，別去理會這個敘事者是什麼長相，有何特徵，對於情節開展，有很多方便的地方。故事是他眼裡打量的世界，你何不讓讀者自己去拼湊說故事的人到底是何模樣？（我經常懷疑：讀者揣摩出來的主角外觀，很可能跟自己差不多。在文學鑑賞過程中，移情作用異常關鍵，千萬不要去打斷讀者這種心靈活動。）

儘管第一人稱對新進作家來說，比較親切──因為這是最自然的方式，就像是跟朋友講故事一樣──但是，這種寫法卻有一些千萬要避開的陷阱。最常見的問題就是，作者寫得拉拉雜雜，不分青紅皂白，想到什麼寫什麼。如果閱讀一篇第一人稱的小說，像是在派對上聽一個故事，看到這種敘述法，就相當於你遇到一個超級無聊的人，攔住你的去路，喋喋不休，排山倒海，怎麼也不肯讓你去拿外套一樣。

我不大確定要怎麼避開這種嘮叨的寫法，但是，切記，你不要把敘事者的生活起居，無分鉅細，流水帳般的一路記下來。（你總不能每次都寫你的主角何時起床、怎麼刮鬍子、上廁所，或是在什麼場合她會補妝之類的廢話吧？）

沿著這個邏輯講下來，有些牽一髮動全身的關鍵，也未必要在第一時間，向讀者如實呈報。當然啦，你不可能一輩子都藏著這個秘密，否則戲也演不下去了。吊足讀者胃口之後，你還是得選個適當時機，公諸於世。舉個例子，在我的《父之罪》中，我讓馬修·史卡德潛進一間公

寓，尋找證據。這段是這麼寫的：

> 窗戶沒鎖。我打開來，竄身躍進，然後關上窗戶。一小時以後，我爬出窗戶，走防火梯回到樓上……

　　史卡德在公寓裡面找到的，當然是讓真相大白的關鍵證物，不過，讀者要在兩章之後，才會知道他到底找到了什麼緊要事物。如果，我停下敘事的節奏，告訴大家他到底找到了什麼，時機尚未成熟，寫來大費筆墨，所以，我把真相的揭露，也跟著延後下去。在這本書裡，更重要的安排其實是在史卡德識破機關的那個場景——我一直到了最後，安排他跟那個真正的壞人對峙的時候，才開始解釋，並沒有在當下就讓史卡德把他的想法向讀者報告。

　　長期使用第一人稱寫作，終究還是有些弱點。有一次，我把我的小說——《邪惡的勝利》拿給朋友鑑賞一番，他的評語讓我傷透腦筋，頗難釋懷。他跟我說，他挺喜歡我這本小說的。「我看沒多久就知道最後的結局了。」他說，「不過呢，別人不見得猜得出來就是了。」

　　為什麼？我問道，為什麼他會知道？

　　「這本小說不是用多重觀點寫的，你用的是第三人稱。」

　　所以……

　　「所以，我想，你不用第一人稱寫這本小說的唯一原因，就是主角在最後死了，所以，發現他真的死了，我一點也不覺得意外。」

　　嗯～～

29
情節這回事

親愛的卜洛克先生：

　　我是你《作者文摘》專欄的忠實讀者，但是我不理解你的主張，爲什麼情節是小說中最重要的一環呢？如果你沒說錯，那麼，這對初學者來說，實在是一大利空。我投下無數的時間，字斟句酌、絞盡腦汁的苦心之作，屢次遭到退稿。編輯說，我的故事平庸無奇，還跟我解釋半天，我的情節哪裡有問題。幾個月或是幾年以後，我總會在知名雜誌上，看到一篇情節跟我作品差不多的小說，唯一的差別是：作者是喊得出字號的名家。所以，我不覺得情節有你說得那麼重要，也許問題是在寫作風格呢？我的文字可能沒有別人那麼流暢，可是，老天卻知道我花了多少苦心。也許，我強烈的懷疑，也許問題根本出在你沒認識該認識的人……

　　在我看來，問題並不在於你沒認識該認識的人，而是你要拿什麼給他們看。在這裡順道一提，這封信是我編的，不過，它的確反映了一些讀者來信的關切之處。我在出道沒多久的時候，也曾經抱持過同樣的疑問。幾年前，我在一家文學經紀公司看稿爲生。那時我的工作之一，是爲一些新進作家指點迷津。這些人在信封裡，都附上了審稿費。前輩教了我一招：回信的時候最好說他們的情節設計有問題，不要直接質疑他們的文學創作能力，這樣等於是間接鼓勵他們繼續來稿要求審閱——當然，我也可以收到更多的審稿費。

　　我那時覺得這套說詞，根本就是騙術。我看了一堆乏善可陳的稿

子，作者說不定連自己的名字都寫不清楚，但我還是要昧著良心，跟他們研究故事情節的基本誤謬——我很清楚歐・亨利（O. Henry，譯註：在美國號稱「曼哈頓桂冠詩人」的作家）寫過一個差不多的故事，而且非常精采，謝謝。於是，我開始覺得情節可能是小說創作中，最不重要的一個環節，眞正的問題是，這作家到底能不能寫。

基礎的寫作能力當然很重要。流暢的行文與對話，是小說成敗的重要關鍵。這些元素沒在第一頁展現出來，每個人都知道這篇小說不必讀到最後了。由於我最近剛擔任《作者文摘》極短篇徵選的評審，這個想法也因此變得格外鮮明。我頂多看個一頁、一頁半，就知道參賽者的文字水平如何，有沒有機會跟眞正的高手，一較長短。

我會被某些作家唬到。他們的文字水平不弱，行文與對話的處理，也是頗有神采，我一口氣讀了下去，以爲最後的冠軍，就是我手上的這篇作品。但，不是，我讀完之後，聳聳肩、嘆口氣，要不就是痛罵兩句髒話，鬼叫兩聲——氣極了，甚至會順手把作品一撕，接著再看下一篇。主要的原因，多半因爲情節推演無力，滿紙荒唐。「沒有衝擊！」我叫道。「沒有衝突！」我憤怒。「沒有故事！」我感嘆，然後把那篇讓我痛心的稿件，撕成兩半。

同樣的場景一再上演，讓我對於老教訓，有了新體認。情節，眞是故事中最重要的環節。沒錯，情節就是故事。除非情節鋪陳得宜，否則，你看到的只是一些堆砌起來的文字而已。

等一等。這裡是不是有些矛盾？我們看到很多作家善於推演情節，而我們呢，卻是一籌莫展。這未必全然是行文風格的問題——也跟你認識誰沒有關係。這到底是怎麼回事？

到底是怎麼回事呢？我想大家弄混了點子和情節之間的區別。點子，是故事的前提。情節則是一種組織方法，把你的點子轉換成小說作品。

如果點子眞的很強，那麼，也用不著鋪陳了，一拿出去，就是一篇

成功的作品。特別是極短篇，大多數是以行文的方式呈現，絕少對話。舉個例子，在最近的《作者文摘》的競賽中，我把一個很高的名次，給了一篇只有數百字的小品。這故事的結局出人意表，點子百分之百原創，開展也很流暢，但毫無疑問的，它之所以有那麼好的成績，是因為點子極其出色的緣故。

在我們把情節與點子分開之後，下面這個例子，或許能讓我們理解，情節對於整體成績那種微妙卻關鍵的影響。我最近讀到一篇威廉‧崔佛（William Trevor）的小說，很能替我的主張，作一註腳。崔佛先生是非常著名的愛爾蘭小說家，目前住在迪儂（Devon），小說不但引人入勝、感人至深，而且取材不拘一格，文風多變。他的故事不走類型小說的老調，共同的特色就是水平整齊，幾乎不見劣作。

講了這麼多，我在這裡要冒著破壞你閱讀樂趣的風險，挑選他的一篇名作——《最後的願望》（*Last Wishes*），說明我的觀點。這篇小說收在他的小說集《麗池天使》（*Angels at the Ritz*）中，由企鵝出版社（Penguin）印行，總共收了崔佛十來篇的小說。

這篇小說的情節是這樣的：

阿貝克倫比太太，年紀很大，罹患憂鬱症，過著離群索居的生活。她很少離開臥室，有一群僕人全心全意的照顧她。他們都很和氣，也都喜歡自己的工作。唯一會來家裡的外人，是一個醫生，定期檢查阿貝克倫比太太的健康狀況。

突然間，阿貝克倫比太太死了，之前，沒有半點徵兆。僕人們開始擔心自己的工作會有變化，其中有個人靈機一動，想出了個主意：只要他們不動聲色，遮蓋阿貝克倫比太太逝去的事實，原來的生活，還是可以好端端的維持下去。她的先生早她幾十年過世，她素來也不跟外人來往。莊園很大，找個地方埋了阿貝克倫比太太，不是難事，就當她沒死的時候一樣過日子、一般的平靜和諧——唯一的難題就是要防止醫生揭穿他們的騙局。

這就是故事的點子，說前提也成，原創性很高，但是讓《最後的願

望》顯得如此出色的關鍵，卻是崔佛深湛的功力。寫作的風格與人物塑造都能各如其份，讓情節逐步開展的手法，更有獨到之處。

故事是從介紹阿貝克倫比太太的生活開始的。我們先知道這個老婦人的背景，接著，僕人們挨個登場，每個人大概只有一段左右的描述，但是，條理分明，讓我們很快理解這裡的工作對他們來說，為什麼都具有無比的重要性。管家普朗奇跟女傭汀黛兒正在交往。兩個園丁不喜歡說話，默默的工作正投他們所好。廚師呢，更是如魚得水，她這輩子只會做那麼幾道菜，偏偏大家怎麼也吃不膩。讀者很快就愛上這些鮮活的角色，喜歡他們那種融洽的感覺，當然也希望這些人能夠永遠在一起，開開心心的關起門來過日子。

接下來，我們看到阿貝克倫比太太吃完早餐之後，讀了一封信，突然想起她死去的先生，然後，就靜靜的死去了。死亡來得突然，也沒有什麼悲苦的情緒。這些年來，阿貝克倫比太太一直在等這天，好跟她的先生在天堂重逢。

僕人們的心情大受衝擊，普朗奇還來雪上加霜，他跟大家說，阿貝克倫比太太的遺囑還沒修改完成，這麼一來，僕人們更是慌了手腳。阿貝克倫比太太本來想把她的住處捐給某個專門研究罕見植物的機構，那天早晨，她剛剛寫了一封信給她的律師，希望能夠改變遺囑內容，讓她的僕人享有終身居住權，待他們全部凋零之後，再轉交給研究機構。但是，律師還沒準備好新的遺囑內容，阿貝克倫比就去世了。

每個人不免盤算自己的未來，但是，想來想去，都覺得前景堪虞。就在這個時候，普朗奇想出一個方法：乾脆在莊園裡，挑個地方把婦人埋了，對外隱瞞她的死訊，於是，他展開一輪說服的工作。普朗奇開宗明義告訴他的同事：他們只是在實踐主人生前的願望，但講著講著，不免加油添醋，說起謊來。普朗奇說，主人本來就想長眠在自己的產業裡，還說那個醫生很好騙，老糊塗一個，年紀大不說，還老是貪杯誤事，之前有幾個人，就是誤診，活活的被他醫死。慢慢的，大家都被他說服了。廚師辯不過他，就不吭聲了；反對最力的園丁，貝爾小姐，在

一番唇槍舌戰之後，也只好按下心頭不滿，暫時虛與委蛇。此時，傳來醫生按門鈴的聲音。在壓迫最沉重的時候，普朗奇的計畫面臨嚴苛的挑戰，他跟貝爾小姐的對峙，再度劍拔弩張，普朗奇越講越激動，一度鬆口，犯了個文法上的錯誤，洩漏了玄機，偶爾陪他上床的汀黛兒知道，他的計畫，最後終究會功虧一簣。

　　醫師進門來了。普朗奇領他進了臥室，把他的計畫跟醫師說了——讀者才發現這番盤算竟是如此荒謬。原本讀者衷心接受，是因為他們喜歡這群人，不忍嚴加挑剔；同樣一番話，落入醫師耳裡，卻覺得荒唐已極。醫師不是普朗奇嘴裡——更不是讀者共同期望的——的老糊塗。普朗奇計窮之餘，只好口出恫嚇，想讓他閉嘴，至此，讀者不得不承認：普朗奇在廚房裡籌畫出來的騙局，顧此失彼，而且非得動用下流手段不可。醫師不吃他那套，說真的，他也沒理由跟他們一起瞎起鬨。萬一醫師真的聽信普朗奇的胡言亂語，讀者才真的會覺得莫名其妙。

　　計畫算是完全崩潰了。醫師打開大門，讓冷靜的涼空氣流進屋內。圖謀碰壁之後，眾人之間原本微妙但脆弱的關係，也隨之改變了。他們原本像家人一樣，如今卻只是彼此怨懟的陌生組合。

　　但是，崔佛先生還暗嵌了一個力道足以壓住陣腳的絕妙結局。醫師不經意的瞥到阿貝克倫比太太寫給律師的信，頓時發現這齣鬧劇實在是沒個由來。儘管遺囑還沒有修改、簽字，阿貝克倫比太太的這封信，已經很清楚的表達了她的想法，法律上必須給予尊重，儘管她本人已經死亡，卻無礙於律師執行她在生前的最後心願。普朗奇不知道這一層，其他人也都沒有概念，才會讓自己性格上的弱點，毀了他們一起生活的前景。即便是老婦人的最後心願也救不了他們，心頭諸般算計，種下了大夥兒必須分道揚鑣的命運。

　　你知道我在說什麼了嗎？並不是點子讓《最後的願望》如此動人，是因為作者在想出這個點子之後，能夠按部就班，利用縝密的情節布局，逐一開展他的構想。我本來擔心把這個故事講得這麼清楚，會破壞你閱讀的樂趣，但我後來轉念一想，卻覺得未必。像《最後的願望》這

樣精采的小說，不是輕易毀得掉的。如果你對短篇小說有興趣，那麼我強烈建議你買一本《麗池天使》來看一看。除了《最後的願望》，你還可以讀其他幾個短篇，你就會知道崔佛先生構思情節的功力何在了。

30
別再當老好人了

一般來說，我很少討論關於希特勒的笑話。下面這個是夜店裡的老笑話了，不時浮現心頭。躲在碉堡裡的元首，在，大概是一九四五年春天吧，日子很難過。壞消息接踵而至，德軍在各個戰線，全面敗退，丟兵曳甲，潰不成軍。聯軍在西部戰線與蘇聯境內，全面反攻，進逼柏林近郊，只待全面合圍。號稱帝基千年的第三帝國，如今風雨飄搖，岌岌可危。

「好啦，」希特勒咆哮道，「好啦！他們太過份了，從現在開始，不許再當老好人了！」

哈哈。笑話暫且擱在一旁，各位同學，今天的課程主題是動機，就我看來呢——有問題嗎，阿諾？

你能夠給動機下個定義嗎，老師？

我想可以吧，阿諾。動機是一種驅使的力量，讓你的小說角色有足夠的合理原因，按照你的計畫，做出某件事情，讓你的小說產生有效的戲劇張力。

動機，可不能隨便找一個，自認理所當然，這跟藍眼珠可不一樣，你說你的主角有一對藍眼珠，他就有一對藍眼珠，沒什麼好爭議的。你用不著跟讀者解釋：他的藍眼珠遺傳自他的母親，而他的母親的故鄉呢，在瑞典的一個小村落，那邊的人都是藍眼珠云云。當然啦，你硬要這麼囉唆，也不會有人反對。基本上，你說你的角色是什麼長相，讀者就覺得他是什麼長相。這點，你說了算。

但是，你的主角為什麼有那麼強烈的復仇動機、補償過去的罪愆、找份出人頭地的工作、偷一部車，或者其他你要他去做的事情，就不是輕描淡寫幾句話，讀者就會信服的。他們只會接受最普通的事情——如果你的主角是會計師，咱們這麼說吧，他列上一堆數字，讀者大概不會有什麼質疑吧。如果他跑到英屬哥倫比亞（British Columbia）去撲滅森林大火，或是跑到那邊的森林去縱火，那麼，你最好給他一個說得過去的理由。

是不是角色在做一件驚天動地的大事，才需要一個合理的動機？

嗯。不管大事小事，有個動機總是比較好的。在敘事邏輯上，遇到了一個關鍵，讀者可能會懷疑書中人物為什麼不這樣做、不那樣做，或者根本什麼也不做的時候，能夠有個動機，當然會有很具體的價值。

在我的寫作生涯中，難免會有想不出合理動機的尷尬時刻。有一次，我還記得，我晃盪了好幾個月，半個字都寫不出來，主要的原因就是我怎麼也編不出一套道理來，讓書中的角色，有合理的動機，做點有意義的事情。情節丟三落四，個性塑造零零落落，不成樣子。還有一次，我一口氣同時創作好幾本小說，全部胎死腹中，寫到大概六十頁左右，就此思慮枯竭，無以為繼。我怎麼也想不出理由，讓我的角色繼續下去，也想不出要他們說什麼、做什麼。

你有什麼問題嗎？

沒什麼啦，我們只是很高興你又恢復正常了，老師。

喔，謝謝你，瑞秋，我剛剛講到哪兒？

啊，這不重要啦。我最近讀到一本書，正好可以說明：一個技巧卓越老練的作家，怎麼驅動角色，即便他們做的是驚天動地的大事，讀者也會覺得入情合理。你們有誰讀過羅伯特・派克（Robert B. Parker）的《荒野》（*Wilderness*）？讀過的人請舉手。都沒讀過啊？阿諾。

我想我們的看法是一致的：幹嘛去買精裝本的推理小說？

我明白了。

那我就向你們介紹一下好了。故事的主角叫做阿倫‧紐曼。他喜歡慢跑舉重，保持身材，二十年來，儘管他的婚姻有些雞肋，但他可是標標準準的好先生，依舊全心全意愛著他的妻子。

有一天，紐曼從健身房慢跑回家，目睹了一起謀殺案，凶手是當地的一個惡棍。他是一個很有榮譽心的市民，在乎街坊鄰居的評價，於是他跑去報警，還向警方保證，他願意出庭作證。誰知道等他從警察局回家，卻發現他的妻子赤裸裸的被綁在臥室裡，這是惡棍送來的警告。儘管在心理上跟視覺上，他的妻子受到了侮辱，還好身子沒有給人糟蹋。

他的榮譽心開始動搖了，面對著這樣的情勢，他只得屈服。紐曼強忍著警方的奚落，撤銷了他對凶手的指認。他回到家裡，只想守著老婆，好生的過日子。麻煩的是他始終沒法擺脫妻子被綁縛、淒苦無助的模樣，甚至讓他產生了奇特的性慾。他無力保護妻子，害她慘遭欺凌，讓他幾乎無地自容，而他的妻子若有似無的冷嘲熱諷，更讓他覺得自己一無是處……有什麼問題嗎，艾娜？

你是想告訴我們他太太很難搞，是嗎？

謝謝你，艾娜。

接下來，就是派克的功力所在了。他用極具說服力的動機，驅策書中的角色。紐曼夫妻決定展開復仇行動，他們不靠法律，打算尋個機會，把對方殺了，自己把公道討回來。他們的對手的確是殺過人，但畢竟只恐嚇過紐曼夫妻而已，他們的報復力度顯然有些不成比例。

派克先生讓情節自然而然的開展出來、把角色與環境逐一設定完成，最後，按部就班、一點一滴的給予角色行動的理由。追殺這批惡棍的點子，最早是紐曼提出來的，他那時喝得醉醺醺的，為了捍衛自己的男性雄風，說了幾句逞勇鬥狠的話。言者無意，但是紐曼太太聽進耳

裡，卻是正中下懷——她早就想要幹掉那批侮辱她的壞人，既然先生開了口，她也就把自己的心思清清楚楚的說出來。酒吧老闆克里斯‧胡德，是紐曼的朋友，聽了這個點子，大感興趣。

胡德是關鍵角色。他在打仗的時候殺過人，而且喜歡那種殺戮的快感。退伍之後，他的生活一落千丈。紐曼的復仇計畫，對悶了好些年頭的胡德來說，正是一個千載難逢的好機會，讓他可以再度體會刀頭舐血的刺激。更重要的是：胡德懂得殺人的手段，有了他的助陣，紐曼夫妻的復仇計畫，就變得實際多了。

紐曼夫妻當然希望速戰速決，殺了仇家，就此了結，因此，殺人計畫務求簡單乾脆。相反的，胡德則是希望細吹慢打，盡可能的慢慢折磨對手，主張步步為營，謀定而後動——如果有可能，胡德願意用一輩子的時間籌畫這起謀殺案，仔細的偵察、反覆的排演，道理很簡單：這筆骯髒的勾當幹完了，他也就沒有存在的理由了。這是派克在布局時，匠心獨運之處。這種復仇小說通常會有個問題，既然報仇是主角存在的唯一價值——那麼，當然要盡快動手，拳拳到肉——問題是：如果情節如此直截了當，那麼，寫個兩萬字，大概就會匆匆來到終點；如果作者故弄玄虛，盤馬彎弓，遲遲不肯出手，讀者會覺得角色莫名其妙，不知在磨蹭些什麼。胡德的躊躇，跟哈姆雷特一樣，不是沒有道理，覺得挫折的是紐曼夫妻，並不是讀者。

就在這個時候，派克先生又再下了一劑猛藥。雖然我們都覺得紐曼夫妻的復仇，理所當然，但是，殺人，畢竟只是他們的期盼，並不是他們非幹不可的事情。報仇當然有助於修補夫妻關係，但是，非得殺個陌生人，才能鞏固婚姻，這般離奇的理由，大概在〈親愛的阿比〉（Dear Abby，譯註：美國著名的感情戀愛專欄）上也讀不到幾次。說真的，我們多多少少會覺得，這批壞人莫名其妙的被當成獵殺的目標，有那麼點兒過頭。

沒問題。就在這個時候，我們發現惡棍更該死的罪狀。他竟然雇用一個殺手，想要殺了紐曼滅口。這個殺手在計畫犯案之際，首度出現在

讀者面前，但他正待破門而入的當口，卻被克里斯·胡德狙殺在門前。胡德是個單身漢，入夜之後，老是在紐曼門前晃盪，狀似荒謬的舉措，直到此時，才讓讀者驚覺胡德的先見之明。

派克繼續拉高緊張態勢。如今，已經是殺或被殺的選擇了。第一個殺手失手之後，惡棍決定雇用第二個人，繼續追殺紐曼夫妻。這個變局讓紐曼夫妻發現對方是玩真的了，他們必須嚴肅面對。

場景移轉到荒野。帶頭侵犯紐曼太太的黑幫老大，帶著自己的兒子、兩個爪牙，到野外打獵。我們的三人組，尾隨而至。來到叫天天不應、呼地地不靈的荒郊野外，胡德如魚得水，決定開始他的戰爭遊戲，把他擅長的謀略，逐一施展。他的獵殺技巧當然沒話說，但在這種千鈞一髮的關頭，資產反而變成了負債。好幾個穩當的攻擊機會，卻被他輕輕的放過。胡德就是捨不得這麼快結束這場遊戲。

到了最後，胡德在一場小衝突裡，意外身亡。情勢更加緊張了，因為惡棍認出紐曼夫妻，雙方都沒有退路，非得拚個你死我活不可了。胡德死了，紐曼喪失了攻擊主力，如今只能靠自己了，偏偏，這對夫妻根本不懂得怎麼殺人……

就在這個時候──什麼問題，瑞秋？

請不要毀掉這個故事好嗎？卜洛克老師。

我想，我沒這本事。即便是這本書的梗概，在這裡講了七八分了，卻覺得完全無損這本書的娛樂價值，因為《荒野》並不是單靠劇情的發展，來堆砌緊張氣氛，故事的來龍去脈、角色的行動與反應以及影響他們行事的環境與邏輯，更能引人入勝。

今天的時間差不多了。我希望你們能了解作者驅策角色的能力，會左右讀者對這個故事的感覺，不只是維繫緊張的力道於不墜，甚至會讓讀者關心角色的命運。如果有時間，這書裡還有一些元素很值得討論──比如說，殺手跟他女人之間那種奇特的關係，儘管只是寥寥數筆，卻很能跟紐曼夫妻的婚姻作一對比。希望你們能把這本書找來，自己體

會一下。

　　我也希望我同時回答了你們的問題。阿諾？

什麼問題啊，老師？

　　「為什麼要買精裝本的推理小說呢？」我想你們應該很容易就發現我的動機。我剛巧有一本精裝本的推理小說要上市，每一個賣好書的地方，想來都找得到，希望每個人都能去逛逛，順便買一本。

31

你，有沒有「問題」？

　　想不想聽一個很棒的故事點子？請洗耳恭聽。歷經一番苦戰 後，一群人急著想回家、回到親愛的老婆家人身邊，或是探視年邁的母親。這夥人興沖沖的搭上了船，一路履險如夷，然後，他們就平平安安、身心健全的回到家中，眾人皆大歡喜。

　　不怎麼喜歡？

　　好像沒什麼道理。好久以前，有個傢伙，叫做荷馬（Homer），就用這個題材，寫出一個大受歡迎的長篇詩作，叫做《奧迪賽》（*The Odyssey*）。接下來，還有好幾個人，借用這段情節，寫出不錯的作品。索爾・尤立克（Sol Yurick）的《戰士幫》（*The Warriors*）還剛剛改編搬上銀幕。荷馬寫的是特洛伊（Trojan）戰爭英雄的經歷，尤立克的主角是一群十來歲混幫派的小毛頭 ，但是，故事的主體是一樣的──平安返家。

　　總而言之，「問題」，就是故事的關鍵。大致來說，小說，不管長篇、短篇，講的都是一個主角試圖解決一個問題。如果角色描繪得宜、有人性、可信度高、引人同情；如果讀者強烈認同主角，希望問題能夠順利解決；又如果問題不是無病呻吟，而有強大的急迫壓力，那麼主角一旦脫離困境，自然會贏得讀者衷心的讚賞。

　　還找得到比奧迪賽更棒的男主角嗎？他面臨的核心問題是毫髮無傷、盡快的回到老家──綺色佳（Ithaca，譯註：這是奧迪賽的老家，但是，在美國，卻也是康乃爾大學的所在地），至於配角是一群希臘的水手，還是康乃爾大學的足球隊，就沒那麼重要了。可是旅程總是一波未平、一

波又起，連個喘息的空間都沒有，也難怪幾千年來，在讀者心中，這部詩作始終是文學史上的不朽經典。從這群人離開特洛伊城開始，奧迪賽跟他的手下，沒半刻悠閒，始終在水深火熱中翻滾。才把獨眼巨人的眼睛射瞎，接下來，就得掙脫十二臂女妖的追殺與力道強勁的大漩渦。塞倫絲（Sirens）的歌聲沒法迷惑他們，瑟希（Circe）打算把他們變成豬。這本書從頭到尾，堪稱高潮迭起，絕無冷場。

尤立克筆下的主角返鄉歷程，也是長路漫漫。他們最苦惱的問題是：從布朗克斯（Bronx）出發，手腳無缺的回到家中。這在承平時代的紐約，都不是一件容易的事情了，更何況，還有十來個幫派，調集人手，沿路攔截，要把這群人幹掉而後快。尤立克筆下的戰士幫，跟那群綺色佳人一樣，倒楣的事情，也是接連不斷。

請注意。

因為我們已經觸及到小說創作中，至為關鍵的真理。

小說，就是一連串倒楣經歷的組合。如果你的英雄（不管他是多麼的可愛）碰到了問題（不管它是多麼的絕望），硬著頭皮往前衝，三下兩下，就把問題處理得清潔溜溜，那麼，你絕對寫不出一本被《出版人週刊》（*Publishers Weekly*）譽為「欲罷不能」的佳作。如果他才出虎口，又入狼吻，前景堪虞，卻力戰不懈，經歷之離奇，還超過寶琳，那麼你就算是抓到了小說創作的訣竅了。

你要明白一件事情，我說的原則不只適用於冒險小說。在小說的術語裡，書中的「問題」，並不見得非要是驚心動魄的大事不可，並不是那種流彈四射、危機重重的旅程，才搆得上「問題」的標準。怎麼得到一個比較語言學的碩士、如何處理自己的性別認同危機以及如何掙脫一段惡劣的婚姻，都可以是一個問題。災難呢，也不是一頭撞上火車那麼簡單，總要讓曲折的意外在意想不到的時間發生，問題複雜到難以措手、成功解決的可能性越發低迷，強迫我們的英雄得使出渾身解數，才能脫困，這才會是一個夠味兒的處理。

在特洛伊戰士平安返抵綺色佳之後的兩個月，我開始了我的寫作生

涯。那時的我，對於製造「問題」產生了問題。描述一個出生入死的英雄，對我來說，不是問題，我也有辦法讓他面對一個棘手的問題。但接下來，我只會讓他死命的往前衝，用迅雷不及掩耳的巧妙手法，在第一時間把問題給解決掉。

我知道我錯了。但是，我卻沒有能力解決這個毛病。如果主角才掉進陷阱，馬上又跳出來，這個故事也就很難緊張懸疑了。我知道在情勢好轉之前，要讓環境更加惡劣，主角掉進麻煩的漩渦裡，越捲越深。但知道歸知道，我還是輕輕放過我的主角。結果導致了如下的兩個效應：第一，我的小說都寫不長，頂多一萬五千字到兩萬字，第二，它們多半發育得不好，緊張懸疑不足。即便是賣出去，欣賞的人也不多。

一天天的過去，（時間總是消逝得特別得快，不是嗎？）我的寫作技巧逐步發展，儘管速度有些慢。有這麼一兩年時間，我每個月都要交出一本軟調的色情小說。這些混飯吃的作品，教會我怎麼煨一壺開水，讓它熱得冒泡。即便是我的主角不能在每一章裡都被煎熬得水深火熱，但至少會讓他有些周折，或是讓什麼麻煩找上他。

回想起來，我早期的推理小說，就是少了這種前浪推後浪堆砌出來的壓迫感。舉個例子，在《致命蜜月》中，一對新婚夫妻聯手獵殺強暴新娘的惡棍。這個主題當然夠緊張，問題也能一路持續下去，只是我覺得他們解決問題的過程，太過平鋪直敘，應該平添幾道關卡，讓他們在獵殺凶手之際，還得分神去應付這些意外。

我寫伊凡‧譚納系列的時候，有幾本就有點《奧迪賽》的味道。我那個罹患嚴重失眠症、又愛管閒事的密探，有時為了解決一兩個問題，被迫周遊世界各國，想盡辦法才回得了家。其中一篇尤其典型，譚納非法進出五六個國家，躲開了七種語言的陷阱，最後終於全身退回紐約上西城的狗窩。

推理小說的結構相對封閉。情節通常不會跳來跳去，而主要的問題──通常是凶手的身分──解決之後，也就無以為繼了。但是，好看的推理小說通常步步疑雲，處處殺機，主角不斷碰上意料之外的際遇，各

種不利的因素呢，偏偏又接踵而至，讓狀況更加棘手，謎底必須盡速揭開。最初的嫌犯，證實無辜。最關鍵的證人，離奇死亡、凶手再度逞凶、主角發現自己掉入陷阱，成爲獵捕的對象……最重要的事物──金錢、珠寶，或是馬爾他之鷹（Maltese falcon）──不見了。一樁樁的壞事，此起彼伏，情勢跌落谷底，沒有一絲好轉的跡象。

　　爲了要讓你的敘述扣人心弦，你最好讓自己同時成爲主角最好的朋友與最壞的敵人。你先讓主角到森林裡散步，然後一頭熊撲了上來，逼他躲到樹上，再把樹砍斷，大熊緊追不捨，主角只得跳河求生。河裡也不安全，他爬上一段浮木，誰知這段浮木竟然是鱷魚。慌忙之中，他順手撈起一根樹枝，往鱷魚的血盆大口裡一撐，讓牠闔不攏嘴。這時你再給熊找一艘獨木舟，教牠如何划槳……

　　這樣你明白了吧？至少我希望你有點概念，因爲我不會再跟你研究熊划獨木舟的事情了。

　　羅伯特・陸德倫（Robert Ludlum，譯註：著名的間諜小說作家，最出名的作品就是以傑森・包恩爲男主角的神鬼系列）就是那種永遠想得出辦法爲難主角的高手，儘管，據我所知，到目前爲止，他還沒有給熊弄一艘獨木舟。陸德倫典型的布局──就目前他出版的小說看來──多半從細微之處下筆，然後，讓主角抽絲剝繭，發現背後的龐大陰謀。一開場，主角還沒搞清楚狀況，就會陷入十面埋伏之中。幾輛車疾駛而來，在主角面前一個煞車急停。保險箱從高處墜下，剛巧砸在主角即將踏出的腳步之前。要不，就是子彈從主角的腦門上，呼嘯而過，千鈞一髮。主角連到底出了什麼事情，爲什麼會把他捲進去，都還不知道，就已經是殺機四伏，得想辦法先保住性命了。

　　意外，一樁樁的迎面撲來。部分發展有些牽強，禁不起事後的縝密分析。你可能目不轉睛，秉住氣息，好容易把陸德倫的小說看完，上床睡覺。一兩個小時之後，你可能餓醒，打開冰箱找點東西吃，這時候，你才回過神來：那個愛沙尼亞（Estonian）革命志士好像沒道理在花生醬餅乾裡，放氰化物下毒害他。想到這裡，你可能更睡不著覺了，只想

馬上寫封信，要求作者把前因後果，好好解釋清楚。這種缺點無法否定一個事實：你被作者塑造出的愛沙尼亞革命志士深深的吸引住了，廢寢忘食。明快的節奏與緊張的情節讓你透不過氣來，你的狐疑被壓到意識的邊緣，直到你讀完這本書——而且每一頁都讀得津津有味——才又重新浮現出來。

這絕對不是說，你只要放膽寫去，不管說得通，說不通，只求情節離奇即可。當然不是，你可無法掌握讀者的腦子，也沒辦法確定他們是不是睡到一半，在前往冰箱的路上，才懷疑情節安排並不合理。他可能馬上就察覺了，這麼一來，你就說服不了他，讀者會覺得這本小說到處都是破綻。

當然，作家有時可以行險。先把驚心動魄的場景丟出來，相信你自己，稍後有辦法把這個開場兜回來。我在寫《喜歡引用吉卜齡的賊》的時候，幹過這種事。書中的主角叫做柏尼・羅登拔，個性呢，看書名就知道了。他從森林之丘偷一本書出來，第二天下午，他打算把這本書交給委託他行竊的客戶。

我覺得在這個當口，應該穿插一個有點戲劇張力的事件。於是，就在柏尼站在他的二手書店櫃臺後面，打理店務的時候，突然大門打開，一個圍著頭巾、留著滿臉大鬍子的錫克（Sikh）教徒，衝了進來，用槍指著他，要他把那本贓書交出來。柏尼乖乖的拿出來，那人就走了。

在我寫這個段落的時候，完全不知道這個錫克教徒是誰、打哪而來的，在接下的發展裡，他要扮演什麼角色。但這麼畫龍點睛的一筆，整個場景就活了過來，只是不大負責，一過橋，就把橋給燒了。寫著寫著，我才找到一個地方把他嵌進去，修補一下，讓他的行徑有點來由，隨後還延伸出其他的情節，小說的內容反倒因此而更豐富了。

這裡，有個教訓。如果小說有氣沒力，那麼就添點鹹酸重辣的情節。給熊找一艘獨木舟，或者安排包著頭巾、滿臉大鬍子的錫克教徒拿把槍，沒頭沒腦的闖進來。不想套用這些情節，你就自己弄點異想天開的變化。比如說，安排一頭愛沙尼亞熊，扛著艘獨木舟，衝進書店。不

喜歡頭巾，就換成一頂黑色的帽子。要不，把獨木舟換成郵輪。把書店換成烘焙坊，下了毒的餅乾，就有出場的機會了。把男的錫克教徒換成女的也成，但要記得別說她滿臉大鬍子。還有——

不喜歡？那你就自己想個脫身之計吧。這世上到哪兒，都見得到熊。到哪兒，都有剛打完仗的退伍軍人，他們都想回家，跟親愛的老婆小孩團聚、想要探視年邁的母親……

在寫完這一篇文章，專欄也付梓之後，我才知道《戰士幫》這本小說的原型，並不是《奧迪賽》，而是色諾芬（Xenophon）的《遠征記》（*Aanbasis*）。色諾芬是希臘的史學家，他這本書講的是希臘遠征波斯，慘敗之後的艱辛撤退。為了這麼點典故，要我重寫，不甚值得。更何況，我還得找本《遠征記》來讀。所以，只好請讀者體諒我的排外心結吧。

32

判斷距離

　　你有沒有注意到，有些作家像磁鐵一樣的把你吸引過來，有些作家呢，卻會拒你於千里之外？讀者與角色之間的距離，多半是由認同度來決定的。讀者越同情某個角色，他就會越關切情節的發展，小說跟讀者之間的距離呢，也因此越來越近。這種認同感一路發展下去，強到某個程度的時候，讀者就會感同身受，用自己的眼光，或從主角的肩膀後面，打量這個故事。如果，認同感就只有一丁點，那麼，讀者就等於是用望遠鏡的另外一頭，瞄著縮小的景象。

　　認同感，不是底定距離的唯一因素。有的時候，我會被我一點也不同情的角色吸引，但對於我很能認同的角色，卻避之唯恐不及。哈利‧波根，傑洛米‧威德曼《我能幫你的批發調到貨》（*I Can Get It for Your Wholesale*）的主角，明明是個壞蛋，卻壞得很可愛，算是小有魅力。到現在，我還記得讀完這本書之後，我跟他的那種親近感。但是，毛姆《剃刀邊緣》的主角哈利，我就覺得跟他格格不入。

　　有些小技巧，可以把讀者拉近，或是推開主角身邊，你不可不知。第一件要考慮的事情，就是你要怎麼稱呼這個傢伙。

　　這麼說吧，假設你的主角是個礦業工程師，叫做魯迅‧哈古。那麼，你可以照電視上的演法，叫他魯迅，當然，你也可以叫他哈古，更可以叫他魯迅‧哈古，或是──

　　夠了吧？你管他叫什麼，對於這個角色與讀者之間的距離，其實頗有些影響。如果你希望讀者跟他能夠靠近些──這還談不上喜不喜歡他、願不願意分享他的經驗──除了一開頭，介紹這個人出場，或是故

事進行了好一陣子，有些新的角色出現，需要再度補強他的定位，請你千萬不要叫他「礦業工程師魯迅‧P‧哈古」。你甚至也不需要一天到晚扯他的全名，管他叫魯迅，或哈古也就行了。

　　一旦拿好主意，我勸你就不要再改了。但是，不是每個作家都謹守這個原則。在早期艾勒里‧昆恩的小說裡，由於是曼佛瑞‧李與佛列德瑞克‧丹奈輪流執筆，於是呢，這一章，主角叫做艾勒里，下一章又變成了昆恩先生。但是，有的作家明明是獨自兒創作，卻還是一下子名，一下子姓的亂叫，這也是我始終覺得俄國文學很難親近的緣故。那邊的作家老是喜歡幫主角取個德米垂‧伊凡諾維奇‧葛林可夫之類的名字，這一段用他第一個名字，第二段用他中間的名字，到了下一頁，又改用他的姓。這麼晃盪幾下，我就完全不知道作者說的人是誰了。

　　傳統的說法是：如果你用的是角色的名字，那麼，讀者就比較容易親近。這種說法可能有點道理，但是，我認為，實際的狀況要稍微複雜一些。

　　有的時候，你用名字稱呼你的角色，可能會削弱他的分量。貶抑他正式的身分，就無法凸顯他的重要性。

　　我曾經用保羅‧卡凡納的筆名，出版過一本名為《邪惡的勝利》的小說。故事的男主角叫做麥爾斯‧多恩。一方面呢，我希望讀者能夠同情這個角色，畢竟他是故事的敘述者，所有的情節，都是透過他的眼光展開的。另外一邊呢，他畢竟是職業殺手、中年恐怖分子，在這本書裡殺人無數，兩手沾滿血腥。我在爭取讀者認同的同時，不免猶豫：我應該讓讀者輕輕鬆鬆的喊他的名字嗎？

　　對於女性或是青少年的角色，作者一般都用名字來稱呼他們。我不大確定原因，但我相信，從女性主義的觀點看來，這種作法在有意無意之間，跟男性主導的性別歧視有些關係。流風所及，這種寫法已經是根深柢固了，即便我想強化女主角的重要性，不叫她蘇珊，而管她叫雅克曼，讀者一定會一陣狐疑，不知道我在說誰。這種寫法，也很容易把讀者一吋、一吋的從女主角身邊拉開，產生越來越強的距離感。

　　在多重觀點的小說裡，作家經常賣弄一種技法：管主角叫名字，其他的角色，即使是輪到他們主述，還是用他們的姓來代表。羅伯特・陸德倫就常這麼做。像是在好人頭上放一頂白帽子，昭告天下。有的時候，我覺得這種手法很笨拙，但是呢，有的時候，又覺得也無不可，挺自然的。

　　我經常在想：也許這種該叫名字，還是該叫姓的謎題，最有效的解答，就是交給直覺。我最後決定管那個殺手叫多恩，不叫他麥爾斯，其實也不是什麼深思熟慮的結果，我只是覺得這麼叫他比較舒服，於是，我順著我的想法，就這麼寫下去了。

　　如果你想要加重某個角色的分量，就不要太常提他的姓名。你越常用他的名字，就會產生越多的距離。所以，在讀者搞得清楚的前提下，你要盡可能用代名詞。先連名帶姓的講個幾遍，等大家都記得了，就改用他或者她。寫得順手之後，你就會發現有時你根本不用管他姓什麼、叫什麼。

　　在處理對話段落的時候，如果你想拉近與讀者的距離，你應該省去什麼呢？答案是：除了對話之外，其他的東西全部去掉。拉拉雜雜的描述，只會提醒讀者，他正在看某個人寫的某件作品，而不是在偷聽別人的對話。簡單來說，如果你用「說」來取代其他的動詞、用代名詞來取代角色的姓名，再省去不必要的修飾用語，就可以減少角色與讀者之間的距離。「詹尼斯很狡猾的道出心裡盤算已久的話」所產生的距離感，硬是比「他說」來得大。還有的時候，你連「他說」、「她說」之類的詞都可以省掉，那麼，角色跟讀者之間的距離，就會被拉得更近。不過，這種作法只能偶一為之，還是要注意省略了主詞之後，不要讓讀者搞不清楚到底是誰在說話。

　　讓書中角色與讀者零距離接觸的寫法，你可能比較容易理解。但有的時候，作者卻會刻意拉開兩者之間的距離。

　　舉個例子來說，在推理小說中，作者最常使用的設計，就是亞瑟・柯南・道爾爵士（Sir Arthur Conan Doyle）在夏洛克・福爾摩斯系列

中，塑造的華生醫生。華生最重要的功能，就是局限讀者的視野，讓他們只能跟隨著他的眼睛，看到案情的一部分，大偵探觀察到、思考到的關鍵，讀者就無從得知了。透過這種寫法，道爾便可以輕鬆的隱藏他暫時不想讓讀者知道的發展。此外，華生醫生還有另外一個功能，就是讓他讚嘆大偵探的智慧以及獨到的眼光。否則的話，每破一個案件，就要福爾摩斯跳出來自吹自擂，強調他自己多麼英明神武，終究不怎麼像話。

我認為華生醫生還有一個更重要的功能，就是拉開神探與讀者之間的距離，卻不會拉開讀者與故事之間的距離。探案的男主角，個性古怪、深不可測，不隔開點距離，福爾摩斯就會太過咄咄逼人。且讓我們從他的背後打量這個人，說不定可以看到他腳底的黏土。

使用配角當作敘述者，當然不是推理小說的專利。請看毛姆在《剃刀邊緣》、《月亮與六便士》、《浮生樂事》裡的第一人稱敘事者、約翰・奧哈拉的吉姆・馬洛易（Jim Malloy，譯註：這是奧哈拉半自傳小說，《醫生之子》的男主角）與赫曼・梅爾維爾（Herman Melville）在《白鯨記》裡的以實瑪利。這些人扮演的角色，跟華生醫師不同，但是功能卻大同小異。

我曾經寫過幾本小說，主角是一個渾身邪氣的刑事律師。我刻意用了點小技巧，拉開馬汀・厄倫葛夫律師與讀者之間的距離。我常用「這個小個頭的律師」或是「身材縮水的法律代理人」之類的名詞，來取代厄倫葛夫這個姓氏。這麼一來，不但可以拉開讀者的眼光，強化主角的形象，更是不斷提醒他們，他們正在看小說，裡面的人物，純屬想像。

我為什麼要這麼做呢？第一，厄倫葛夫是一個把自己打理得清清爽爽的律師，擅長羅織偽證、謀殺關係人，幫客戶脫罪。他的故事，本質上，有點天馬行空。這樣的題材如果處理得太過寫實，矛盾的是：讀者沒法卸下那種「不敢置信」的心防，反而影響了他們的閱讀。此外，把讀者從厄倫葛夫身邊拉開，我才有機會說：「放輕鬆，這只是小說。這種瘋子在現實社會裡並不存在。別當真，就讓他把該幹的事情幹完，好

好享受這個故事。」

　　厄倫葛夫的故事，不合常理，也不怎麼實際——禁不起仔細的打量與客觀的分析。拉開一點距離，反而讓書中的角色優遊自在，按照他們邪惡的邏輯去幹壞事。

　　我有時覺得，分析這種特殊的寫作技巧有點好笑；儘管我知道，了解作家怎麼塑造戲劇效果，是一件很重要的事情。我自己在閱讀的時候，也經常會注意到某位作家在某個地方使用了特殊的技巧，還會停下來分析一下他的成敗得失。

　　但我卻很少用同樣的分析方法，來看自己的作品。回想起厄倫葛夫系列，我好像也不是刻意不讓讀者挨得太近。我動用的技巧，都是直覺下的產物，並沒有認真思考過，只覺得用這種方法講故事，很自然，就這麼一路寫下來了。偶爾，我會在下決心之前，刻意的考慮一下；絕大多數的時間，我都是信筆所至，隨遇而安。

　　寫作，就是決定。有時，我不免擔心，解釋太多，反倒讓你的決定瞻前顧後。如果你真想從這個專欄裡學點東西，那麼，我希望你能了解說書人有哪些選項，閱讀別人的作品，要帶點分析的角度。這也許能夠增強你的決策能力。但是，要記得：最有創意的決定，通常是靠直覺，請讓下意識作主。

33

這是一個框架

同學們，早安。

早安，卜洛克先生。

還記得上次我們討論到哪裡嗎──阿諾，你有什麼問題？

其實，現在已經是下午了，老師。

真是下午了。謝謝你提醒我這麼重要的事情，阿諾。嗯，上個星期，我們討論到小說中的距離。讀者與故事的距離，可以拉近，也可推遠。但是，還有一個很有意思的工具，我上次沒說，它的名字叫框架（frame，譯註：在英文中，這也是設計或陷阱的意思）。有沒有人知道框架是什麼意思？瑞秋？

我知道，老師。你明明是清白的，但是警察硬是捏造了一些證據，栽你的贓。或者是真正的罪犯刻意留下假的線索，把案子扯到你的身上去。還有一種可能是──

謝謝你，瑞秋。但是我所提的框架，不是你的定義。所謂的框架是指：在某個虛構的上層結構（superstructure）中，設定一個故事──不管長篇、短篇──的文學工具。我們從最簡單的形式說起好了，兩個男人在酒吧裡撞見了，這夠簡單了吧？然後──怎麼啦，葛文？

為什麼非男人不可呢？老師。

我沒說非男人不可，女人也行。一男一女沒問題，也不見得非地球

人不可。咱們這麼說好了：有兩個金星人，在酒吧裡撞見了，這總行吧？他們倆點了幾杯酒，聊開了，其中一個扯到了什麼，勾起另外一個人的陳年記憶。他——或她，或葛文——便講了一個好長的故事。故事說完了，兩人乾掉最後一杯，就此分道揚鑣。

　　框架發揮了怎樣的功能呢？故事真正的主體其實是兩個火星人之間的聊天扯蛋，讀者的身分呢，是坐在他們旁邊的閒雜人等，佔地利之便，聽完了故事原委。酒吧這個場景鞠躬下台，故事的主體隨即開展，就像是一個圍住畫布的相框。

　　如果這個故事值得一說，那麼，它怎麼說都會很有趣，何必勞煩什麼「框架」？這個金星人講的故事，不管是第一人稱還是第三人稱，也都是講給讀者聽的，那麼，這個勞什子框架，到底有什麼用呢？

　　你剛剛提到了距離，老師。

　　我的確是這麼說的。這是在故事外圍搭一圈框架，最明顯的效果。你在故事與讀者之間，拉出了一段距離。也因此，他——或她，或葛文——馬上就確認，這只是個故事。小說動人的力量，來自讀者渾然忘卻他正在閱讀。我們自願放下懷疑，也讓我們深信，我們看的這篇小說，是當真發生過的事情。

　　讓我們再考慮另外一種框架。這種框架不是對話，而是時間的消逝。我馬上就想到一個好例子——查爾斯·波帝斯（Charles Portis）的作品，《勇氣本色》（*True Grit*）。這是一本第一人稱的小說，描述一個十四歲的女孩，如何追緝殺父仇家的經過。故事一開始，作者就告訴我們，這是一椿陳年舊事了，當年十四歲的小女孩，如今垂垂老矣。

　　你們可能會覺得波帝斯設計的框架，完全破壞了這篇小說的懸疑效果。瑪蒂，小女主角，在故事的最高潮的時候，誤入陷阱，有生命危險。但你我心裡清楚，她一定會絕地逢生，安穩的再活五十年。這當然就是波帝斯的寫作功力了，我們明明知道小女孩不會死，因為說故事的人，就是長大之後的她，但還是看得提心吊膽。

距離有距離的功能。原著改編成電影《大地驚雷》（譯註：一九六九年環球出品的西部電影，男主角約翰‧韋恩因爲此片，獲得奧斯卡最佳男主角獎）之後，就少了這層框架。我非常確定這是一個草率的決定。我們都知道，設定框架，難免會損失一些懸疑性與壓迫感。重點是：動用這種技巧，是不是得不償失？如果有得有失，那麼，作者又得到了什麼？

在我看來，使用這種寫作手法，最大的收穫就是幫作品拉出了縱深。在波帝斯的小說中，我們看到了瑪蒂生命的全貌，從一些旁白得知，她終身未嫁。長大之後的瑪蒂是一個有些冷酷、唯利是圖的商人，她的同事跟鄰居，都覺得這個人有些難以親近，但是，由於我們知道她那奇特而殘酷的青少年歲月，我們就很能理解她長大之後的個性，也更能體會沃茲華斯（William Wordsworth）的那句名言：「孩子，是男人的父親」（the child is father of the man）。（在這個例子裡，應該說女人的母親。）我們從瑪蒂的十四歲眼光、從她試圖揮別過去的成熟眼光，回顧這段經歷。兩個不同的角度，幫這個故事開闢出奇特的縱深，少了這一層框架，這部小說未必這麼耐人尋味。

史蒂芬‧貝克（Stephen Becker）的《死亡約定》（*A Covenant With Death*）也是採用類似的敘事手法。故事是一個中年法官追憶他早年審判某個案件的經過。歲月滄桑與人世閱歷，讓敘事觀點更富有層次，不但爲這個故事抹上動人的神采，也成爲這篇小說不可或缺的重要成分。

我自己不常用這種設定框架的寫作方法，不久前發表的《陽台》（*Gallery*）算是一個嘗試。故事發生在南太平洋一個不知名的小島。一對兄弟：一個農場主人、一個商人，想要交換彼此最心愛的物事。一個人手上有一瓶傳奇佳釀──一八三五年的白蘭地；另外一個呢，則有一個被視爲禁臠、恰恰來到適婚年齡的混血美女。兩個人都擔心對方會佔自己的便宜，於是找上了當地的一個老醫生，請他主持公道。而這個醫生，還眞想出了個讓兩人心服口服的好辦法。

其實，不需要設定什麼框架，這個故事也說得清楚，但是，我試圖再幫這個故事的外圍建立一個虛構的上層結構。敘事的工作，交給一個

年輕的作家。他好容易從一段破裂的感情中，回過神來，在旅行途中，碰到了這個老醫師，便到他家作客。吃過晚餐，人手一杯餐後酒之際，老醫生娓娓道出這段故事，供給他一個寫作的題材。

接下來，這個故事才真正的開始。到了結尾，我們才又回到我原先設定的框架。老醫生解釋說，他玩了怎樣的把戲，假裝幫他們的忙，騙過這對兄弟，既取得了那瓶好酒，又得到了那個混血女郎的擁抱。

我為什麼要設定框架來說故事呢？一部分的原因，是我想向毛姆以及其他把這種技法玩得出神入化的大師致敬。就我看來，南海無名島的故事，正是那種要套上框架才講得精采的典型。它有些老派的氣氛，用這種有點老派的方法說出來，讓我有一種踵事前賢的感覺。

另外一個讓我使用框架的原因——或者說我想達到的效果——就是產生一種距離。當然啦，使用框架，會把讀者從老醫師戲耍那對兄弟的故事本體拉開。但我認為，這種距離不會影響到故事的力道。這篇故事講究的是情節，是勾心鬥角的算計，而不是某種情緒。距離拉開些，並不會傷害這篇小說。

同時，框架雖會把讀者推開，但在某些地方，又可能把讀者拉近。記不記得剛剛我說的那個金星人在酒吧聊天的故事？我不是說，讀者就像是鄰座的酒客，在偷聽他們兩人的對話？如果，距離拉開一些，兩個人對話的景象與內容，不就同時進入眼簾、聽進耳中？

我使用的框架，其實也可以收到類似的效果。我想起一篇名為《頂尖的男人》（*The Man at the Top*）的小書。敘述者是一個賭場郎中，連同兩個江湖混混：一個小偷、一個騙子，弄到了一大筆錢。小偷用他那筆贓款，開了一家賭場。敘述者講的故事就是他如何把一些做了記號的撲克牌，混進一疊疊的牌裡，讓小偷輸得精光。他洋洋得意的說，這次他打算把贏來的錢，投資到比較牢靠的生意，但我們卻發現股票憑證上，其實全都是騙子的名字。在這個故事裡，如果少了這層框架，故事中那種出其不意的效果，肯定大打折扣。

有些故事裡面，包了別的故事，這並不是我所謂的框架。記得我曾

經寫過一篇小說：一對情侶各自告訴對方一個挺長的虛構軼事。兩段軼事各自碰觸到兩人關係的隱憂，結果，故事講完了，兩人也就分手了。這就不是框架了，因爲故事的內容就是兩個人在講故事。故事裡面的故事，其實是對話，能夠實際推動情節，就跟《哈姆雷特》裡面的劇中劇一樣。

我不會建議你們使用框架創作，至少現在還不是時候。貿然動用，風險大概會高於實際的收穫。但是，你如果能觀摩其他作家如何運用這種技巧，卻也不無小補。至於你呢，除非剛巧手上有合適的題材，否則，還是避免濫用爲宜。

你有問題嗎，阿諾？

分享一點觀察，老師。

喔？

你在這一章裡，使用的就是框架寫作法吧？你先虛構出一個班級，再用對話方式，吸引讀者的注意，然後，逐步消弭雜音，等他上鉤以後，再直接衝進問題的核心。

這麼說也成，我想。是的，瑞秋？

現在你又把我們找出來，好把這個框架勾勒清楚，是吧？

差不多。你有什麼問題，葛文？

你難道沒聽到阿諾剛剛說的嗎？「等他上鉤以後，」爲什麼非得把「他」或「她」這種性別問題扯進來？

好啦，那就算他們是金星人好了。時間又差不多了，講沒兩句，不知不覺就要下課了。早安，同學。

午安，老師。

34
記錄的證據

沙克斯頓河，佛蒙特

八月二十六日，一九七九年

約翰・布雷迪先生
作者文摘

親愛的約翰，

　　這裡堪稱人間天堂。空氣新鮮、氣候涼爽，山丘翠綠，不見招牌，沒有垃圾。我們在這裡待了四天，這才萬般不情願，打包回城。我真不想走。

　　我一直想把實驗性的敘述技巧，放在這個專欄裡──用日記、書信集作為偽裝，寫小說或者短篇故事。在今年的小說競賽中，就有好些這樣的嘗試，有的很成功，有的略顯笨拙，但是，不管結果如何，評審很容易被這種書寫形式吸引住。我想這種類型的創作，之所以引人入勝，主要是因為你好像私自拆閱別人的信，或是偷看別人的日記。

　　十年前吧，我對這種虛擬的寫作方式，很是著迷。那時，我覺得一般的小說撰寫方式，斧鑿痕跡過重，有些扭捏作態。最嚴重的時候，我甚至連傳統的小說都讀不下去，怎麼看，都覺得它們很不真實。那個掌握角色每個生活片段、每種思維、全知全能的聲音，是打哪兒來的呢？就算是我讀第一人稱的小說，都覺得不時狐疑。這個說故事的人，怎麼會知道這麼多的事情呢？這些大大小小的事情，這個那個轉折，怎麼過了好些日子，這傢伙還能如數家珍？那陣子，我在文學上，有點走火入

魇，一般的小說，我都沒什麼興趣，反倒是這種有點記錄性質的創作
——諸如信件、日記、記錄之類的文字——會讓我愛不釋手。

你覺得這個題材有發揮的空間嗎？我打算用接下來的兩個星期，撰
寫這個主題。或許目前的內容還不足以支撐一篇專欄，但是，裡面涉及
的一些創作方法，還是很值得跟《作者文摘》的讀者一起討論。

請向蘿絲與其他同仁問好。好好幹啊，大傢伙。

賴瑞

日期：八月二十八日，一九七九年
地點：沙克斯頓河，佛蒙特
起跑時間：晚間七點
跑步距離：六英里

評語：我著實留戀這個鄉間了。再過兩天，我們就要回去了，取道
西濱高速公路，一哩一哩的殺奔而回，呼吸越來越污濁的髒空氣，我真
的會懷念這裡清新的味道、優美的景致，但是，我絕對不想再看到這裡
的狗。如果我這輩子都會在這裡跑步的話，最後我一定會帶一把槍出
門。

今天絕大部分的時間，我都用來琢磨下一篇專欄的內容，我想，我
還是會討論這種具有實驗性質的敘事方法。問題：爲什麼說它具有實驗
性呢？在我第一次考慮用日記的方式寫小說的時候，我就認爲這種寫法
具有實驗性質；在我計畫用書信方式創作的時候，我也有類似的想法。
爲什麼呢？沒道理啊，這是老把戲了。這種技巧跟我今天慢跑時踩的小
山一樣古老。請回想一下，英文世界中的第一本小說，山繆・李察森
（Samuel Richardson）的《潘蜜拉》（*Pamela*），就是用女主角跟她妹妹
的通信作爲骨架，逐步開展情節的。（問題：是她妹妹嗎？得查一下。
這是選修十八世紀小說，但絕大部分的指定書籍都沒讀的後果。大學生
嘛，上完課就回家睡覺了。）

　　狄福（Daniel Defoe）的早期小說，也具有這樣的「實驗性」。《瘟年紀事》（*Journal of the Plague Year*）、《魯濱遜漂流記》（*Robison Crusoe*）之類，都帶點這樣的意味。其中《情婦法蘭德斯》（*Moll Fanders*）刻意用回憶錄的方式呈現，最接近傳統的第一人稱敘事。

　　我懷疑早期的小說，採取這樣的假記事的方式呈現，是因為讀者還沒辦法接受一個完全虛構的敘事口吻。算是一種演進中的模式，幫十八世紀的讀者預作準備。明天預定跑步距離：同樣是六英里。如果那隻萬能梗（Airedale）繼續追我的話，我發誓，我一定會朝牠的狗頭，狠狠的踹下去。

紐約市

九月四日，一九七九年

約翰・布雷迪先生
《作者文摘》

親愛的約翰：

　　希望你的勞工節週末過得愉快。我的勞工節週末嘛，過得真的很像勞工。我們從佛蒙特回來，一開門，一頭鑽進了成堆的信件，都是來打聽素食餐廳指南的。

　　拆信拆到一半，看到了你八月二十六日的回信。發現你認為這個專欄的題目太偏、太專門了，很是失望；但我通前徹後的想一遍，還是認為這個題目很可以發揮。

　　舉個例子來說，真實性到底有多重要？從某個角度來說呢，讀者當然知道拿在他們手上的是一本小說，是一個靠寫書混飯吃的作家，寫（或者比較可能是，打）出來的東西，日記啦、信件啦，也只是他運用的工具而已。如果是這種情況，那麼所有的考量都要臣服在「說故事」這個大原則下面。

　　同樣的道理也適用於第一本英文小說，李察森的《潘蜜拉》。一般

人實在很難想像潘蜜拉會寫出這麼長的文字。這是作者發明的一種形式，用來鋪陳他的故事而已。

兩本大受歡迎的現代小說，其實也是這個情況。林·拉德納（Ring Lardner）的《你知道我的，艾爾》（*You Know Me, Al*）還有約翰·奧哈拉的《老友喬伊》（*Pal Joey*）。儘管兩本書在敘事口吻上，都處理得十分傳神，但實在很難讓人相信拉德納筆下的棒球選手，或是奧哈拉的夜總會搞笑演員，會寫出那樣的信來。但是，這兩本書都成功了，而且還是難以超越的佳作。

換個角度說呢，如果作者費點心思，強化故事的真實性，讀者自然也很受用。我看一本小說，還能相信（讀者自願放棄對這故事的懷疑，正是敘事成功的關鍵）我正在偷窺某人的信件或是日記，閱讀樂趣可望大幅增加。

舉個例子：幾個月前，我讀過一本名為《一個獨立的女人》（*A Woman of Independent Means*）的小說，作者是伊莉莎白·佛希瑟·海莉（Elizabeth Forsythe Hailey）。精裝本上市的時候，銷售平平。但是在讀者口耳相傳之下，平裝版問世，卻創下了不壞的銷售紀錄。這本書偽裝成一本書信集的模樣。主角在信裡的態度因人而異，有些重點她沒說，有些事實被她扭曲了。儘管實情只在字裡行間，隱約透露，但這主角卻是我好些年來不曾得見的鮮活角色。

舉些比較輕鬆的例子好了。有些作家就是喜歡這種創作形式。我馬上就可以想到幾本書，不但有主角寫的信，還有對方回給他的信。馬克·哈里斯（Mark Harris）《醒來，笨蛋》（*Wake Up, Stupid*）與賀爾·崔斯納（Hal Dresner）的《寫小本的男人》（*The Man Who Wrote Dirty Books*）都是絕佳的例子。

唐·魏斯雷克的《再見了，舒希里沙德》（*Adios, Scheherezade*）特別值得在這裡一提。書中的主角，腸枯思竭，想要湊一本黃色小說。但怎麼也沒法專心，東想西想，原本應該寫十五頁的激情故事，結果寫了一篇十五頁的信，給他自己，順道也給這個世界。他幾近絕望，硬著頭

皮，逼著自己使喚一部失控的打字機，讀者因而大樂。

啊，我又把話題扯遠了。我希望你可以考慮──就算是無可奈何也好──同意我這個專欄討論，討論……這種小說的體裁究竟該叫什麼名字呢？書信體（epistolary），只能涵蓋信件，能包括日記，或是其他拉拉雜雜的私人記錄嗎？稱之為「記錄小說」好像也不行，會讓讀者覺得這種作品不是小說，而是文獻選集之類的東西。

我要回去寫我的豆腐跟有機熱狗了。精神點，小老虎。

賴瑞

日期：九月九日，一九七九年
地點：紐約市
慢跑時間：上午八點半
距離：十六英里

評語：天啊，全身沒一個地方不痛。還好我不用腳寫作，書評家可能是用腳吧，反正，我今天不打算理會他們。把西城大道（West Side Drive）從頭到尾跑一遍的好處是你不用擔心迷路，但有別的壞處。我今天跑了十六英里，按照這種進度，今年的十二月，我應該可以參加澤西海岸馬拉松了。想到跑完之後我的慘狀，我就……

昨天，我收到布雷迪的回信，他迫於無奈，只好同意我的建議。他還有一件事情放心不下，就是這篇專欄多半是在講長篇小說，但是《作者文摘》的讀者對於短篇小說比較感興趣些。

今天早上跑了十六英里，其中就有九英里，我在盤算，要怎麼反駁這種說法。日記也好，書信也好，的確經常在長篇小說裡見到，但也不是說在短篇小說裡，這種文體就一定行不通。《老友喬伊》與《你知道我的，艾爾》在結集出書前，就是刊在雜誌上的短篇。四〇年代的《星期六晚郵報》（Saturday Evening Post）上，也有一系列的小說，寫一個叫做亞歷山大・巴特斯的故事。他是一個四處兜售地蟲牌牽引機的業務

員。這些短篇故事裡，就有好些巴特斯回報進度的信件。（作者待查。）

蘇·卡芙曼（Sue Kaufman）很喜歡這種記錄形式的小說，也很擅長運用這種技巧寫作。比照《瘋狂主婦日記》（*Diary of a Mad Housewife*），她在《紐約時報週日雜誌》（*New York Times Sunday Magazine*）上，也發表了一篇作品，用一個虛構的日記，描述她重回瓦薩爾（Vassar）或是她對瓦薩爾的回憶。諸如此類的作品。篇名好像是《瓦爾薩女孩的告白》，還是《一個瓦爾薩女孩的日記》，記不大清楚了。

大概在二十五年前，我還讀過一個故事，叫做《地址不詳》（*Address Unknown*），我只記得登在《作者文摘》上。這篇作品究竟算不算小說，還有些爭議。（幾年之後，這篇作品與其他文章結集出版，我又看了一遍。）

故事的情節大概是這樣的：一個美國猶太人跟一個德國人有書信來往。這個德國人呢，完全屈從於納粹屠戮猶太人的政策之下，不敢救援那個美國猶太人的親戚。美國猶太人惱火之際，決定想個特別的法子報復。他知道每封海外來信，都會經過納粹檢察官的拆閱，於是設下一個陷阱，讓檢察官懷疑他的德國朋友。他在最後一封信裡寫道，「願摩西之神站在你的右手邊」，然後蓋了個地址不詳的戳記，退回給他的德國朋友。讀者可以推測出，這個德國人大概會因為私通敵國的罪名，遭到逮捕。

眞希望能找到這篇故事。對於這篇專欄的寫作，一定很有幫助。明天的慢跑計畫：求生。五英里應該足夠了。

紐約市

九月十二日，一九七九年

蘿絲·阿德金女士

《作者文摘》

親愛的蘿絲，

　　隨信附上(1)十二月專欄校樣以及(2)〈記錄的證據〉，一月份的稿子。我想你已經看出來了，這是一個虛構文件的組合，包括寫給敬愛的你的這封也是。計中計，蘿絲。就算至高無上的上帝，恐怕也要順從文法與文章結構吧，順便請告訴祂真實性（verisimilitude）的趣味所在。（請順便檢查一下，我這個字拼對了沒有，蘿絲。）

　　請把陸續寄達的卡片信件收好，親愛的。同時勸布雷迪離那些春心蕩漾的女學生遠一點，否則，總有一天他會發現他惹出大麻煩了。

賴瑞

35

驚訝！

前幾章，我們仔細端詳了「故事」在小說創造中，無可比擬的重要性。絕大多數的讀者，都是為了不同的理由看小說──認同書中的角色、想看看不同的環境、體會其他時代的生活方式、加深對自己的了解，或是在湯與沙拉之間的空檔，殺個幾分鐘時間。但是讓他們一頁頁的翻下去，就只會有一個理由──想知道接下來發生了什麼事。

到底要怎麼讓讀者一頁一頁的翻下去？「驚訝」，就是作家用來解決這個難題的方法之一。峰迴路轉，出其不意的結局，正是古典小說的標準配備，特別是短篇小說。那種把小說濃縮到一千兩百、一千五百字的極短篇，在區區幾個字的篇幅裡，就要拉高懸疑力度，堆砌出一個讓人瞠目結舌的結尾。

結尾當然不需要為了滿足讀者，故作驚人之語。絕大多數的類型小說是可以預測的，就像繁星都有一定的運行軌道一樣。當然我也不好說得過頭，你讀過一本哥德小說就等於讀遍這個類型，否則的話，就不可能有很多人讀哥德小說千卷也不厭倦，甚至瞠大眼睛，不敢置信竟有這種結局。

再講層次比較高的論點：偉大的文學作品，很少是靠出人意表的結尾吸引讀者的，比較常見的安排反而是：一開始就注定是悲劇收場，但主角還是一步步的走了過去，結尾因而顯得格外冷酷。《馬克白》，哪個高一學生沒讀過？儘管你都知道接下來會發生什麼事情、儘管你可以默默的跟演員朗誦一樣的台詞，但依舊無損於它的動人。

在出版的或是沒出版的小說中，經常見得到作者創造的驚人結尾。

絕大部分的懸疑電影、好些個科幻小說以及綜合雜誌上的短篇故事，都少不了這種想要讓人大吃一驚的收場。只是，生澀的作者貿然套上這種寫作模式，結果卻多半讓人啼笑皆非。舉個例子來說，在前一陣子《作者文摘》舉辦的小說比賽中，大概有三分之一的結尾，是讓讀者意料不到的。（另外三分之一，收場至少還能理解。比如說一個原本想要自殺的婦人，看見了噴水台上，有對打得火熱的麻雀，赫然發現世界竟是如此美好。還有三分之一，結得不知所云，究竟寫完了沒有都搞不清楚。那個想要自殺的婦人，看見那對耳鬢廝磨的麻雀，內心頗有所感，於是跑到五金行，買了兩磅釘子與一把精光閃亮的鎚子。）

我們把不同的驚人結尾，拿來分析一下，或許可以歸納出哪些尾巴結得好，哪些顯得刻意，還有，箇中成敗的原因到底是什麼。

1. **隱藏消息**。絕大部分的業餘作家，都是故意隱藏了關鍵的消息，把故事若無其事的講下去，到了最後掉個花槍，揭開謎底，試圖讓讀者大吃一驚。敘事者，比如說，我們一直以為「他」是個人，到了最後，我們才發現原來它是甜玉米梗上的一株穗花。或者在太空旅遊的男主角，降落在一個不知名的古怪星球，最後我們才發現那裡竟然就是地球，或者——算了吧，我想夠了。

一般來講，讀者不會太欣賞這種結尾，而且多半會覺得作者沒什麼想像力與文字創造能力，甚至會有被戲弄的不悅。讀者認為作者只是故弄玄虛，在大多數的情況裡，他是對的。這種故事看到最後，所謂的驚人之語，也不過爾爾，就像從烤箱裡拿出蛋白牛奶酥，再把烤箱門一甩而已。

換個角度來說，如果作者能夠把結尾收在情理之中，意料之外，那就是真正的傑作了。在我心頭上浮現的例子是一部叫作《危險》（*Danger*）的電視影集。我已經不記得什麼時候看的，估計至少是二十五年前吧。（感覺起來，好像是我站在嬰兒床上，從防跌欄杆的縫隙裡看完的。）

情節如下：一群英勇的志士，生活在獨裁者的統治之下，他們的國

家難敵強大的鄰國，慘遭併吞。鏡頭就隨著這批志士前進，看他們如何慷慨激昂，決定冒著生命危險，設計暗殺這個獨裁者。他們的領袖是一個很有英雄氣概的人物，名叫強尼。觀眾提心吊膽的看著強尼潛進魔王的身邊，一擊得手，觀眾跟他一樣，欣喜若狂。

最後，強尼從劇場包廂一躍而下，高聲叫道：「這就是暴君的下場！」（Sic simper tyrannis）這時鏡頭才轉到被暗殺的獨裁者，我們赫然發現他是亞伯拉罕・林肯。

我跟你們說，從我看到這個節目開始算起，四分之一個世紀都過去了，想起這段情節，我還是脊椎發冷。

這就是隱藏消息，不過，作者隱藏得很巧妙。一路上，線索不斷的往外拋，到頭來，大家才發現原來這是個代名詞上的爭議。觀眾不會有被欺騙的感覺，只覺得驚駭不已，久久難平。

這是另外一個例子。《艾勒里・昆恩》推理雜誌一九七七年六月，推出一篇讓人眼睛一亮的力作。肯尼斯・瓦特茲（Kenneth Wattz）的處女作——《夏之聲》（*The Sound of Summer*）。敘述者是一個肉票，被一個逃犯綁架了。逃犯因為主角一個不經意的舉動，遭到逮捕，到這時候，我們才知道主角是個聾子——他根本沒發現家裡多了個逃犯！這也是隱藏消息，但隱藏得匠心獨運，全篇不過一千來字，處處暗藏機鋒。我建議你找一本來看看，研究一下這故事為何鋪陳得這般順理成章。我知道我揭露了這篇小說的結局，但是除此之外，我想不出別的方法跟你討論，而且我認為這也未必會毀掉你的閱讀樂趣。

威廉・葛德曼是這種技法的行家。他的高超之處是：不只是結尾異軍突起，情節一路走來，處處都是他的伏筆。舉個例子來說，在《父親節》（*Father's Day*）這篇故事裡，讀者在情緒上，隨著情節的發展，逐漸升高、投入，就在看得入神之際，情節倏地一轉，原來只是男主角的南柯一夢。《馬拉松人》（*Marathon Man*）布局精巧，高潮迭起，但是，扣子扣得太緊，有的成功，有的卻是牽強。葛德曼在這方面是大師，無庸置疑，但是看他的書，有時讓我覺得好像在宿醉之後看撲克牌

戲法。

2. 神龍見首不見尾。《夏之聲》之所以精采，是因為它短小精悍。真相大白之後，嘎然而止，乾脆俐落，之前的每一段文字，都有堆砌緊張的效果。我們當然不介意讀個一千字，讓瓦特茲先生引領我們到一個奇特的結局。但如果這故事是三倍長，就很難想像哪個作者在長篇大論之後，還有本事讓讀者拍案叫絕。

偏偏就有作家看不透這層業障。請看如下的這段情節：有個人在中央公園醒來，皮夾不見了，記憶完全喪失。他不知道他是誰，也搞不清楚他為什麼會在這裡，只在他的口袋裡找出一張破紙條，上面寫著「巴德溫」這個字。琢磨半天，他想這大概是他的姓吧。他花了一整天時間，拼湊他存在的點點滴滴，四處冒險，結識了好些很有意思的人，對話處理得更是活靈活現。好不容易，他想起了自己的家在哪裡，一開門，赫然發現，他的妻子吊死在水晶燈下，這一驚非同小可，他心神大亂，跟蹌走入中央公園，又回到失憶的狀態。我們這才隱約發現：這循環他可能已經歷經好幾次了，這一陣子，他過得真慘。

這個題材很精采吧？但寫個三四千字，大概也寫到頭了。但是，伊凡·韓特的這本小說，竟然寫了十萬字之多，結尾更是壓垮駱駝的最後一根稻草。用極短篇小說的結尾總結一個長篇，即便是匠心獨運如韓特，也沒法讓這篇小說起死回生。

3. 你要唬弄誰呢？如果整篇小說的目的就是讓讀者大吃一驚，你就得把所有的賭注，壓在結局。但讀者在一哩之外就看穿了你的把戲，那麼你就慘了。

我馬上想到了一個例子，不是小說，而是電影。好些年前，達斯汀·霍夫曼曾經主演過一部名為《誰是哈利·凱勒曼以及他為什麼要惡整我？》（*Who Is Harry Kellerman and Why Is He Saying All Those Terrible Things About Me?*）的電影。哈利·凱勒曼打電話給達斯汀·霍夫曼的所有朋友，惡意詆毀，散播不堪的謠言，霍夫曼花了一整部電影的時間，追查這個凱勒曼到底是誰。你猜到答案了沒？達斯汀本人當然就是

凱勒曼。他罹患了某種人格分裂的精神病，自己找自己的麻煩。這個結果沒有什麼好訝異的。大多數人在開演十分鐘之後，猜到了這個結局；更精明一點的人，甚至連電影院都不必進，就知道導演的葫蘆裡賣什麼藥了。

你怎麼知道哪些玄虛會出乎觀眾意料之外，哪些又會被一眼看穿呢？好問題。我想，這些年來，你也讀了不少作品吧，哪些結尾結得妙，哪些把戲，又是你一眼就看穿了的呢？因此，你必須要從你的閱讀裡，鍛鍊出判斷的能力。

再度強調：廣泛閱讀有多麼重要。想要營造一個峰迴路轉的結尾，原創性當然是關鍵。但如果你閱讀的作品不夠多，怎麼確定你的結尾有沒有原創性？

4. 驚喜——外加新觀點。講到這種故布疑陣的結局，最高超的技藝，當然不只是把觀眾嚇一跳而已，最好還能讓他們有空間，回想一下先前的情節，用另外一種觀點，重新打量角色的塑造與故事的安排，得到全新的感受。

請看馬克·海林傑（Mark Hellinger）的《窗戶》（*The Window*）。故事是說在一家療養院裡，三個困在床上、完全無法起身的女病人，同住一間病房。住得最久的人有權力把床位搬到窗戶邊。每一天，她都會把窗戶外面的情景，告訴其他兩個人——孩子玩得多起勁、愛侶為什麼吵架，又為了什麼和好、季節變換、候鳥南飛，諸如此類。

然後她死了。住得次久的人搬到了窗戶邊，一個新的病友跟著住了進來。那個人好生興奮，這些年來，她聽了那麼多生動的故事，終於有機會親眼看到了，然後——驚奇！——那扇窗戶其實正對著一堵牆。然後，再一個大驚奇！她愣了兩秒鐘，開始描述眼前的景象——孩子在戲耍，一個女人在掃地、樹木抽芽了。她開始講述一個又一個鼓勵生命的故事，就像她的前輩一樣。

真是一個驚奇的結尾。我當然可以告訴你其他的好例子，但是——驚奇！——我沒篇幅了。但是你可以讀讀約翰·克利爾（John

Collier）、葛拉德・科希（Gerald Kersh）以及卡奇（Kaki）的作品，讀
讀最新出版的雜誌。自己分辨一下，哪些結尾好、哪些結尾一下子就被
你識破了。一直讀、一直讀，直到你知道爲什麼、知道怎麼寫。寫你自
己的故事，犯你該犯的錯誤。如果作品還算滿意，就寄出去。一直寄、
一直寄，寄到他們不退你的稿子爲止。

　　總有一天，你會收到一個小白信封，而不是一個大的褐色紙包，恭
喜，這眞是最好的驚喜。

第四部

小說技藝論

咬文嚼字

36

無須道歉，切忌解釋

　　不管作品有沒有出版，我都注意到新進作家有個習慣：他們太喜歡解釋了。就我看來，他們之所以會養成這個毛病，不脫下面兩個原因——第一，想要控制讀者，不讓他們對自己的文字有別的詮釋；第二，不願相信讀者有理解故事的能力。

　　那種自信心極端強韌、自我意識異常篤定的人，才寫得出小說。我們要相信我們創造出來的情節與角色，把我們內心的點滴，像蜘蛛一樣的織出一張網來。我們要專斷獨行，選出自認適當的字眼，安排所有章節，面對著我們從未謀面、一無所知的讀者，讓他們覺得故事有趣，願意投入。

　　這個相同的自我，要義無反顧的一肩挑起，控制、主導書裡的一切，就像是一個扮演交通警察的孩子。這種支配的慾望，可能會展現在各個角落。下面就是一個例子：

　　「你不要這樣跟我說話！」瑪歌叫道。她很生氣。「你憑什麼這樣跟我說話？」

　　「我愛怎麼講，就怎麼講話。」羅易勃然大怒。他受不了瑪歌這副德行。

　　「我是說真的。」她說，火氣依舊很衝。「我受夠了。」

　　「喔？」羅易有點倒縮。在她的口氣中偵測到某種異樣的特質，他開始擔心了。「那你打算怎麼辦？」

　　「我不會坐以待斃。」她說。但她心裡清楚，原本的堅持，正

　　一點一滴的流失中……

　　你看出來作者在幹什麼了沒？他躡手躡腳的溜進舞台，蹭到角色身邊，硬生生的插話，向讀者解釋每一句對話有什麼意涵。他不願意讓人物的心境，自然而然的從言行中流露出來，每一個幽微之處，他都要解釋一番。

　　這個例子是我虛構的，目的是說明我的重點。不過呢，我也不是憑空捏造，而是從一篇小說中改寫出來的。那篇小說是我朋友寫的，請我品評一番，特別值得一提的是：我這朋友是個小有名氣的舞台劇導演。我跟他說，他把小說創作當作是戲劇彩排了，不斷在跟演員交代他們該是什麼心思，該怎麼呈現對白。但，即便是導演，他難道就會在夜場表演的時候，自己跳上舞台，跟演員一起演出嗎？他在演員身邊插話，還能讓對白言簡意賅，韻味悠長嗎？

　　別以為作者只會在對白區，強加解釋。在去年的《作者文摘》小說競賽中，我就看到了這麼一個作品，印象很深刻：有個角色講了個笑話，作者寫道：聽了希勒德的冷笑話，保羅強迫自己笑了出來。

　　「冷」這個字，就是作者不甘寂寞的附加說明，硬要讀者知道，希勒德的笑話很冷。但我們已經知道了，不是嗎？我們聽了個笑話，一點也不好笑，當然是個冷笑話，要不保羅幹嘛強迫自己笑呢？既然如此，你何必跳出來，跟大家說，這個笑話真是冷呢？

　　過度解釋，不見得只是作者在一旁嘮叨。有的時候，他也可能在對白裡，講一大堆我們根本不需要知道的事情。所謂的「肥皂劇」對白，就是一個例子。在肥皂劇裡面，對白一定要把前因後果講得一清二楚，免得錯過一、兩集的觀眾接不下去。結果呢，我們看到一堆囉里巴唆的廢話，對白講了好久，不過交代前幾集的進度。換句話說，書中的角色根本不在對話，而是在跟讀者簡報。

　　比如說：

　　「你的妹婿希尼今天下午打電話來過。」

「西拉的先生？我在排定這次手術之後，就沒再跟他見過面了。他想要幹什麼？」

「他還是擔心麗塔啊。他本來想直接打電話給你的，查爾斯，但是西拉跟他說，你最近忙著進行阿卡易德的療程，叫他別來煩你。」

你這樣就看懂了吧？你想得出來查爾斯爲什麼還要加上「西拉的先生」這句廢話？除了擔心讀者忘記，再次提醒他們誰是西拉之外，還會有別的理由嗎？兩人講了半天，不就是簡報訊息嗎？請問在現實生活中，出現這種對話的機率有多高呢？

還有一種過度解釋是因爲作者不相信讀者有詮釋故事的本領。在我早期的推理小說中，我也犯過同樣的毛病。特別是在主角思考的時候，我經常安排他自言自語，好讓讀者掌握住他內心的盤算與推論。主角要採取行動了，我也會七嘴八舌的嘮叨一番，免得觀眾搞不清楚狀況。

我後來才發現，讀者不需要對故事有通盤的掌握。有的時候，看了主角踩著自己的步伐，朝著讀者不確定的方向前進，做些一時之間看不出名堂的舉動，讓讀者猜猜看到底出了什麼事情、爲什麼主角會這麼莫名其妙，其實更有意思。

我是在寫私家偵探馬修・史卡德系列的時候，琢磨出這種技巧的。史卡德是個很有深度的角色，內心曲折、飽經世故。有些事情，他做了就做了，不會向讀者交代他到底在幹什麼。更有的時候，連他自己也弄不清楚他在幹什麼。即便是他探得關鍵，逐步解開謎團，他也不會大聲嚷嚷，強迫讀者跟著他一起掌握最新偵辦進度。

葛里葛雷・麥當勞（Gregory Mcdonald）寫過一系列的小說，描述記者佛萊契的冒險經歷。這個人更是守口如瓶，既不解釋，也絕不道歉。在《佛萊契的告白》（*Fletch and Confess*）這本書中，這個特色被他發揮得淋漓盡致。佛萊契碰上了一起讓讀者如墜五里霧中的離奇案件，線索環環相扣，看來陰謀著實不小。但是我們只看到佛萊契東一點、西

一點的試探，完全不知道他在幹什麼，也不知道這些零碎最後為什麼累積成為破案線索——這就是麥當勞布局的功力，因為我們只好一路讀下去，設法弄清楚佛萊契要怎麼破案，還有他那些莫名其妙的舉措，到底是在幹什麼。

我以前喜歡把作家比喻成劇場導演，布好場景之後，就在這固定的場域裡，把角色移過來，調過去，告訴他們該講什麼台詞。在劇場裡，有個著名的概念，就是觀眾是第四面牆（the fourth wall，譯註：指由戲劇表演延伸出來的各種藝術形式中，觀眾或攝影機所在的位置）。換句話說，觀眾的詮釋正是劇場表演的動力來源之一。

我認為這番道理，也適用於小說。不管是長篇還是短篇小說，對不同的讀者來說，閱讀經驗就可能會略略不同。每個讀者都有自己的觀點與背景，難免橫看成嶺側成峰。就拿這個場景來說好了：一個孕婦在橫貫肯亞的火車上，接受墮胎手術，就可能因為讀者性別的不同、有沒有墮過胎、熟不熟悉鐵路車廂、有沒有去過肯亞，而有不同的閱讀感受。更進一步的觸動，就要倚賴個別讀者的特殊經驗——萬一真有個人在肯亞的火車上，躺過墮胎手術台，那麼她的感觸可能會出乎意料的強烈。

就這一點看來，我們是沒法控制讀者如何去詮釋我們的小說的，也不該試圖去控制他們。我們能做的是盡可能的縝密、誠實，讓讀者去做他們該做的事情。只要我們寫得夠好，自然會有足夠的讀者接收到足夠的訊息。

讀者共同參與的理論，並不是我的發明。以下的這個段落來自羅倫斯・史鄧（Laurence Sterne）一七六〇年出版的《崔斯川・山迪》（Tristram Shandy）：

　　　　寫作，如果處理得宜（你當然知道，我相信的作品也不差），應該是另外一種形式的對話：如果彼此交情深厚的話，沒有人，會多說廢話，作家也不例外，他應該熟知內斂的界線與中庸之道，不敢自認能設想到無微不至；把這種態度放進寫作中，就是對於讀者

理解能力的最敬禮。讓他有些想像的空間，他有他的工作，你有你的。

　　而我，對讀者的尊敬是永恆不變的，我的目的是讓讀者的想像力跟我的一樣忙。

　　現在該他了。我已經把史洛普醫生的慘敗，還有他在邊廂的狼狽模樣，描述得鉅細靡遺了——現在該他的想像力馳騁一下了吧。

可愛吧？我現在有工夫解釋了，標點符號是史鄧下的。十八世紀的人，標點符號的運用跟現在有些不同，因此分號與逗點看起來有點怪怪的。我也必須解釋：我從來沒有讀過《崔斯川·山迪》，儘管這本書是英國早期小說的指定教材，但我始終沒見過它的廬山真面目。直到上個星期，我在倫敦逛了逛大英博物館，你知道嗎？那裡有一整箱的珍本頭版書籍，我隨意瀏覽了一下，這個段落赫然躍入眼簾，《崔斯川·山迪》剛好就攤在那一頁。我趕緊抄了下來。我大可跟你聊聊腦海澄靜的好處，正因為我當時心如止水，隨意所至，才會看到這個段落，也才會想到這一章的主題。

　　但我不會。我不想解釋太多。

37

他說，她說

　　羅森清了清喉嚨。「波林傑今天上午來找我。」他刻意一個字、一個字說得清清楚楚的。

　　「喔？」賈維斯也是毫不含糊的大聲說道，「他想要幹什麼？」

　　聽到對面那個人如此回應，羅森的眉頭都豎了起來。「你猜他想要幹什麼？」他把心裡的話，和盤托出，字字句句都充滿了諷刺的意味兒。「他還是很氣瑪琳娜。看來她跟他說你那天晚上上哪去了。」

　　賈維斯馬上警覺起來。「神經病。」嘴巴上可是毫不示弱。

　　羅森可沒被他唬住。「是嗎？」他還真想知道。

　　賈維斯不動聲色。「這應該沒什麼好懷疑的吧。」他斷言。爲了強化說服力，他還在桌沿重重的敲了幾下。

　　「也許吧。」羅森嘟囔道，「但是，波林傑未必這麼想。」

我們不必知道這兩個人在爭論什麼，瑪琳娜、波林傑與羅森又是何方神聖，還是可以發現這個段落到底出了什麼問題。眼神很快的掃一下，你就會知道這個段落寫壞了，對話本身還好，只是它拖了一噸重的泥巴，蹣跚走來，當然看起來有些舉步維艱。

把對話寫好，其實不難：讓對話自己跳出來就行了。下面就是一個讓對話「自說自話」的例子。

　　「波林傑今天上午來找我。」

　　「他想要幹什麼？」

　　「你猜他想要幹什麼？他還是很氣瑪琳娜。看來她跟他說你那天晚上上哪去了。」

　　「神經病。」

　　「是嗎？」

　　「這應該沒什麼好懷疑的吧。」

　　「也許吧。但是，波林傑未必這麼想。」

　　真正的對話，是吧，你一言，我一語，寫出來就成了。但是，一開頭的那個例子，雖然有些囉唆，但是，每天放在編輯桌上的投稿，差不多就這個樣子。有些印成書的小說（我要很遺憾的這麼說），也比它好不到哪去。那些強化、重複、拖泥帶水的描述，攪亂了行文的流暢，笨拙的副詞，把情況弄得更糟。

　　在小說中，大概找不到比對話更重要的元素了。在對話中，人物的用字遣詞，可以傳遞出更細膩的情緒變化，比你費盡功夫從旁描述要來得有效率得多。對話可以推展、界定情節，讓複雜的發展變得可以捉摸，也可以讓小說提高音量，不但進入讀者內心，還可以環繞耳際。要論小說的可讀性——不是價值、品質，單單就可讀性而言——高不高，全看作者處理的功力，並不是全然誇張的說法。小說的對話，如果寫得越像是劇場，讀者就越容易掌握情節的發展。

　　我們因此可以歸納出規則一：如果角色塑造得不錯、如果對話發展得很自然，你就應該盡可能的放手。讓角色在舞台上，直接對話，千萬不要沒事找事。

　　你應該做的事情，就是切實遵守規則一。

　　第二件事情，你要弄明白，什麼時候你必須破壞規則一。

　　破壞規則一的主要理由，多半是你不希望讀者弄混了誰在跟誰講話。我最近讀了一本小說——《美國製造》（*American Made*，作者是莎拉‧波易德〔Shylah Boyd〕，如果你想知道的話）。在這本書裡，對話動

輒綿延數頁之長，就這麼講來講去，哪段話是誰說的，都沒有註明——更糟的是：這還是五六個人的討論場景。看了半天，實在覺得吃力，如果，作者能加上幾個字，標明「他說」還是「她說」，可讀性就會大大的增加。

　　有的對話不需要這麼麻煩。如果是一問一答，讀者習慣這種對話形式，也就無所謂到底橫跨了幾頁。作者可以點綴些「他說」、「她說」之類的說明，頻率盡可隨意。這跟對話的長度、節奏以及公式無法包含的特殊考量有關，當然，最重要的還是，作者希望能夠展現怎樣的風格。

　　還有沒有別的可能性，會讓你拋棄規則一？你可能會想刻意放慢速度，讓讀者領略一下場景的氛圍以及對話者的暗自較勁。有的時候，除了表面上的你來我往之外，弦外之音也是很重要的。請看如下的對話：

　　　　「波林傑今天上午來找我。」

　　　　「喔？」賈維斯垂下眼簾，放下手中的咖啡杯。「他想要幹什麼？」

　　　　「你猜他想要幹什麼？他還是很氣瑪琳娜。看來她跟他說你那天晚上上哪去了。」

　　　　賈維斯的眼神在對方的臉龐上搜索了一會兒，然後又飄到牆上的時鐘。「神經病。」他說。

　　　　「是嗎？」

　　　　「這應該沒什麼好懷疑的吧？」

　　　　「也許吧。」羅森平靜的說，「但是，波林傑未必這麼想。」

　　這個段落讀起來就沒有前一個俐落了。但是，多出來的描述，卻可以讓我們揣摩對話者的神情，特別是賈維斯，也讓我們有機會感受一下交談中的弦外之音。

　　有的時候，你可以把「說」當作是頓點用，截開對話，創造出原本缺乏的韻律感。還有的時候，你可以讓其中一個來「說」，強調他的重

要性：

> 「波林傑今天上午來找我。」
>
> 「喔？」賈維斯說，「他想要幹什麼？」
>
> 「你猜他想要幹什麼？他還是很氣瑪琳娜。看來她跟他說你那天晚上上哪去了。」
>
> 「神經病。」賈維斯說。
>
> 「是嗎？」
>
> 「這應該沒有什麼好懷疑的吧？」賈維斯說。
>
> 「也許吧。但是，波林傑未必這麼想。」

　　說，說，說。狄恩‧庫特茲（Dean Koontz）告訴我一個他謹守不渝的原則，就是在對話中，除了「說」之外，不用其他的動詞。你當然也可以模仿他的作法，省卻許多麻煩，但我認為偶爾切換幾個動詞，也有一定的功能。比如說，適當的動詞就可以強化某些重點，不過要盡量少用，效果才會顯著。有的時候，一句話可能會有很多種意思，如果你不想混淆讀者，那麼你就不妨運用某些動詞來「定住」調門。

　　「說明」、「斷言」、「誓言」跟「確認」、「宣稱」都是記者常用的動詞。他們擅長利用不同的動詞，來強化新聞寫作的專業性。這種寫法在小說裡派不上用場，但是，「拖著聲音說」、「嘟嚷」、「低語」，這些能交代說話者口氣的動詞，倒不妨適當使用。要說小說跟戲劇有什麼不同，主要的差別就是作家得不到舞台或電影演員的幫助。主角要叫囂，還是呢喃，得由作家自己決定。在這裡我就不舉什麼例子了——我確定你明白我的意思——但是，我還是鼓勵你，把羅森與賈維斯的經典對話練習幾遍。（在前面幾個例子裡面，我把賈維斯寫得有些緊張。對話本身是中立的，但你可以在上層結構上，渲染上你喜歡的顏色。羅森可以變得羞怯，而賈維斯呢，要他莽撞、決斷、無動於衷都行，看你怎麼加油添醋。）

　　在第一人稱的敘述方式中，對話很難客觀，主要的原因是敘述者會

過濾一些事情。在第一人稱的小說中，敘述者是少不了的；如果在一段長對話中，他完全消失了，前後文之間就很難協調。

　　在第一人稱的對話中，作者大概只能用「他說」與「我說」兩種格式而已。要不，他就得說明他是看到了什麼，或聽到了什麼。當然，他也可以在對話中，插入自己的想法與觀察，達到某種目的。下面就是一個例子：

　　　　我讓他在那裡坐了一兩分鐘。然後我說，「波林傑今天上午來找我。」

　　　　「喔？」他想從我的香煙盒裡取出一支煙，但突然想起來，他已經戒了。「他想要幹什麼？」

　　　　我接過他手上那根香煙，用大拇指劃了劃打火機，深吸一口。波林傑想要幹嘛？媽的，就跟大家想要幹的一樣，我這麼想。

　　　　為什麼大夥兒要這麼麻煩？為什麼大夥兒每天上午要起床？

　　　　但是，賈維斯顯然不想上這堂「初級哲學」。所以，我從煙霧中打量了他一眼，接著說，「你猜他想要幹什麼？他還是很氣瑪琳娜……」

　　我跟你說，現在連我都有點氣瑪琳娜了。

　　在上個例子裡，你可能注意到了。在原本簡鍊的對話上，加了不少描述。雖然字多了點，整個段落讀起來還是很順暢。

　　這是不是意味著我們在灌水呢？也許是，也許不是──我們到底有沒有灌水，必須要落實在文字情境裡判斷。灌水，是指漫無目的的加了一堆文字。如果整篇故事、整本書都是內心的獨白、香煙點了又熄，熄了又點，還有一些枝微末節的冗長描述，當然是灌水，至少也是寫得太爛了。但是，在某些場景裡，這些塑造情境的文字，最後塑造了某種效果，或是，對話中的訊息與你添加的文字相比，反而比較次要的話，那麼這些說明文字，就有自己的功能，不再是灌水了。

　　有的時候，某個場景的功能就只是把故事往前推進而已。有的時

候，關鍵的場景會醞釀出強烈的戲劇效果。在這樣的例子裡，人物嘴裡
講出了什麼話，還在其次，重要的是：這個場景讓他們在言談間，作出
了怎樣的改變？你在描繪這種場景時，要讓讀者放慢閱讀的速度——就
像先前的那個例子——讓場景進展得稍微慢些，不過千萬不要拖戲，總
不好讓別人覺得你在灌水吧。所以，你一定要讓這些多出來的描述有些
韻味，不是傳遞一種感官上的形象、剖析幾種幽微的心理，就是讓讀者
有些回味的空間。

　　所以，我們也要同步修正規則一，讓它以新的面貌出現，讓各類型
小說作家都能方便遵守。

　　給智者：對話當然可以單獨成立，純粹而簡單。不過，當它不該那
麼純粹跟簡單的時候，它也無須單獨存在。

　　這樣清楚嗎？

38
氣力與活力的動詞

　　我「橘子『裏』醬」（marmaladed）一片麵包，動作有些誇張。我從沒想到，不過是塗點果醬，竟然讓我差點要輕輕唱出「達拉拉」，讓我在這個早晨，有一種季中（mid-season）的感受。天啊，我曾經聽吉福斯説過一次，他説，上帝在他的天堂裡，無意與這個世界爲難。（我記得，他還多加了一句講到雲雀和蝸牛的廢話，但是，這不是重點，無須多費筆墨。）

　　講話的人是年輕紳士，貝爾創‧伍斯特，引用的作品是《僵硬的上唇，吉福斯》（*Stiff Upper Lip, Jeeves*）。作者是博聞強記的伍德浩斯（Pelham Grenville Wodehouse）。伍德浩斯活到九十三歲，發表了跟歲數差不多數量的小説，陸續被改編爲話劇、音樂喜劇、電影劇本、散文與各種類型的文章，而且我非常確定，好些他的作品甚至變身爲早餐穀物盒背後的宣傳詞，或被濃縮成一個塞得進幸運餅乾的短句。他的文字潔淨無瑕、優雅流暢，就像是狄馬喬（DiMaggio）的揮棒，只覺行雲流水，不費半點力氣。

　　儘管我先前讀過他好多書，直到最近，我才發現我要重新打量伍德浩斯。也只有在我這般年歲，才能真正體認到他的功力所在。我怎麼也想不到，一個寫了一百多本書的作家，竟然還能保持如許熱情。這些年來，我讀他的作品，只覺得明白曉暢，了無艱澀，就像是一片無人踐踏的平整草坪。油膏裡唯一的 f（f in ointment，譯註：應該指的是 fly in ointment，美中不足的意思），這位大師可能會這麼寫，就是當你想要模仿

他的筆法，會赫然發現：看來信筆揮灑的文字，竟是如此的深不可測，一般作家根本無可企及。

我岔題了。請把你的注意力收攏回來，回到這篇文章的第一段，最關鍵的字眼，當然是「橘子『裏』醬」這個動詞。

這個字的意思沒有半點含糊。即便最沒概念的讀者也不會弄錯：把橘子果醬塗在麵包上。但是，在我查得到的字典裡，可沒見過橘子果醬這個名詞，竟然還可以當動詞用。這個詞最早是葡萄牙文，後來轉成法文，原意是把水果煮熟之後，浸在糖漿裡的蜜餞果醬，同時也指橘子果醬樹（Lucuma mammosa）的果實，或是樹的本身。

但是，伍德浩斯這麼神來一筆，這個普通的字，立刻傳遞出他的個人風格，吸引了我們的注意力。一般讀者可能會有下面三種感受。第一，如沐春風，但並沒有特別留意「橘子『裏』醬」這個突破傳統的作法。當然，讀者也有可能揚揚眉毛，面帶微笑，肯定作者語言上的想像力，然後，翻開下一頁。

或者，第三，讀者也可能駐足流連一會兒，好好的思考語言的騰挪空間。在伍德浩斯這麼寫之前，我們是不是已經調動了某些字的詞性？舉個例子來說，如果我們在土司麵包上面，抹一層奶油，奶油（butter）這個字不就是把它當成動詞用？如果我們能「奶油」一片麵包，為何我們不能「『裏』醬」一片土司？如果一個人能「油」（oil）某一些物件——引擎、手錶，隨便什麼，為什麼我們不能在加醋之前，「油」一碗沙拉呢？

這種詞性轉換的作法，被伍德浩斯玩得出神入化。貝爾創有時拿點東西往褲子口袋裡塞，他經常說他「褲子」（trouser）了什麼東西。一般來說，沒有人會「褲子」了什麼東西，而是說「袋子」（pocket）了什麼東西，但是，既然可以「袋子」，為何不能「褲子」？可以說一個女士取出打火機，又放回包包裡（purse it）嗎？還是只能噘著小嘴（purse one's lips）呢？

這很好玩吧？我希望伍德浩斯會激起你的興趣，讓你嘗試一下你先

前不會用的表達方法。我從《僵硬的上唇，吉福斯》中挖掘出這個段落來，是有原因的。（其實，我也沒有挖多深，剛剛引用的那一段，就是全書的第一段。）我覺得這個轉變（也許是有點誇大吧），畫龍點睛，整個段落都因此而鮮活、精神了起來。

　　據說，有人——可能就是海明威吧——告訴所有的新進作家，文章寫完之後，重讀一遍，把所有的形容詞、副詞，全部刪掉。如果整篇文章艱澀拗口，到幾乎讀不下去的地步，那麼，你所要表達的深刻意涵，才能被讀者領略。英國文學的生命力——或許是所有文學創作的生命力吧——都在名詞與動詞之間。名詞用來交代那是什麼，動詞則是用來說明出了什麼事。

　　請看下面這個段落：

　　　　派克離開了窗戶的接縫處，在他面前，墜落著稀爛的木頭與粉碎的玻璃。他低著頭，右肩重重著地，翻滾了兩次，好不容易才站了起來。他聽到背後一聲槍響，也不知道子彈是不是朝自己飛來。他趕緊轉到穀倉的角落，正待轉身，一發子彈鑽進他頭頂上的木頭，木屑射在他的臉頰上。

　　　　他倒了下去，幾度翻身，身子挨在穀倉的木板牆上，這時，他已經看不見房子了。他把手伸進外套裡，卻發現槍套是空的。

　　這段寫得不差，仔細看看，還可以說是挺不錯的，兔起鶻落，描繪得十分緊湊、鮮明。但是，比起李查‧史塔克在《酸檸檬的真相》（*The Sour Lemon Score*）的原句，卻還要遜色幾分。李查原來是這麼寫的：

　　　　派克縱身越出窗戶的接縫處，在他面前，散落一片稀爛的木頭與粉碎的玻璃。他一個倒栽蔥，右肩重重著地，身子打了兩個轉，好不容易站起身來，只聽得背後一聲槍響，也不知道子彈是不是朝著自己飛來。他連忙奔到穀倉的角落，正待轉身，一聲巨響擊碎了他頭頂上的木頭，木屑激射而出，他的臉頰一陣刺痛。

　　他順勢倒了下去，幾個翻身，身子抵住穀倉的木板牆上，這時，他已經看不見房子了，順手伸進外套裡，卻只捏到一個空的槍套。

　　注意到差別了沒有？一開頭，「離開」換成了「縱身越出」，小小的改變讓我們很快就會感受到動作的壓迫感。木頭與玻璃的碎片，也不再是「墜落」而是「散落一地」。子彈打進派克腦門上的木頭，我們不但知道有這麼一回事，藉由不同的動詞，我們還聽到，甚至意識到了那種千鈞一髮的危險性。碎屑激射而出，這個動詞具有雙重的意涵：第一，我們確定了當時情況真的緊急；第二，附帶傳達出彷彿有人向派克啐了一口口水的那種不屑。

　　他並沒有停步或是摔倒，而是順勢著地，幾個翻身──動作更多了──最後抵住了穀倉的木板牆。他伸手進入外套，卻捏住了一個空盪盪的槍套。

　　伍德浩斯總是不斷改寫他的作品。他曾經在一封信裡跟朋友說到，他把最近的手稿釘在牆上，逐一挑出不夠鮮活的地方，一直改寫、一直改寫，直到他確定整段行文生氣勃勃為止。他是一個完美主義者，堅持要把吉福斯的每個故事、每一行字都打理得飽含娛樂價值，才肯罷手。

　　李查‧史塔克卻是另外一種典型。剛剛引述的段落，幾乎一揮而就，草稿就是定稿。我也不怎麼改寫，偶爾的修訂大多跟動詞有關。如果句子有問題，通常調動一兩個動詞、讓某些動作更活躍、更精確，或者描述得別緻些，就可以調整過來。

　　回想起我八年級時候的往事，大約也就是我老爸與其他貴族，強迫英國約翰國王簽署大憲章（Magna Carta，譯註：時為西元一二一五年）的同時，我們的英文老師要我們好好琢磨get的同義詞。回想起來，她大概對這個詞有特殊的迷戀吧。不管怎樣，她要我們列出一張長長的清單，看看有沒有別的動詞，可以替換這個字。不管我們怎麼寫，她的評語都是陳腐、不精確、對於母語的戕害。

學得越早，忘得越晚。在一個難得的早晨，我打出這麼一段文字。

I got dressed, got myself downstairs and out of the house, pausing to get the mail out of the mailbox. When I got to the corner I got a paper from the newsdealer, then got a good breakfast at the Red Flame. I got a headache when I got the day's first cigarette going, but I got the waitress to get me a couple of aspirins and that got rid of it. Then I got out of there. On the way out the cashier told me a joke, but I didn't get it.

（我穿好衣服，下了樓，離開住處，在信箱前停了一會兒，取了信。然後走過轉角，向報販子買了份報紙，在紅焰吃了頓豐盛的早餐。在我點燃今天第一根香菸的時候，覺得有些頭疼，喚來女侍，要她給我弄兩片阿斯匹靈，吞了下去。好像效果不錯，然後我準備離開。櫃臺的收銀員跟我講了個笑話，但我沒聽懂。）

要不要練習一下，幫我把這個不朽的段落，重新打理一下？

還是，算了，誰都懶得改。

我並不想讓你有錯誤的印象，以為冷僻，或者華麗的詞藻，要比平平無奇的動詞來得好。你要用哪些字眼，應該怎麼呈現它們，得看你想要達成怎樣的效果。動詞是這樣，別的詞類也是根據這個道理。平淡的動詞有它們的位置。重複也是一樣。有的時候，你或許想這麼寫：

他走過街角，左轉，走過三條街，等紅綠燈，然後又走過兩條街，來到葛林達的公寓。

你想要他走得再悠閒些，或是想讓他大步滑行，都行，你只要用不同的動詞就行了。在一個段落裡，你重複使用三個相同的動詞，等於是強化這個詞的「中立」性質。我們看不到半個副詞去修飾「走過」，想要了解這個場景，我們就得依靠我們對這個角色、他的處境，來判斷這個段落到底想講什麼。

　　他逃避似的轉到街角，一個切入式的急促左轉，瞪著紅綠燈，直到它轉成綠色，然後快速走過兩條街，來到葛林達的公寓。

　　好了一點，還是差一點？答案是一樣的，要看你想達到怎樣的目的。但是，我們可以很篤定的說：這兩個段落的不同之處，在於動詞的用法各異。

　　我在寫小說的時候，非對話的部分，多半來自直覺，寫了就寫了，並未深究。我也不建議你寫幾個「替動詞加點維他命」之類的標語，貼在正對打字機的牆上。想要創立自己的風格，這種小把戲其實幫不上什麼忙。

　　我建議你不妨在閱讀中，好好注意別的作者是怎麼使用動詞的，還有你喜不喜歡他們的技巧。你在他們的作品跟自己的作品裡，置換幾個動詞，研究一下會有什麼影響。如果你想知道大師是怎麼玩弄動詞、如何把不同的元素組成渾然天成的風格，那麼你可以多看看伍德浩斯的作品。

39
如何修飾情緒變化

　　首先，你把故事寫好，海明威應該會這麼說，然後，再把你的作品從頭到尾的看一遍，把所有的形容詞與副詞刪掉。結果呢，你會得到乾淨、純粹、誠實的文字，剝去繁文縟節，只剩下最乾淨的精華，連作者的感受，都被你趕走。

　　我不認為這個建議很爛，至少在它剛出現的時候，美國小說因而重獲新生，出現了一種乾淨、純粹、誠實的文體。至今，我還可以看到許多作者遵循著海明威的指示，拿起一支藍色的鉛筆，把下面這段文字，處理得凝鍊清爽：

　　　　這個高大醜陋的婦人，有些遲疑的走上一條蜿蜒的小路。這條小路的兩旁是栽種得整齊的樹木，曲曲折折通向一個裝著綠色百葉窗、一條龍似的白色舊莊園。她布滿青筋、終年為風濕所苦的老邁雙手，握住一個銀頭柺杖，銅打的杖尖，顫顫微微的戳在不肯屈服的土地上，支撐她跨出艱難的一步又一步……

　　夠累贅了吧？修飾語鋪天蓋地，讀了半天，不就是個老婦人往一間房子走去嗎？要不要把一些繁複的修飾拿掉，讓這個段落簡單點呢？

　　　　這婦人沿著小徑，朝著那棟舊莊園走去。她的手裡握著一支柺杖，每踏出一步，柺杖的銅尖，總是顫顫微微的戳在地上。

　　這當然是簡單多了，把那些拉拉雜雜的修飾語刪掉之後，節奏感也跟著出來了。但是，我們不能妄下斷語，認定文字的好壞跟其中包含的

修飾語成反比，所以，最好在我們的專業語彙中，把形容詞或副詞趕盡殺絕。跟第一個例子相比，經過修剪之後的第二段引文，是簡單些、讀起來要快捷些沒錯，但卻有個嚴重的缺點：它描繪出的景象，可比第一段要簡陋得多。

讀完那個修剪過的版本，我們就不知道那婦人是老是少、是高是矮、是神采奕奕，還是有氣沒力。我們也不知道她走的小徑上有何風光，又是通到一間怎樣的房子。我們的確可以從某些名詞與動詞中，得到某些線索。如果作者沒有註明是舊的莊園，只說是棟房子；如果沒強調她是握著枴杖，只說拿著；沒描述枴杖的銅尖戳在地上，只隱約說觸碰，那我們能掌握的訊息，就更少了。文章中的某些細節，終究必須倚賴形容詞與副詞，才能精確傳達。

所以，這裡有個平衡的問題。如果我們用盡了修飾語，把所有的事物都描繪得一清二楚，那麼我們的行文肯定拖泥帶水，單單那個老婦人要走進屋裡，想必就要寫上個好幾頁的篇幅。但是，如果我們把所有的修飾語全部刪光，那麼讀者又未必知道到底發生了什麼事情。

怎麼書寫，並無定論，運用巧妙，存乎一心，上面引用的那個小段落，當然也不例外。作者得拿定主意。一般來說，決定多半靠直覺，不費功夫。小說書寫，比較像畫畫，而不是拍照。我們不能把相機對著什麼地方，快門一閃，就把鏡頭裡面的景物，全部收錄下來；作家比較像是畫家，只選擇某些部分，精心描繪，其他的地方則是刻意留白。

> 那婦人有些猶豫的踏在小徑上，朝有著綠色百葉窗的舊式莊園走去……

這種寫法顯然是強調婦人的步履與屋子的綠色百葉窗。如果你們是我班上的學生，我會要求你們重寫這個段落，自己試著塑造不同的情境。（不管你是不是在我班上，你都可以自己試試看）現在，我們先來看另外一個例子。

　　這頭剝了皮、砍下頭的巨鯨白色身軀，像是一座大理石聖墓，儘管色澤變幻，卻始終不曾喪失巨大的厚實感。牠慢慢的漂走，身體劈開了海浪，滅出一圈鯊魚，更惱人的是天空中滿是貪婪的海鳥，迴盪著牠們的尖叫。牠們的尖喙像是一把把匕首，直往鯨魚身體上招呼。這個巨大的無頭幽靈，離船越來越遠，每漂開一竿（rod，譯註：相當於五點零三公尺），就引來好幾個路得（roods，譯註：英國面積單位，相當於一千多平方公尺）面積的鯊魚和好幾個路得面積的海鳥，把前景遮得更加陰暗。船隻靜靜的停泊了好幾個小時，眼前始終是這幅景象。在天空下面，在平靜的海面上面，不時吹起微風，這個巨大的死亡，就這麼越漂越遠，直到消失在眾人的視線之外。

這段落當然是來自赫曼・梅爾維爾的《白鯨記》，跟原文略有出入，有點像是作者重新審了一遍稿子，把所有的修飾語刪去的後果。梅爾維爾在這裡使用了大量的形容詞。剛剛我們看過刪節版，現在再來看完整版：

　　這頭剝了皮、砍下頭的巨鯨白色身軀，在光線下閃爍不定，像是一座大理石聖墓，儘管色澤變幻，卻始終不曾喪失巨大的厚實感，依舊龐大得難以逼視。牠慢慢的漂走，身體劈開了海浪，滅出一圈窮凶極「餓」的鯊魚，更惱人的是天空中滿是貪婪的海鳥，迴盪著牠們的淒厲尖叫。牠們的尖喙像一把把很是不屑的匕首，直往鯨魚身體上招呼。這個巨大的無頭幽靈，離船越來越遠，每漂開一竿就引來好幾個路得面積的鯊魚和好幾個路得面積的海鳥，把幽暗的天色遮得殺氣騰騰。船隻靜靜的停泊了好幾個小時，眼前始終是這幅恐怖的情景。在萬里無雲的蔚藍天空下面，在愉悅平靜的大海上面，不時吹起讓人心曠神怡的微風，這個巨大的死亡，就這麼越漂越遠，直到它消失在眾人的視線之外。

　　形容詞顯然把生命——或死亡，可能會有人這麼說——帶了進來。梅爾維爾的句子，讓這幅景象逼眞得浮現眼前——「剝了皮的白色身軀」、「貪婪海鳥的淒厲尖叫」、「巨大的無頭幽靈」在「殺氣騰騰的幽暗中，越漂越遠」。但是，突然之間，作者把我們的注意力轉到了「萬里無雲的蔚藍天空」、「愉悅平靜的海面」與「心曠神怡的微風」，對比的效果格外驚人。梅爾維爾靠著形容詞的選擇——我必須假設他是有所寄託的——刻意強化了溫和、正面、肯定生命的一面，因此與先前的死亡憂鬱，拉出了強烈反差。只是，這些形容詞溫和得有些溫呑，毫無想像力，這又是怎麼一回事？「愉悅平靜的海面」？「心曠神怡的微風」？「萬里無雲的天空」？要不是落在這個段落裡，這些形容詞實在上不了檯面。

　　我們可以自行推敲梅爾維爾爲什麼要在段落的最後，留下這麼幾句。也許他想要用平凡的人生去對比如此強大的毀滅力量。也許他想要在死亡面前，展現生命的進行式。也許，跟許多作家一樣，他在腦子裡沒那麼多盤算，只是覺得這麼一路寫下來，自然可以傳達出某種意涵。

　　《白鯨記》的這個段落，很值得深究，主要的原因是：作者運用了好幾種不同層次的修飾語。「剝了皮」、「砍下頭」的「白色身軀」——是一組躍然紙上的形容詞，但是，作者卻沒有告訴讀者他的感受，或者建議讀者應該怎麼感受。作者告訴我們，船隻「靜靜的停泊」、鯨魚身軀「慢慢的漂開」、天空「萬里無雲」。

　　第二組形容詞，雖說大致上還符合事實，卻開始引導我們的觀感。沒錯，鯊魚的確是「窮凶極『餓』」的、「貪婪的」飛鳥叫聲很「淒厲」，這頭死亡的鯨魚身軀是「巨大」的（譯註：梅爾維爾的原文用的字是colossal，源於Colossus，原指七大世界奇景之一的阿波羅巨像，位於土耳其的羅得港前）。我們對鳥叫的感受、對於海洋清道夫的胃口以及鯨魚的大小，當然會受到這些修飾語的影響。

　　還有些形容詞就更主觀了。「殺氣騰騰」到底有多「幽暗」呢？而且這個詞也跟正在發生的事情不合——鯨魚已經死了，海鳥與鯊魚的掠

食，怎麼能用「殺氣」呢？「恐怖的情景」很像是作者下的定論。最後，「愉悅」、「心曠神怡」之類的形容詞，幾乎都是主觀的描述，並沒有告訴我們海洋與海風實際的情形，反而約束了我們的想像力，左右了我們的認知。

就一般原則而言，我相信作者最好多用說明性的形容詞與副詞，盡量避免使用那種控制讀者反應的修飾語。後者，無助於我們描繪的景象與鮮活的程度，只是多了一堆贅詞，把作者的認知，硬生生的擠進文字與讀者之間。

> 她是個很漂亮的女孩，笑起來很可愛，溫暖的眼睛中，閃出敏銳的光芒。她的身材很勻稱，服裝很吸引人。

這幾句話沒什麼精采的地方，卻也沒犯什麼大錯，只可惜每個形容詞都空空洞洞的。如果作者從頭到尾都是這種筆法，整篇文章讀來一定死氣沉沉。因為在作者用了這麼多的形容詞之後，對於這個女孩，我們也沒多了解多少。我們知道某個不知名的人對她的描述，但我們不知道她長什麼樣子，也沒告訴我們任何理由，讓我們相信她很漂亮、她的服裝有多吸引人、笑容有多可愛、眼睛有多溫暖。

同樣的兩個句子，用第一人稱來寫，可能沒那麼惹人討厭，因為在這種寫法裡，所有的事情都必須透過敘述者的過濾，他對某種現象有什麼反應，自然沒什麼好爭辯的。即便是這樣，這批修飾語的運用，還是不好，因為它們的描述性太弱，而判斷性又太強。

具有判斷性的形容詞，使用起來很方便。懶惰的作者，在詞窮之際，湊幾個這樣的形容詞，可以省卻不少力氣，迅速的掌握讀者的認知，不必絞盡腦汁去描繪細節，只消匆匆數筆，交代得過去也就行了。比如說，有個小混混扛個震耳欲聾的音響，呼嘯而過，你只形容他「目中無人」、「行徑惡劣」，而不去描繪音量有幾個分貝，放的是什麼音樂，那麼你就是懶病犯了。

當然，原則是原則，到頭還是要看你怎麼靈活運用，我在這裡也沒

法舉出什麼必勝公式。形容詞不分好壞──好的形容詞、壞的形容詞，都有它們的用途。我也不希望你在寫作的時候，把這些教條一直放在心上。等你寫完，重看一遍的時候，再來審視你用的修飾語或形容詞、評判它們是不是恰如其分，也還來得及。作品裡的形容詞應該再空泛一點，還是再具體一點？應該多點描述性，還是多點評斷力？你是不是在試圖控制讀者的認知？你的目標是多展現、少廢話嗎？你是不是用太多的形容詞跟副詞了？還是你太捨不得用修飾語，於是文章有點不知所云，根本沒法控制它的方向？到那時候再傷腦筋吧。

祝你一路平安。我正在不時吹起微風的愉悅海面上，越漂越遠，逐漸消失在眾人的視線之外。

40

閉著眼睛寫作

寫作太難了，我必須閉上眼睛。

我吸住你的注意力了吧？讓我解釋一下。作為一個作家，我收穫最豐富的時候，多半坐在打字機前，手指靜靜的放在鍵盤上，閉目沉思。我因此可以仔細觀賞心中描繪出的圖像。待我端詳清楚、經歷透徹，張開眼睛，就簡單得多了。我開始打字，把感受轉換成散文與對話。

打個比方，我要寫一個配角的住處，這地方在小說中初次登場。我多半會坐在打字機前，閉上眼睛，讓這個場景浮現在我的腦海裡。我眼前的景象，可能是我到過的某個房間，也可能全然出自想像。但多半的時候，是不同元素的組合：我親眼看過的房間、讀到的描述以及我在戲劇、電影裡、對話中，東一點、西一點形成的印象。

你想到蘋果的時候，腦海裡會浮現什麼？應該不是特定的蘋果吧。你可能會看到上千種的蘋果，從麥金塔到塞尚（Paul Cezanne），每一顆蘋果都長得不大一樣，也不是逐一出場，讓你有機會可以慢慢打量。在你聽到「蘋果」這個詞的時候，你曾經見過的、聞過的、拿在手裡過的、大口咯吱咯吱咬過的，所有蘋果，紛至沓來，最後才會綜合成「一個」蘋果的影像。

現在讓我們先回到想像中的那間屋子。我要從門口打量一下，就像是我的人物站在玄關附近，第一次仔細觀察他住的地方。我會格外留意裡面的家具。有張床，當然，有衣櫃嗎？有椅子嗎？長什麼樣子？腳底下是地毯，還是合成地板？上面是什麼花樣呢？

牆上掛著畫嗎？日曆，也許？床鋪整理好了嗎？房間本身──是收

拾得很整潔，還是亂七八糟的呢？裡面可有窗戶？用窗簾、百葉窗，還是別的什麼遮住窗戶？

　　房間有多大？是不是一張床就佔去絕大部分的空間？有多少地方可以讓人活動？

　　答案取決於下面兩點：第一，故事要求作者要描述到怎樣的程度；第二，作者的想像力究竟能提供多少素材。換句話說：這房間裡面該有些什麼，跟你把這個住在裡面的人寫成什麼樣子有關，也跟他的個性跟他當下的處境有關。你要在這個場景裡，出現怎樣的動作，當然也是決定的要素之一。如果你要讓某人在衣櫥裡找到什麼東西，那你當然得在屋裡安排個衣櫥。但是，屋裡其他的物事——像是花邊地板燈、一個封住又上過漆的火爐——跟故事情節與角色塑造沒有關係，就只是場景中的尋常陳設而已。

　　其實，在我提到這個地方，或是描述這個場景的時候，我可能根本不會寫到這些勞什子。

　　這是重點。視覺化的過程並不是要作者把腦海裡浮現的東西，一古腦的倒給讀者。這絕非視覺化的初衷。視覺化對我來說，最有價值的部分是讓我有機會經歷心中浮現的影像——讓我神遊那個房間，或是揣摩手上的蘋果，最後的目的是根據我的需要，把我體驗到的經驗，化作小說的一部分。

　　這是什麼意思？我可以舉個例子給你。接下來的這一段，摘自我的一本小說，描述某個角色因為心臟病，撒手人寰。

> 　　他回到自己的家，在例行的時刻，跟他的太太一起吃了晚餐。他幫她把碗盤放進了洗碗機，兩人坐回客廳，看報紙。他先看《時報》，她太太看的是《水牛城新聞》，看得差不多了，兩人交換了手上的報紙。她津津有味的看著克里夫・伯恩斯為一齣新編英文話劇撰寫的劇評，這時，他說，「賽兒？」
>
> 　　她放下報紙。他的臉有些扭曲，神情有些困惑。

「我覺得不舒服。」他說。

「怎麼啦？」她馬上站起身來。「我打電話給艾爾夫‧沙克。」

「可能也沒什麼吧。」他說。然後，他靠回椅背，就這麼死了。她目睹了這一幕，馬上就知道出了什麼事情。他人在這裡，命卻沒了。他走了。

我特別摘錄了這一段，是因為我記得在寫這個場景的時候，腦海裡到底浮現了什麼。我對兩人坐著讀報的客廳，印象特別深刻。我看見了兩人坐的椅子，知道他們之間的距離。我感受到屋裡的氣氛：總算洗完了碗盤，可以坐下來，輕鬆的看看報紙。兩人眼裡的對方，是什麼模樣，我也端詳得一清二楚。在這個場景舒展開來的時候，我是很有感覺的。

但我不用把這個場景描寫得鉅細靡遺。場景出現的時間很短，輕描淡寫幾筆，似乎也就夠了。在我下筆前，我把整個場景掌握得很仔細，但是，我卻直覺的選擇了某些字眼、放棄了某些描述，容納了某些觀察，扔掉了一些我認為不重要的細節。我經歷了這個場景，自然有辦法把這個地方描繪得跟真的一樣；沒有讀者會跟我想出同樣一個房間，但其實，這也不是什麼重點。

有點難解釋，就像禪宗那些「不可說」的道理一樣。我想，這道理跟演員從過去生活中的吉光片羽中，抽離出他們想要的元素，再拼湊回去，灌注在角色身上，完成他們的表演，是同樣的道理。

也許我給你一個練習的機會，你會比較清楚知道我在說什麼。

現在就來試試看。讓你自己坐得舒服些，閉上眼睛。想像一個水果——我們先前提到的蘋果，你想換點別的也成。看仔細、體驗一下。感受它的立體感。注意它的顏色。估量它佔了多少空間。想像你把它握在手裡，掂掂它的重量。它的體積大概多少？又有多重呢？

它握在你的手上是什麼感覺？溫度如何？

它摸起來是濕是乾？是粗是細？

現在你把它拿近臉龐一些。聞一聞。你聞到它的味道了嗎？用你的大姆指尖摳一下，再聞一次，汁液的味道，是不是散布到空氣中了？

再想像一下，你把皮削掉了，或是把它切成塊狀，試試水果的味道。快啊——咀嚼、吞下去，嚐嚐看。想像一下你會怎麼吃它？

你可能會注意到，做這個練習的時候，水果的模樣與感受，每次都會有些不同。某些元素，像是顏色、重量、氣味，有時鮮明，有時黯淡。沒關係。視覺化的過程，本來就是飄忽不定的，我們召喚出的景象，當然也會自行調整。

如果你經常練習，對你的寫作會很有幫助。視覺化的能力越練越犀利。想膩了水果，你琢磨點別的也成。現在就換換胃口吧。你不妨回想過去實際發生過的事情，盡可能的在你腦海中重建一次，越縝密越好。在做這種練習的時候，你可能會發現線性記憶（linear memory）還沒感官記憶（sensory memory）來得好用。換句話說，你不要把心思花在當時到底發生了什麼事情，而要把注意力集中在看到的、聽到的、嚐到的、聞到的感覺。你當時有什麼感受？是怎樣的經驗？

這種練習隨時隨地都可以進行，很方便。還有一種練習，用途就比較明確了。在你還沒開始每天的寫作之前，你坐下來，手放在打字機上，閉著眼睛，盤算一下你今天要寫的東西，就跟我們開場的討論一樣，馳騁一下想像，其實是很好的暖身。

也許我該強調一下，我也不是每次都把腦海中的情景，設想得百分之百周全。有的時候，我想得很清楚，場景活生生的從我腦海裡跳出來。也有的時候，場景的周邊不免含糊，每次都略有差異，就像你不可能老是想出同樣的蘋果一樣。還有的時候，我在心裡描繪的場景，像是繪畫而非攝影，某些細節著意強調，有的地方卻是寥寥數筆。我發現，在下筆前，構想得越周延、揣摩得越道地，寫作就越輕鬆、成果就越讓人滿意。

在劇場裡，有一派的說法是這樣的：場景建構要越仔細越好，即便

是觀眾看不到的細節，也不能半點馬虎。如果在舞台上會出現一張桌子，那麼抽屜裡面該有些什麼東西，就一樣都不能少，即便是這個抽屜從頭到尾都不會打開也一樣。

講究到這般地步的舞台設計師，應該沒剩幾個了。連不會打開的抽屜裡，都要放進些文具用品，是誇張了點，但原則倒是不錯的。視覺化在打字機前行得通，基本的道理就在這裡。

請千萬不要忘記：如果讀者不肯放棄對小說的質疑，故事就講不下去了。讀者明明知道這故事是編出來的，但他寧可放棄這個想法，他繼續看小說，等於是選擇相信。

作者是不是該先放棄心中的質疑呢？他比任何人都確定，筆下的小說純屬虛構——因為他就是編故事的人。他在視覺化之初能見到多少景物，為別人把故事寫在紙上之前，他能神遊領略到怎樣的地步，在創作時，他就能得到多少作品所需的真實。所以作者要先放下自己的包袱，讀者才比較容易相信你筆下的故事。

我希望這個方法，還算簡單，不至於把你搞得暈頭轉向。如今，我能給你的建議就是再把上文讀一遍，自己試試看。先看見，再寫作。有效。

41

哼幾個小節……我來假裝給你看

惱火的鄰居：你知道你殺貓似的鋼琴聲，快把我逼瘋了嗎？

鋼琴家：不知道，你哼個幾小節，我來假裝（fake it，譯註：
fake有即席演奏的意思，但一般的解釋是「假裝」）給你看。

我跟一個朋友提到這一章的內容，她很是不屑，用極具道德性的口
吻批評我。「教作家怎麼撒謊，」她說，「等於是教小朋友去偷東西。
你應該覺得丟臉。」

我真的應該為自己的所作所為覺得丟臉，我經常覺得不好意思，但
這一次，我問心無愧。撒謊，是小說的心臟與靈魂。不管長篇還是短篇
小說，都是一連串的謊言。

除非你寫的小說，是一部百分之百忠於事實的自傳，否則的話，你
會發現你總是在黑著心思，描繪海市蜃樓，詐騙讀者。為了要讓讀者卸
下心防，你必須要很清楚的讓他們知道：你比實際上更博學多聞一點。
如果你的故事發生在遙遠的異國，你一定要讀者以為，你護照上的出入
境章，蓋得比郵局蓋的郵戳還要多。如果關鍵人物是汽車機械工，他至
少要分得出來凸輪軸跟車蓋裝飾的不同吧？萬一讀者一眼就看穿你的外
行話，可信度就會跟著大打折扣；他會覺得這故事是你編的，壓根沒這
回事——小說的生命力與現實感也就跟著斷送了。

如果你只寫你知道的事情，當然下筆不虛，深得箇中滋味。但是
呢，你很難要求腦海裡的情節，一定要發生在自己的老家，故事主角非
得是你的朋友或鄰居不可。萬一筆觸跨出你的生活領域，那麼你只好做

點研究，加點自己編出的騙局了。

現在可以讓我哼幾個小節嗎？

1. 偽造地點。我曾經寫過一個詐騙小說，地點是加拿大的多倫多、奧爾良（Olean）跟紐約。我那時住在水牛城，爲了寫這本小說，還特別跑到多倫多待了兩天，又跑去奧爾良混了一天，一條街一條街、一家餐廳一家餐廳的逛，記下它們的名字，順便做點研究。其實還滿好玩的。我那時很年輕，覺得作家是一個很專業的行當，必須用很嚴肅的態度面對。

兩年之後，我開始寫一個繞著地球跑的間諜小說，我開始覺得即便把主角送去南斯拉夫，我也不見得非要到那裡去考察一次不可。既然我未必要去貝爾格勒，那我又何必去奧爾良呢？你眞的該去的地方，應該是圖書館吧。

旅遊指南是很容易想到的參考資料。通常在電話公司就弄得到的電話簿，裡面經常附有城市簡圖。黃頁（Yellow Page）裡面的旅館、餐廳、地標，也可以讓你在寫你沒去過的地方時，增添點風味。

我發現小說也有類似的功能。在大洪水毀掉我的圖書館前，我買的每一本書，都收得好端端的。如果我想在書裡，加點特殊的地方色彩，我總能找到相關的書籍，協助我創造適當的場景。

有的時候，你乾脆靠唬濫，也可以殺出一條血路，有效、簡單，省卻研究的煩惱。舉個例子：幾年前，我寫了一本小說，精神上，取材自史塔偉澤（Charles Starkweather，譯註：一九三八年到一九五九年，史塔偉澤夥同他未成年的女友，沿著內布拉斯加州與懷俄明州的公路，展開連環屠殺，十一人死亡）中西部殺人事件。我決定把場景建構在內布拉斯加州，但不想胡亂起個名字，虛構一個小鎮。最後，我挑上了大島（Grand Island，譯註：在內布拉斯加州的中部），一個我從來沒有去過的城市。我對這地方的知識僅限於《大英百科全書》上面的那幾行字，有限得可憐。

我編造了街名、鄰里、商店，一切都是我憑空創造出來的。我根本不擔心眞正的大島長什麼樣子，因爲在這本小說裡，那地方的細節並不

重要。一千個讀者裡面也不見得有一個人知道，那裡根本沒有一家叫做克萊漢斯的男性服飾店，就算是他知道，他也會以為我是為了避免日後衍生法律糾紛，刻意改了個名字。

2. 偽造專業。柏尼・羅登拔是一個天賦異秉的小偷，光靠一根髮夾，就可以進出諾克斯堡（Fort Knox，譯註：*在緬因州，美國有半數黃金藏在這裡*），如入無人之境。在他登場亮相之後，不知道有多少人滿臉狐疑的問我，我怎麼會知道這麼多幹小偷的竅門？

我告訴他們，很誠實的告訴他們，我兩年前就開始研究這個行當了，態度很認真，簡直把偷竊當作我的副業在學習。（這對作家來說很自然的——我們的工作跟別人沒什麼牽扯，時間全由自己支配。）我還沒跟他們說，柏尼對於行竊，可比我內行得多呢。打個比方，他曾經談到拉伯森鎖的特點，頭頭是道，充分展現了他的見識。其實在現實生活中，根本沒有這個牌子，我是看到阿奇・古得文（Archie Goodwin）在尼洛・伍爾夫（Nero Wolfe，譯註：*這兩個人是推理小說作家雷克斯・史陶特〔Rex Stout〕筆下的人物，阿奇是私家偵探伍爾夫的助手*）系列小說中，稱讚過這個牌子的鎖有多好用，靈機一動，就把這個名字借過來用了。

3 放輕鬆。你越賣弄你蒐集到的資訊，讀者就越容易偵測到你的心虛，看穿你根本是隻死鴨子，只有嘴硬而已。

我自己也有這種傾向，越是我不熟悉的領域，我就越愛寫得鉅細靡遺，這是一種過度補償的心理。為了掩飾我對那個地方的一無所知，我經常會把指南上的每個細節，扔在讀者面前。遇到這種狀況呢，主角即便是過一座橋，我也會安排他唸唸基石上的銘文，發思古幽情一番，然後，再研究一下當時那地方的首長叫什麼名字，硬把他扯出來過個場。如果主角要在我沒去過的城裡開車晃盪，我一定會找出地圖，每個左轉、右轉，都如實向讀者報告。

我得不斷的提醒我自己，我的工作並不是告訴讀者，我這輩子都住在南達科達州的沃爾（Wall, South Dakota）——或是什麼別的城市。所以，我強迫自己接受一個簡單的測驗：如果這地方我很熟悉，我會寫這

麼多垃圾嗎？如果我寫的是我的社區，我會把那些有的沒的包進來嗎？如果不會，那麼我就是太刻意了。

4. 小心「慕雷達」（muletas）利刃割喉。 好些年前，我寫了一個短篇，講一個鬥牛士，用「慕雷達」把一個新手的喉嚨刺穿的故事。過了一陣子，我才知道這是個大笑話，因為「慕雷達」其實是鬥弄公牛的紅布，並不是殺牛的劍。這事我沒理由不知道。幸好這篇故事寫得不怎麼樣，也沒登出來，但這不該是藉口。

5. 注意細節。 弄錯了「慕雷達」，會重創故事的可信度，倒過來說，把細節處理好，讓整本書看起來說不定會更逼真。

在《譚納的十二體操金釵》中，我給一個拉脫維亞的孩子，上了簡單的拉脫維亞會話課，寫下了下面的段落：

> 「Runatsi latviski，」我說。「意思是你將會講拉脫維亞語。」我抓著她的手。「你發現字彙如何轉變了嗎？Zale ir zalja——草是綠的。Te ir Tēvs——這是父親。Tēvs ir virs——父親是男人。Mate ir plavā——母親在草坪上。」
>
> 「Mate ir plavā zalja。」米娜說。意思是母親在綠色的草坪上，這也表示米娜已經掌握要訣了……

這段囉里巴唆的句子，是我從一本叫做《拉脫維亞話自學手冊》（*Teach yourself Latvian*）中生吞活剝出來的。除了我以外，說真的，我還想不出來誰會去買這種書來看。我因此跟好些拉脫維亞裔美國人交上了朋友，與他們廝混的時間，遠遠超過研究所需。兩年之後，我還跟一個在里嘉（Riga，拉脫維亞的海港，在波羅的海邊）出生的女子交往，《譚納的十二體操金釵》這本書讓我很討她父母的歡喜。

世事難料，是吧？只要把某些細節弄對了，讀者就會相信你寫的故事是真的。

有的時候，偽造一點小東西，也會有相同的效果。在譚納的另外一次冒險中，我安排他去了趟曼谷。我在看校對稿的時候，赫然發現了有

個中情局幹員指著「附近的小店──旅行社、土波店（tobbo shop）、酒吧、餐廳……」

問題是：什麼是土波店？

我查了一下原稿，我寫的是「煙草店」（tobacco shop），也不知道哪個創意排字工人，把「煙草店」排成了這個怪字。我當場認定「土波店」很適合當作中情局開設的聯絡站，滿有當地色彩的。好啊，「土波店」，有何不可？

我覺得就這樣吧。

我現在就等著看，有沒有人會在他的小說裡，引用這段典故，描繪一家惡名昭彰的暹邏土波店。

你說呢？如果越來越多的人用「土波店」這個詞，總有一天，在曼谷街頭，就會開上這麼一家「土波店」。人生是模仿藝術的，不是嗎？

42

角色塑造

　　我剛讀完一本英文推理小說，故事背景設定在上個世紀之交的巴黎。作者對於巴黎的歷史，顯然瞭若指掌，在書中，也賣弄了不少。情節嘛，說不上多引人入勝，但還算是恰如其分。寫作，偶有累贅笨拙之處，但也不至於讀不下去。讓我始終不能融入情節的主要關鍵，是我沒法認同書中的角色，欠缺生命的火花，偵探、刑警，怎麼看都是假假的。

　　我在這個專欄裡、在別的場合上，都一再強調角色塑造的重要性。小說要寫得精采，角色一定要能達到三個要求：一要有可信度、二要引人同情、三要具有原創性。

　　如果角色沒有可信度，讀者就沒有辦法放下心中的懷疑，看小說，始終提著戒心，當然很難讀到忘我的境界。「哪個警察會這樣？」讀者會懷疑，「幹到那樣的職位了，又是那種個性，怎麼可能會做那種事？所以嘛，我老是覺得在看書、老是看到一個人坐在書桌前面，揮汗如雨編故事。如果腦子裡都在想這些，我要怎麼去關心接下來會發生什麼事情？」

　　如果角色讓讀者無動於衷，他會因為不同的理由，喪失興趣。相信故事情節、同情角色的遭遇，是讀者花時間看小說的主要原因，如果他們對角色沒什麼感覺，要他們耐著性子讀下去的機率，就會直線下滑。不是說角色一定得塑造成正經八百的大好人，才會引人同情。那種天地完人的架勢，欠缺人性，反而容易讓讀者退避三舍。帶點流氓氣的壞胚子，說不定也很討喜，讀者可能會因為他很親切，而產生認同感：「如

果我是那種人，」他可能會這麼想，「我也會那麼做。如果我是幹這行的，大概也是這副德行。」

如果角色缺乏原創性，那麼讀者的信賴度與認同感，自然也會大打折扣。寫了半天，主角行屍走肉，活脫脫是一個套著西裝的軀殼，我們當然會覺得這傢伙只是作者發明出來的機械裝置而已。打個比方來說，這傢伙面目模糊，邊緣剪裁得參差不齊，那怎麼會有什麼活力與生氣？如果他只是一個會呼吸的活死人，試問：你要讀者從何關心起呢？

常常有作者誤以為貼上幾個標籤，人物就有原創性了，就是角色塑造了。「我要開始寫一個偵探小說系列，」一個胸懷大志的新銳作家，前兩天興沖沖的跟我說，「我想到一個非常具有創意的主角。他呢，每天一定要過了中午才起床，有個每天都得穿一件紅襯衫的規矩，只喝加了冰塊的白薄荷甜酒。他養了一隻叫比西的恆河猴與一隻叫做山姆的鸚鵡。你覺得怎麼樣？」

我覺得他講的根本不是一個人，而是一大堆性格的標籤。角色要成功，跟貼幾個這樣的標籤，或是把這些標籤一古腦的全貼上去，不見得有什麼關係。事實上，我在寫上面這個段落的時候，不禁想起大衛·亞歷山大（David Alexander）在生前塑造的偵探角色。這個人就住在四十二街跳蚤馬戲團的樓上，穿件俗氣刺眼的背心、只喝愛爾蘭威士忌，四點鐘前，絕對不允許自己喝一滴酒；但是四點鐘過後，絕不拒絕送上來的任何一杯酒。這個角色之所以深入人心，並不是因為他有這些怪癖，而是這些怪癖烘托出的性格。這個角色怎麼看世界、怎麼行事、如何反應，恐怕要比他早餐吃什麼，要來得重要得多。

在我的創作生涯中，我認為塑造這種「觀點人物」（viewpoint character），最有效的方式，就是反映我自己的某些特點。我可不是說：他脫胎於我自己，或是我跟他們擁有相同的觀點、態度、行為模式。也許我應該這樣說，你比較容易理解：如果我是他的話，在相同的狀況下，我會跟他有一樣的反應。再補充一點：他們的個性與環境，有可能是從我的個性與環境延伸出來的。

也許我應該用馬修・史卡德這個角色，來說明我的論點。七〇年代中期，我用史卡德當主角，寫了三本長篇、兩個短篇，冷凍他幾年之後，我在前一陣子，又寫完這個系列最新的一本。坦白說，我提筆再寫這個人物，內心頗有些忐忑。在這幾個紛紛擾擾的年頭裡，我變了不少，不確定還能不能用史卡德的眼光看這個世界，再用他的聲音說出來。

讓我很高興的是：再度接觸這個角色，半點不費功夫，就像是很久沒游泳了、沒騎腳踏車了，只消一點時間熟悉一下，過去的感覺又回來了一樣。這當然不是說，我剛剛寫完的小說，精采得不得了；更不是說，現在的史卡德，跟五六年前一樣，是個多了不得的角色，而只是說明了史卡德是怎樣的人以及他對我的重要性。我很清楚的知道他是個有血有肉、很能勾起人們同情的原創人物。我跟他的交情不只是知道他的衣櫥裡面有些什麼、他的行事風格如何。我不單相信他，更關心他——於是，我可以寫他。

史卡德是一個說明角色塑造的好例子，早在記下他的冒險經歷之前，我就已經跟他很熟了。通常，我的角色是在動筆之後，才逐頁開展出來的。史卡德雖然也在字裡行間成長、演進，但是，在我還沒打出半個字之前，史卡德其實就已經發展得很成熟，鬚眉畢呈了。

我跟戴爾出版集團的比爾・葛羅斯（Bill Grose）談過一次，想找個角色，發展出一系列的偵探故事。在讀完李奧納多・薛克特（Leonard Shecter）的《論收賄》（*On the Pad*）之後，有個點子冒了出來。我想寫一個想收紅包的警察，在索賄過程中，意外偵破一宗殺人案。我喜歡這個概念，但是，有件事情很明白：我實在不想把主角設定為警察局裡面的官僚。我的偵探，要獨來獨往，自行其是。

所以史卡德只能是退休警察，身分還得是私家偵探。但是，他的生活是什麼樣子呢？他為什麼要離開警察局呢？

自然而然的，我把我的一些生活元素，借給了史卡德。我最近離開了我的妻小，從近郊的紐澤西搬到紐約曼哈頓。我於是安排讓史卡德在

離開警局之後，婚姻無以爲繼，只得從長島搬進市中心。我還滿喜歡我住家附近，於是決定用這裡作爲故事的背景，我讓史卡德搬到我那個區塊，第八與第九大道之間的西五十七街。我租了一間公寓，但是，我覺得史卡德那種人應該住旅館，二話不說，就幫他訂了一間。

但是，他爲什麼要離開警局呢？因爲一宗醜聞，我想，然後放棄了這個想法。我希望他留下一道比較個人、比較隱私的疤痕，要他在眼神中比一般人出現更多的罪惡感。於是，我讓他在下班的時候，在酒吧喝酒，想阻止一宗挾持案件，開了槍，流彈卻誤傷一個小朋友。從此之後，他能夠原諒諸般惡行，卻始終沒法原諒自己。

這個想法是打哪來的？我現在沒法告訴你，但是，我很清楚的把自己的某一部分，投射進這個角色了。我匆匆忙忙的結束一段十幾年的婚姻。我相信，根據我職業的直覺，我這樣做是對的。我當然沒有誤傷小孩，不過，我卻拋棄了三個兒女，我跟史卡德同樣愧疚，同樣沒法原諒我自己。

我還讓史卡德養成一個奇怪的習慣——到教堂去坐一會兒。他不信神、不是去參加儀式，在搬到曼哈頓之後，史卡德總喜歡在教堂裡尋求片刻的寧靜與和平。史卡德的這種行爲模式，其實是我最近養成的習慣。紐約這般喧囂，教堂安安靜靜的，正好讓你坐下來，澄清心思，想點事情。在我造訪教堂之際，可能有些我不自覺的精神探索吧，史卡德的情況想來跟我差不多。但是，在我筆下，史卡德進教堂的規矩，比我的隨性所至，要嚴格許多。進了教堂，史卡德一定會爲死者點一根蠟燭，其中永遠包括了那個死於流彈的無辜女孩。

除此之外，我還讓他捐出十分之一的所得，給他隨意造訪的教堂。史卡德這種習慣，可能是因爲他覺得教堂會善用這筆捐款，也可能是因爲他覺得這麼做很合理，不過，最可能的還是他做了就做了，沒什麼道理。我在他的性格說明項下，寫了這麼一段話：「他經常做一些自己也不明白的事情。」我不曾把收入的十分之一捐給教堂，想來以後也不會，但我也經常做一些「自己也不明白的事情」。時至如今，毛病沒

改。

　　史卡德既然已經搬到我家附近了，我就讓他到我打發時間的酒吧去廝混。那時候，我整天喝得醉醺醺的，所以，他也變成了一個爛醉如泥的酒鬼。我喝威士忌，有時還倒進咖啡裡喝，史卡德也是。

　　他跟我有很多的不同。他當了好些年的警察，長相、反應，也都有昔日的痕跡。他的態度與反應不是我的，但我有很多部分，灌注在他的身上，也因此我跟他算是老朋友了。他這種有血有肉的成長經歷，讓他很真實，很讓人同情，也很原創。

　　跟老友重逢，真好。用兩三百頁的篇幅陪著他，真好。所以，我很高興的向你報告：史卡德活過來了，依舊好端端的住在西五十七街。

43

選角與著墨

　　女侍小心翼翼的從頭到腳看了他一遍，生怕他在尋她開心似的。這個中年婦女，臉色嚴峻，香檳色的頭髮，堆成了個鳥巢模樣的誇張髮型，她經常用招搖的手勢，拍拍摸摸，好像要確定它沒飛掉一樣。這間牛排館地上鋪的是合成塑膠，用的是金屬管的座椅，外帶一部閃閃發光的鄉村音樂點唱機，這女侍置身其中，倒也搭調。

　　這段文字引自《剁刀與骨頭》（*Cutter and Bone*），作者是紐頓・索恩柏格（Newton Thornburg）。這本小說寫得很好，即便書中有些不甚出色的地方，我也沒注意到。我特別摘出這個段落，是因爲作家寥寥數筆，就把一個小角色，勾勒得如此鮮活，實在是一個非常好的範例。有關這個女侍的描述，也就這麼一小段。她沒有半句對白，也沒在別的地方出現過。但該知道的事情，我們也都知道了。驚鴻一瞥，卻永生難忘──至少我是如此。要不，我坐下來寫這個專欄，怎麼會馬上想到這個段落？對很多人來說，她只是背景的一部分，用來塑造某種氣氛，讓主角在適當的情境下開口，好讓對話顯得意味深長。這個角色寫得如何，不是重點，反正她只是個配角、是個跑龍套的。

　　你在描寫次要角色的時候，是不是只要把……嗯，比如說，「男人與男孩」分清楚就好了？這麼說好像有些性別歧視的味道。還是說，能分得出「大人與小孩」、「山羊與綿羊」、「傻瓜與金錢」之間的差別也就行了？

　　夠了吧？在分工精細的好萊塢，有一種叫做選角導演的人，專門負

責挑選次要角色。選角導演研究完劇本之後，便開始揣摩劇中人物，然後綜合他的直覺、經驗，再加上他對線上演員的理解，挑出最合適扮演這個角色的演員。

我們這些苦哈哈的作家，什麼工作都得自己來，選角導演的工作，當然也不假人手。他必須靠自己的直覺與經驗，加上想像力與觀察力，描繪出最稱職的配角。

你要上哪兒找合適的配角呢？有許多作家把他的朋友、點頭之交、擦身而過的路人，分成幾個類型，再在固定的範疇裡面挑選。這當然是非常合理的方式，但請注意，你的寫作未必是「真人真事改編」（roman à clef）、未必是用小說的方式，記錄真實的故事。相反的，你應該以現實人物片段——對話的方式、外表的特徵、待人處世的態度——作為基礎，創造你的人物。

不管你的配角打哪兒來，在把他們轉換成文字之前，你一定要訓練自己「視覺化」的功力，先把角色在心裡揣摩一番。也許「視覺化」這個詞，用在這裡不盡然合適，好像說你只要能看見角色的外表就行了。其實不然，有的時候，你還要能感受他的某些氣質。對於某些角色，我時常會留下深刻的印象，在我心裡，他的每個細節，都清清楚楚，就像是我的老朋友一樣。有的時候，我甚至還可以聽到他的聲音，他一邊說話，一邊把重心在兩腳之間移來移去的不耐煩，連同眼睛、手掌上的特徵，也盡收眼底。

　　　他大概五呎十吋，一百五十五磅的樣子。他的頭髮是深褐色的，抹得油光滑亮，向後梳攏，額頭很寬，有個鷹勾似的大鼻子，眼睛是中等的棕色，嘴巴很闊，嘴唇厚實，笑起來的時候，整個頭往後一縮，會露出又大又整齊的牙齒。他穿了一套灰色的鯊魚皮西裝，三排鈕，有墊肩，裡面是一件淡黃色的襯衫，暗口領，一條水藍色的領帶，打得甚是拘謹。他——

這段描述算不上錯，但也不能說寫得很出色。簡單來說，這是照

相，告訴我們主角有多高、有多重，五官長什麼樣子，穿了什麼衣服。這種描述就是警方在重建現場的時候，最需要的目擊陳述。但就小說的角色配置與描述來說，它告訴我們太多我們不需要知道的事情，卻又交代了太少我們應該知道的訊息。

在《剃刀與骨頭》中，索恩柏格並沒有告訴我們那女侍是高是矮、是胖是瘦。他沒怎麼描述她的外觀，只用了幾個句子，告訴我們她的髮型與嚴峻的臉色。但我知道她長什麼樣子。你也知道。當然，我在心裡想出來的模樣可能跟你的不同，甚至也跟索恩柏格想的不同。但是，這並不重要。我們感覺到這個人，剩下的片段我們可以靠我們自己的直覺、經驗與想像去填補。閱讀，需要讀者的參與。儘管讀的是同一本書，每個讀者的感受，都會有些微的差異。

重要的是：在你「視覺化」某個角色的時候，能把有趣顯眼的特色傳遞給讀者知道，也就夠了。下面的例子，摘自《窗外》（*Out the Window*），是我登在《希區考克》推理雜誌上的一個短篇：

> 門打開來。他長得高高瘦瘦，兩頰凹陷眉骨突起，一副憔悴倦怠的模樣。他應該是三十出頭而且看來也沒比這個年紀老多少，不過你可以感覺到再過十年他看來會再老個二十歲。如果他活到那麼久。他穿著補釘牛仔褲，T恤上絹印了蜘蛛網三個字。店招下頭畫了面蜘蛛網。一隻雄風凜凜的蜘蛛站在網底涎著笑臉，八隻手臂伸出兩隻在歡迎一隻跼躇的美眉蒼蠅。

我選擇這段落當然不是藉機誇耀（不過，寫得還不壞，是吧？），而是因為我記得它是怎麼發展出來的。我動筆之前，這傢伙該長什麼樣子，我心裡根本沒個準，只知道他的職業──一個酒保，同居女友死了，引來男主角的追查。一開始，我對於他的臉有個大致的印象，但越想越亂，一大堆這種類型的男子面容開始糾纏在一起，有的是我在現實生活看到過的，有的是我在電影上瞥見的，幸好，我還能掌握這傢伙該給人怎樣的感覺。想通了這一點，這傢伙頓時冒了出來，又快、又清

楚。我把他工作的地方取名爲「蜘蛛網」，T恤的圖案也就順理成章的處理完了。

把筆觸集中在細節上，切忌描寫得過於空泛，那麼你會有比較好的機會，打動讀者。你要著墨在值得發揮的關鍵，省去枝枝節節的表象，他們才會一見難忘。就像我始終無法忘卻那個女侍摸摸拍拍她的鳥巢頭，「好像要確定它沒有飛掉」的那段描述。

印象主義與純粹的漫畫描繪，也就是一線之隔。漫畫家的技巧就是放掉一些無關緊要的通性，著意強調、誇張處理特性。有時，處理配角使用漫畫的筆法，迅速勾勒，是一個可以考慮嘗試的作法。

這是伊恩‧佛萊明（Iran Fleming）的看家本領，角色要如何描繪，他了然於胸，因此下筆頗有分寸。詹姆士‧龐德系列中的配角，通常就是簡單幾筆，刻意扭曲成漫畫人物的形象。他們的名字稀奇古怪，長得怪模怪樣，舉止離奇。龐德系列之所以形象鮮明，讓人永生難忘，有一大部分功勞得記在這些奇特的配角身上。只是這麼一來，這些人物變得完全不眞實，對於那些認定小說中必須有若干寫實成分，才能享受閱讀樂趣的讀者來說，可能就比較難以接受了。

如果寫的是寫實小說，你又偏要塑造幾個誇張的角色，那你不是等於找自己的麻煩？你當然可以在書中點綴幾個怪人、幾件怪事，但就算你叫卡兒森‧瑪柯樂絲（Carson McCullers，譯註：在美國文學史上，號稱福克納唯一傳人的南方女作家，性情異常孤僻，同儕稱之爲「怪人」，最著名的作品之一，是《傷心咖啡館之歌》），終究還是有些不搭調。

一種比較低調的寫法是讓一個普通的角色，擁有某種特徵、屬性，或舉止，讓讀者比較容易集中他們的注意力。上面那個留著鳥巢頭的女侍就是個例子。但是，如果她在書中的角色比較吃重、如果是我們一再強調她那古怪的髮型，那麼又太過了。這種角色就是適合快照那樣，一閃而逝。

在《謀殺與創造之時》（*Time to Murder and Create*），我第一章提到一個叫做陀螺雅伯隆的人。他之所以贏得這個渾號，是因爲他在聊天的

時候，老是喜歡在桌上轉一枚銀幣。幸好在這章結束之前，這傢伙就死
了，否則的話，在接下來六萬字裡，動不動就要讓他出來轉銀幣，大概
連我自己都會受不了。這般寫法，要讓陀螺雅伯隆不變成卡通人物，想
來也很難。

　　有的時候，選角得當，在後面的情節安排上，其實很有些幫助。在
寫這個專欄的同時，我正在寫一篇雅賊的小說。他接受朋友的請託，潛
進朋友前妻的公寓去偷東西。（偷到一半的時候，朋友的前妻被殺了。
他的朋友因而入獄，雅賊只好挺身而出，調查這起謀殺案。）

　　我花了點時間琢磨這個朋友的模樣。我決定讓他是雅賊的撲克牌
友，但是呢，平常也要有些來往才合理，所以，我把他寫成雅賊的牙
醫。其中一幕是這樣的：柏尼躺在診療椅上，牙醫幫他鑽牙，他嘴裡掛
了一堆有的沒的，趁著這個機會，牙醫把他的心裡話講了出來，要柏尼
幫他這個忙。

　　牙醫為什麼要柏尼去偷東西呢？是因為他想要再婚，對象是他的牙
齒保健護士，就是她介紹柏尼來牙醫這裡洗牙的，接下來，這兩個人當
然都被扯進案情。至於凶器呢，就是那些牙科專用的可怕器材，每個牙
醫師手邊好像都有一大堆，謀殺的方法可以是——

　　抱歉，請自己去看《衣櫃裡的賊》。但是，情節安排，基本上是在
角色選定了之後，才逐步發展出來的。

　　在這個基礎上，我想我可以說：這張選角導演椅（casting couch，
譯註：由於很多想一圓星夢的人，會用自己的身體或者其他的好處，賄賂選角導
演，爭取曝光的機會，所以，這個詞在英文裡，也暗指這種私底下的交易），還有
好些不同的功能。當然也可以趁機賣弄幾個雙關語：把珍珠拋在豬面前
（casting pearls before swine，譯註：意喻對牛彈琴）、將你的糧食撒在水面
上（bread upon the waters，譯註：原出自《聖經》，如今自然是有去無回的意
思），或者是灑聖水（aspersions，譯註：也是重傷、詆毀的意思）。

　　但我不會這麼做的。相信我。

44

每當我呼喚你的名字

角色選定了之後，該給他們取什麼名字呢？如果取名字也有學問的話，那麼學問又是什麼呢？

咱們先把話說清楚，小說的成敗跟人物叫什麼名字，通常沒什麼關係。至少我沒聽過哪個編輯是用這種方法決定要不要退稿。在意識清醒的狀況下，也沒有哪個編輯，會因為這個角色的名字取得好，對你的作品頓時改觀，徹底顛覆他的決定，把原來要退的稿子，重金買下。

只要你一坐下來寫小說，你總得拿點主意，想好書裡的人物該叫什麼名字。通常，取名字不是什麼問題，一下子也就想到了——但不管我的前製作業做得多縝密，寫著寫著，還是會冒出一些先前沒料到的小角色，雖然只是出來跑跑龍套，但還是得給他們取個名字。所以，職業作家最好能研究出一套方法，可以很快的把這些小麻煩處理掉。

以下呢，就是我的觀察，沒有什麼先後順序，想到哪兒，就寫到哪兒：

1. 避免混淆。這個原則有點像是廢話，但是，多半的作家都會在這個小地方失手，在同一章裡會出現卡爾（Carl）、卡厄（Cal）、卡蘿（Carol）、卡洛琳（Carolyn），或者是在一群人裡面，先後出現了史瑪瑟（Smathers）與史密瑟（Smithers）、迪瑟斯（Dithers）與瑪瑟（Mather）之類的名字。要留意，這種命名的方法，能免則免。在現實生活裡，你可能會有好些名字相同的朋友。沒錯，在你身邊可能會同時出現四五個約翰，但是生活跟小說畢竟要有些差別。小說，應該要合理。

有的作家很小心，每個角色的名字、姓氏的第一個字母，都不會雷

同。這種界線你用常識就可以判斷。大部分的讀者不會把艾爾（Al）與
艾德倫（Adrian）、古奇（Gooch）與古爾布萊森（Gulbrandsen）弄混；
但是，有很多人卻搞不清楚賀爾（Hal）與梅爾（Mal）、葛里（Gerry）
與蓋瑞（Gary）、珍娜（Janet）與珍妮絲（Janice）。

　　2. 注意過世的老明星。有些名字會跳進你的腦海。乍看之下，這名
字跟你構想中的角色，簡直是蜜裡調油，切合得絲絲入扣。可你不知
道，這個名字你其實聽過。

　　說不定你是在看板、霓虹燈之類的地方，瞥見過這個名字。幾年
前，我曾經在一個文盲仲介底下幹活，某份稿件裡面出現了一個女生，
叫做艾倫妮・杜恩（Irene Dunne，譯註：好萊塢黃金時代的知名演員，曾經因
為演出《金玉盟》一片，獲得奧斯卡女主角提名）。這名字不壞，但我記得我
媽媽叫什麼，我們的客戶卻未必。我跟他說，艾倫妮・杜恩是個很有名
的女明星。他若有所思的點點頭，「難怪我覺得耳熟，」他說，「不過
我一直不知道為什麼。」

　　即便是你在小說中，避開了克拉克・蓋博（Clark Gable）跟諾瑪・
席若兒（Norma Shearer，譯註：美國三〇年代電影界的性感女神）之類的名
人，你可能還是會用到一些你沒那麼熟悉的名人姓氏。你不必過分擔
心。如果你想到一個好名字，而且好得有點不像是真的，趕緊去查百科
全書或者名人年鑑。（查過了之後，你依舊捨不得，那就看你怎麼判斷
了。我的一本推理小說——《第一次死亡之後》的男主角名字叫做亞歷
山大・潘恩〔Alexander Penn〕。在這本書付印前夕，我突然發現這是一
個蘇聯詩人的名字。我想了一會兒，計算有多少地方要改、他的姓氏有
沒有什麼雙關語，我最後決定，還是讓「他」老人家改改自己的名字
吧。）

　　3. 選個有趣的名字。在這世上，我認識很多叫做約翰・史密斯的朋
友，祝他們一切平安，但我真不希望在我的小說裡，碰到個這樣的姓
氏。如果我是編輯，肯定會覺得這個作者想像力真是貧乏，連這種菜市
場名都懶得換。史密斯、瓊斯、湯普森、米勒、威廉斯、強森之類的姓

氏，在生活裡普通得緊，在小說裡，自然一樣無趣。在替配角命名的時候，你可能會想用這類的名字含糊帶過就算了，但請你千萬要避開這個陷阱，用了這種名字，小說肯定失色不少。

讓我提供你一點我偶爾會冒出來的小聰明。新進作家跟那種在外面偷吃、投宿汽車旅館的人差不多，都喜歡把姓當作名字使用──李察斯、彼得斯、強森、艾德華斯──這種姓本來就夠常見了，再轉成名字，就跟假名沒什麼兩樣。

怎樣才算是有趣的名字，又怎樣才能想出來呢？這問題有意思。這些年來，我特別喜歡研究姓名學，花了更多的時間在考慮角色該叫什麼。就我個人而言，我喜歡比較長一點、比較罕見的姓。

我最欣賞的幾個名字，多半是我編出來的。（這可不是說：在現實生活中，沒有這個姓。）我曾經幫《艾勒里‧昆恩》推理雜誌寫過一個名為馬汀‧厄倫葛夫的邪惡律師。厄倫葛夫這個名字很特別，因為這是我用兩個常見的德國姓氏拼湊出來的。我筆下的雅賊，目前主演過兩本小說的柏尼‧羅登拔（Rhodenbarr），姓氏也很罕見。我的朋友比爾‧龐希尼（Bill Pronzini）就寫信來問我，這個名字是不是我借用兩個大聯盟投手羅登（Rhoden）跟巴爾（Barr）組合出來的？不是。我記得我有個親戚姓羅登柏格（Rodenberg），我把結尾改了一下，又在R後面多一個h，自認這樣比較順眼。一個巨星，就此誕生。

如果你有個筆記本──我建議你帶一本在身上──你不時可以蒐集有趣的名字，以備不時之需。好幾年前，一個非常擅長打橋牌的作家──派翠西亞‧福克斯‧仙沃兒（Patricia Fox Sheinwold）在我面前大力吹噓她的狗狗，「蜂蜜熊」，她希望牠能夠領銜主演一部狗食廣告。「就算牠沒有入選，」派翠西亞說，「那麼他們也應該請牠配音（bark-overs，譯註：這個詞是從旁白、配音，voice-over，轉變而來的）。」

我很有禮貌的笑笑──是吧，否則要朋友幹什麼？──然後我在筆記本上草草的寫下巴克佛（Barkover）。待得時機成熟，西蒙‧巴克佛就在奇普‧哈里森的系列──《缺蓋子的鬱金香果醬》（*The Topless Tulip*

Caper）中，有精采的演出。

我曾經在密西西比州格瑞那（Grenada）的旅館裡，打發過一個漫漫長夜，也不知道誰把基甸聖經（Gideon Bible）給偷走了，百無聊賴之際，我翻起了電話簿，發現當地有個家族姓帕爾莫垂（Palmertree，譯註：Palmer，意思是朝聖者，從聖地歸來的時候，他們會拿著棕櫚葉編成的十字架，故名，這個姓可以意譯為朝聖者樹）。我覺得這個名字挺有意思的，但是，截至目前為止，它還沒有找到出場的機會，仍然在我的筆記本裡，靜靜的等待。

4. 名字也會很好玩。最近我經常把姓氏，當作名字使用，我很喜歡這種效果。如果名字源自英國的老貴族，會因而帶出某種財富跟地位的感覺。要記得，很多的名字，其實本來都是姓氏——米爾頓、西摩爾、艾爾文等等。替家裡的小孩取個原本是姓氏的名字，更是一個悠久的傳統。最近幾個月，我先後替我的角色取了威爾森・柯立爾德、葛雷森・貝爾與沃克・格雷斯東之類的名字。

葛雷森・貝爾剛開始的時候叫做葛雷漢・貝爾（Graham Beale），但是，唸起來跟葛雷漢・貝爾（Graham Bell）沒有什麼兩樣，又跟亞歷山大・葛雷漢・貝爾（Alexander Graham Bell，譯註：電話的發明者）的名字雷同，我最後只好把他改為葛雷森・貝爾。

5. 不要裝可愛。如果書裡的每個名字都很有趣，各有來歷，那麼，這本書的真實性，當然會大打折扣。你總不希望讀者一看到你取的名字，就停下來研究一下典故吧？這種提防的心理，會阻止讀者融入你設計的情境中。

羅斯・湯瑪斯（Ross Thomas）就很喜歡替他的角色取一些古怪的名字，有時，我覺得他玩得過頭了。舉個例子來說，在《城裡的傻子都跟我們一國》（*The Fools in Town Are on Our Side*）中的警察局長，竟然叫做荷馬・納瑟沙利（Homer Necessary，譯註：Necessary，必須的意思）。現在幾乎沒有父母會替孩子取「荷馬」這樣的名字，至於納瑟沙利呢，的確是有這個姓氏，並不是作者的竄改發明。但是，竟然有人叫做荷

馬‧納瑟沙利，讓我實在難以置信，更何況他還跟大名鼎鼎的路西佛‧戴（Lucifer Dye，譯註：這是羅斯‧湯瑪斯筆下的傳奇間諜。他是美國人，卻在日本統治下的上海長大，主要的活動地點又在香港）出現在同一本書裡。

當然啦，如果你不想讓你的小說看起來那麼正經八百的，你想替他們取些洋腔洋調的名字當然也無妨。想想伊恩‧佛萊明筆下的普西‧葛樂兒（Pussy Galore）與我個人的最愛——崔南佛（Trevanian）的悠拉西斯‧龍（Urassis Dragon，線索——唸大聲點）。

6. 別讓讀者扭著了舌頭。 即便你寫的故事無意供人朗誦，更無意讓讀者用來練習繞口令，你還是要避免寫一些詰屈聱牙的怪字來整讀者。角色的名字，至少要讓讀者知道怎麼讀。一般讀者看小說的時候，不會唸出聲來，但他會在心裡默唸。如果他不會發音，很可能有被冷落的感覺。

也不必矯枉過正。取個名字，不一定要讓所有讀者都能唸得字正腔圓，只要確保他們讀得出來也就行了。

柯爾（Kerr），舉個例子來說，有的地方發音是佛爾（fur），有的地方唸巴爾（bar）。讀者並不清楚你想管你的角色叫什麼，也不會因為琢磨這個問題而輾轉難眠。就這個例子來說，他可能毫不遲疑，當下就拿定主意，把這個名字唸成卡爾（Car）或柯爾（Cur）。但是如果書裡面有個傢伙的名字叫Przyjbmnshkvich，那就是整人遊戲了，讀者每看到一次，想必就會著惱一回。

7. 研究民族姓名學。 如果你的角色是拉脫維亞人，或是門的內哥羅人（Montenegrin，譯註：舊南斯拉夫南部的聯邦共和國），為了增加可信度，你當然得替他挑個合適的名字。這方面的參考書並不難找。假設你需要一個拉脫維亞的角色，你就去看《拉脫維亞》（*Latvia*）或《拉脫維亞語言與文學》（*Latvian Language and Literature*），這種書裡面有很多的歷史人物、文學家。這樣一來，你就把這個人的姓，加上那個人的名，就不會太離譜了。花不了多少時間，效果卻是出奇得好。

名字裡，到底有什麼學問？其實還真有點學問——不看莎士比亞，

45

重複表現，持續再戰

　　伊凡‧譚納腦子裡的睡眠區域，在韓戰期間，被一枚榴霰彈打壞了，從此之後，他再也沒法闔眼睡覺了。他在紐約百老匯大道西邊的一百零五街、一棟沒有電梯的大樓裡五樓，租了間公寓，跟一個叫做米娜的小女孩住在一起。米娜是明道加斯（Mindaugas）王室一脈單傳的後裔。這個王室來頭不小，從第九世紀開始，就一直統治著立陶宛。譚納會講十來種語言，參加了幾個古怪的政治團體，支持一些莫名其妙的活動，幫懶惰的研究生，撰寫碩士、博士論文為生。三不五時，他會離開美國，充當「自由密探」，名義上接受華府超機密情報單位的派遣，但是，每次他總有辦法扭曲任務，滿足他個人奇特的目的。

　　柏尼‧羅登拔住在紐約上西城、西端大道與七十一街的交叉口。他在西十一街，開了一家名為巴尼嘉的二手書店，專門賣一些不起眼的冷門書。他跟經營狗狗美容院的卡洛琳‧凱瑟，是莫逆之交。凱瑟開的店，叫做貴賓狗工廠，就跟羅登拔開的書店，隔兩個店面。羅登拔其實是靠偷東西過日子的。他是個雅賊，但不是佛萊士（Raffles，譯註：這是偵探小說作家洪恩〔E. W. Hornung〕創作出來的人物，白天是上流紳士，夜晚便化身盜賊）那種玩票型的神偷。他是真正的行家，下手行竊為的是酬勞以及掙脫他所引發的致命危機。他的心裡明白：小偷不是什麼正經買賣，但他就是會手癢。

　　馬修‧史卡德原本是個警察。當差的時候，幹的是刑警，手腳還算乾淨，但是，他開槍緝凶之際，一個不留神，流彈擊斃一個小女孩。之後，他離開了老婆孩子，獨自搬到西五十七街，在個破舊的旅館裡，租

了個房間，整日爛醉如泥。他靠做無牌私家偵探，混飯吃、買酒喝，沒有宗教信仰，卻喜歡在教堂裡靜靜的坐一會兒，偷偷的把收入的十分之一，塞進捐款箱裡。他見多識廣，沉穩冷靜，但困在存在主義式的苦惱中，對世情了然於胸，不過始終置身事外，冷眼旁觀。

奇普‧哈里森是個十八歲的孩子，他住在距離老闆李奧‧海格一條街的地方。海格自命是一個私家偵探，最崇拜的英雄就是尼洛‧伍爾夫。他繼承了叔叔的遺產，於是在卻爾喜（Chelsea）波多黎各妓院的上面，租了半層閣樓，養熱帶魚，順便模仿尼洛‧伍爾夫那些怪異的舉措以及敏銳的直覺。奇普則是個小跟班，對男女之事似懂非懂，協助海格解開一宗又一宗的離奇推理。

馬汀‧厄倫葛夫是一個矮小的律師，性喜附庸風雅、吟詩作對，對於服飾格外講究，頗有幾分紈綺子弟的調調。他的外表光鮮亮麗、完美無瑕，但是，他的辦公室卻亂成一團。厄倫葛夫奇特的地方是：他都接那種十萬火急的案子、只肯在客戶得到不起訴處分或無罪開釋之後，才會收費。他鮮少在法庭上露臉，暗地裡，設計一連串的陰謀，協助客戶脫罪——他會製造偽證、誣陷無辜、動手殺人，擅長在法律的灰色地帶遊走避罪。書裡並沒有明白指出厄倫葛夫住在哪裡，但是明眼人很快就會發現，他活動的地方，多半在水牛城附近。

你在水牛城的電話簿裡，當然找不到這個人。你在紐約，也不可能查到那四個人的電話。這些人都是我系列小說中的主角。譚納系列出了七本書，羅登拔雅賊系列，目前是兩本，奇普‧哈里森四本。史卡德目前有三個長篇，兩個短篇。厄倫葛夫只有五六個短篇。

這五個人在我心裡，都是活生生的角色。當然，比較起來，有幾個略顯沉寂。我停筆不寫譚納，匆匆十個年頭過去，沒讓奇普‧哈里森出現，也有七年了，但是，這兩個人在我眼裡，卻沒折損半點真實性。我可能不記得他們確實的長相、生活裡的某些細節，也不知道我還會不會繼續寫他們的故事。這都不是重點。這些人都是好角色，不只是在我的創作生涯裡，在我的意識裡，他們始終都在。他們在書的世界裡，演

進、成長、變化，在不同的情景，不斷界定自己，就讓我斗膽賣弄一句：就跟現實生活中的我，一模一樣。如果他們都有一些我的影子，那麼，倒過來說，他們也都是我的一部分。

　　這些系列的誕生，是我早期的野心。待我走過那個只想寫文學鉅作、只考慮創作目標的階段，我發現，我很想把筆墨集中在幾個固定的角色，好好的發揮一番。

　　這種衝動部分來自於初學者的自信，誤認為這是最短的終南捷徑。沒當過作家的人，老是喜歡這麼想：「只要你能發明什麼公式，就一定會成功。」一大堆人在我耳邊叨叨唸唸，語氣中，有再明顯不過的嫉妒。我很訝異的發現，這句話中，有兩個很離譜的錯誤假設——(1)我已經發明了什麼公式以及(2)我會因此而成功。錯上加錯。（稍後我會跟你解釋，如果我真發明了什麼公式，我會因此惹上大麻煩。）

　　跟上面的假設一般荒謬的是：很多非作家始終相信，系列性的角色一旦發展出來，就會贏得很好的文學成就、賺進大把鈔票，最後可以治癒糾纏你很久的乾癬。「只要設計出個角色出來，」他們說，「你只要一直寫他，就可以吃一輩子了。」

　　讚！有一天，你買了一雙慢跑鞋，就一定要穿著它，從哈普金頓（Hopkinton，譯註：波士頓馬拉松的起點，從這裡跑到波士頓剛好二十六英里）跑到波士頓。你一旦學會了自由式，就一定要橫渡英倫海峽。如果到了發情期——喔，算了，講不下去了。

　　言歸正傳，我之所以想描繪一個系列角色，是因為我喜歡看別人寫的系列小說。一旦讓我覺得某個角色引人入勝、張力十足，我就想再見他一面，還想知道他做過什麼事情。如果，他的世界觀發人深省、興味盎然，我就想透過他的眼睛，多多打量他的周遭。

　　儘管有這種野心，我一直寫到第七年，才嘗試塑造我第一個系列角色。他是《死亡騙局》中的偵探，也是故事的敘述者，名叫艾德·倫敦。在發表這本小說之前，我依稀記得在某本雜誌上寫了他的兩個故事。但是，第二本小說，怎麼也寫不出來，其實這樣也好。倫敦不是一

個很精釆的角色，我那時也不是什麼好作家。我的行文與對話，中規中矩，但是人物塑造卻平凡而呆板。

譚納，才是我第一個系列男主角。在我把他寫出來之前，對他的人格、生活方式，就已經有了基本的掌握。在我想出《睡不著覺的密探》的情節之前，我已經很熟悉伊凡‧譚納這個人了，隨著故事的逐步開展，隨著頁數的逐漸增加，譚納的性格與講話的調調，自己便界定出來了。在寫完這本書之後，我非常的確定我要知道——因此，我想接著寫——這個人還做過什麼怪事。

這個系列的其他作品，就這麼陸陸續續的問世了，譚納的故事如果稱不上是公式的話，至少也拓展出自己的模式。撰寫譚納的冒險編年史，幾乎成了我的全職工作，但接連寫了七本之後，我突然停筆，改做別的事情。

為什麼會突然停筆呢？這個嘛。這本書在市場上，不能說賣得不好，但也絕對沒有創下過什麼銷售紀錄。我非常確定這種不好不壞的商業成績，對我有很深的影響。如果這個系列賣得很好，我比較會有熱情繼續撐下去。此外，變動的世局讓譚納的世界沒以前那麼好玩了。他窮畢生之力，想要實現的離奇抱負，突然在現實世界中變成真的了，戰爭四處蔓延、炸彈此起彼落。書中古怪但有趣的夢想，如今越看越煩，所以，我發現是該讓這個睡不著的偵探，打會兒盹的時候。

更重要的其實是：這本書出現了一種雷同性，讓我寫得越發吃力。譚納的書迷——人數不多，但意志堅決——始終沒法拋開譚納的慣性。說句實在話，我也不會因為某個作家一直在同一條礦脈中挖礦，就停止對他的支持。李查‧史塔克的派克系列，始終渾然一體。看到惦記的角色一再出現，非但不覺得厭煩，反而很高興看到他從先前的篇章中，歷險歸來。雷克斯‧史陶特的尼洛‧伍爾夫也有相同的行事作風，但我百看不膩，反而是幾本不按牌理出牌的作品，硬生生的把伍爾夫從三十五街的褐石老房子裡拉出來，挺進黑暗大陸，卻讓我覺得沒那麼精釆。同樣的道理，我覺得阿嘉莎‧克麗絲蒂（Agatha Christie）筆下的珍‧梅

波（Jane Maple）就應該待在老家，在悶得讓人喘不過氣來的聖瑪麗米德村（St. Mary's Mead）裡打轉，一旦打破成規，送她出門去加勒比海或倫敦，我就有一種受騙的感覺。

系列小說的書迷，希望每一本書都有不同的相同。譚納的書迷一年只要花六到八到十小時，看一本譚納的冒險傳奇，但我每年卻得花好幾個月，才能把這故事編完。我老是覺得我不斷的重複，下筆也因此顯得更加艱澀。

我想，我大概已經比譚納更成熟了，不必靠他來表達自我。但我還不是一個成熟的作家，爲了加快發展，我需要更多的挑戰、需要開發其他的書、其他的故事。

有的作家會讓書中的人物成長，來克服這個重複的障礙。我覺得利用這種寫法最成功的例子是羅斯‧麥唐諾（Ross Macdonald）的陸‧亞傑（Lew Archer）系列。這個角色剛出場的時候，基本上是雷蒙‧錢德勒（Raymond Chandler）菲力普‧馬羅（Philip Marlowe）的翻版，頂多就是多了點油腔滑調。但是，亞傑跟著麥唐諾一塊與時俱進，到了五〇年代末期，《戈爾頓案》（*The Galton Case*）出版的時候，亞傑已然脫胎換骨。如今，這個系列每出一本，我都想買來看看亞傑又有什麼新的改變。

但是，我覺得我沒辦法用同樣的手法，面對譚納。這個人只要變一點，就完全都不對味兒了。所以，最好的方法，就是讓他安息，或是放他去晃盪他的，我繼續過我自己的日子。

奇普‧哈里森就不同了。他的可塑性很高，我想我會繼續寫下去。他在《零分》（*No Score*）這本小說中初次登場，還是個十七歲的處男，整天就是想要突破他的生理現狀。奇普四處遊走，陷入了一個又一個的困境，想盡辦法，卻沒有辦法讓任何一個小女孩束手就擒。直到最後一章，我才安排他達陣得分。

我原本沒打算經營奇普的故事。但是《零分》在書報攤上賣得意料之外的好，我因此覺得再花一兩個月的時間，透過奇普純真的眼光，觀察這個複雜的世界，可能會有點意思。於是，我在《奇普‧哈里森再度

得分》（*Chip Harrison Scores Again*）中，讓他再次登場，劇情發展的理路，大致跟上集差不多，反應依舊不錯。

　　兩本書還搆不上一個系列。我發現我還想挖掘一下這個角色的可能性，於是我想出了李奧・海格這個角色，讓奇普跟他一起搭檔出場。我保留了奇普大致的性格，讓他在妓院裡廝混，慢慢的朝少年偵探的方向發展。

　　我肯定不是第一把個無心插柳生出來的系列角色，轉成偵探的作家。在《遊戲名稱是死亡》（*The Name of Game is Death*）中，丹・馬羅威（Dan Marlowe）寫了一個硬漢型的職業罪犯，厄爾・杜拉克（Earl Drake），這本書寫得很好，反應不俗，於是他接著往下寫。寫著寫著，杜拉克從罪犯變成了一個問題的解決者，接受某國家安全單位的指揮（我的印象是這樣），從事情報工作。我因此不再讀這個系列，持械搶劫的杜拉克，搖身一變，成了正義的化身，對我來說，這個角色神采，蕩然無存。

　　我稍後才了解馬羅威為什麼要把這個角色寫成這副模樣。系列小說的主角，很難是個反派角色，因此過了一陣子，這個角色會變得和顏悅色，逐漸開始保護法律。彷彿他們的創作者，不喜歡他們再為非作歹，非要他們改邪歸正似的。請讓我冒著掉入心理分析的風險，賣弄一點我的觀察：這也許是因為作者得一再使用罪犯的眼光，打量這個世界，讓他們覺得很有負擔吧。

　　據說，伏爾泰曾經光顧一家超高級妓院，放浪形骸，幾番雲雨，通體酥麻。之後，他拒絕了再次造訪的邀約。「去一次是哲學家。」他說，「再去，可就是變態了。」

　　也許，這番道理也適用於作家吧。寫一本書，發掘罪犯的內心世界、描述他們的觀點，是一回事。用這種人開展一個系列，投射作家的自我，可就是另外一回事了。

　　咳咳（清清嗓子）：沒錯，柏尼・羅登拔也是罪犯，而且還是小偷中的高手。還有一件事情也很肯定：他這個系列男主角，也是無心插柳

得來的結果。柏尼的原型在永遠不會有完結篇的史卡德系列中，驚鴻一瞥，是個被人栽贓的小偷，誤以為他殺了人，走投無路，只好找史卡德幫忙。待我開始寫這個系列的時候，我保留了基本的情節，但是，重新塑造了小偷的角色，讓柏尼更風趣幽默、更具都會情調，讓他自己去調查誰在暗中陷害他。

柏尼之所以成為一個系列人物，是因為我喜歡寫他。我接連寫了第二本跟第三本，在你看到這篇專欄的時候，我希望也祈禱我已經寫完第四本了。我不知道能不能一直寫下去，但是，就我偏愛系列角色的習慣來看，只要我還能寫，再出個兩本應該沒問題。我很誠摯的希望：我不會迫於情勢，把這個喜劇性的角色，改寫成滿口仁義道德的正派人物。柏尼改邪歸正，利用他偷雞摸狗、非法侵入的專長，維護正義，打擊犯罪，這樣一來，大概連我自己都免不了反胃。

還有一個人物，可能也會有這樣的問題——馬汀‧厄倫葛夫，我想這個系列應該是畫上句點了。厄倫葛夫在剛露面的時候，我沒想到他會自成一個系列，只是一個故事接著一個故事寫了下去。只是每寫一篇，筆下便會遲滯幾分，越來越難根據這樣的角色鋪陳情節。佛列德瑞克‧丹奈曾經指出：倫道夫‧梅森——他也是一個虛構的墮落律師——最後終究難逃洗心革面的命運，利用他的天賦，成為捍衛法律的急先鋒。我實在是不想讓厄倫葛夫淪落到這般下場。

馬修‧史卡德也是我系列人物之一。在還沒著墨下筆之前，史卡德的神態，就已經在我心中勾勒完畢了。剛巧，戴爾出版集團要我幫他們塑造一個系列小說主角，我那時各種想法紛至沓來，就想一舉開創出一個迷人的人物。在我讀完李奧納多‧薛克特的《論收賄》之後，我的想法開始活絡起來。我在角色塑造那一章描述過的歷程，逐一展現，然後，我把印象捏塑定型，再根據我的觀點，鍛鑄出一個人物胚胎來。我始終認為每一個系列角色都是作者人格的投射，而我跟史卡德則是兩條相互映照的平行線。

在我寫史卡德系列的第一集——《父之罪》之前，我把自己的想法

寫在幾張紙上，描繪史卡德的性格與生活方式，把想法整理整理，算是一封給自己的信，也算是給戴爾出版集團比爾·葛羅斯的一份系列寫作提案。到我真的動筆寫這個角色的時候，我其實已很清楚他的相貌與神態了。但等我在稿紙上，一頁頁的鋪陳情節、開展性格，用他的聲音講話，讓他表現他的行事作風、理解他是怎麼看這個世界、怎麼跟外界互動之後，我才算是真正的認識了這個人。不管我在事前做了多少準備工作，寫作，始終不等於填空。在實際創作中，靈光一閃的神奇變化，才是最可貴的成分。

根據我的計畫，史卡德要隨著系列成長、成熟。讓我有點不大高興的是：某個評論者認為第三部比第二部來得弱一些，結果呢，戴爾把第二本跟第三本調過來出版。

幾年過去了，我跟史卡德就這麼一路走過來，彼此滲透。我剛剛提到，我已經寫了四本史卡德的小說，感覺起來好像是擁抱一個老朋友。也許某個演員，幾年後，再度飾演一個大受好評的角色，心頭的感受就是如此吧。我格外高興的發現：不當差的史卡德這個角色更加動人。《黑暗之刺》（*A Stab in the Dark*）是截至目前我最滿意的史卡德小說。

我絕對不敢自命是系列小說專家，但是，我近些年來的表現，卻讓我看起來像是以一種猛烈的姿態，實現我早期的夢想。也許我可以在這裡，寫點創作系列小說的訣竅，看能不能幫助跟我懷抱相同夢想的人。

1. 集中全力在手上的這本書上。在新進作家給我的來信中，總是愛說他們正在進行一個系列創作，開山之作如何如何云云。很多作家把稿件寄給出版商，不忘記提醒對方，這是某個系列的第一集。經紀人或出版商對這種訊息，其實沒什麼興趣；他們比較想確認手頭上這本書有什麼長處、弱點，而不是這本書之後還有什麼發展。

把一本小說寫好，就已經夠難的了，還得想到後面的系列，顧此失彼，反倒稀釋了你的成果。把握現在，集中全副心思，把手上這本書寫好。等工作告一段落之後，再去想接下來的事情。

2. 有的書會把角色吃乾抹淨。儘管角色內在蘊含了某些能量與動人

的訴求，但是，這可不是必勝保證。可能有人不以為然，但我認為《這種人真危險》（我是用保羅·卡凡納的筆名發表的），是我目前寫得最好的一本。書中角色稜角分明，也很出色。但是，這本書把他的精華給吸乾了，倒不是說把他給殺了，而是在這本書裡，他已經把他的工作做完了。最近，好萊塢見到哪個片子賣得好，就會想辦法編出一個續集來，而品質自然每下愈況，就是不理會這個原則的後果。如果你的主角可以因為不同的經歷，逐漸成長改變，那麼你當然可以把他放到另外一本書裡，叫他再去做一件類似的事情，不至於索然無味。就我自己的創作經驗來說：我必須把奇普·哈里森放在偵探小說的情境下，賦予他新的功能，才能把他塑造成一個系列角色。

3. 別一廂情願認定讀者看過先前的系列。你寫到第六本的史達德·無聊偵探系列，可能只是某些讀者看到的第一本而已。你總不好把先前交代的事情，理所當然的認為讀者也是一清二楚。不過呢，話要說回來，你也別把先前講過的事情、主角的經歷，一五一十的再在這個新系列裡面搬出來講一遍。這裡需要一個很巧妙的平衡。你不能在讓新讀者進入狀況的同時，卻讓老讀者看得苦不堪言。就我來說，我當然不想知道梅爾·梅爾（Meyer Meyer）為什麼叫這個怪名字、為什麼三十歲就禿到沒半根頭髮，但是艾德·麥可班恩（Ed Mcbain）的《八十七分局》（*87th Precinct*，譯註：麥可班恩的著名系列，是以警局幹員為主的偵探小說，梅爾·梅爾是其中的一名刑警），每次都要老調重彈，實在有些惱人。在史卡德系列的每一集裡，如果我都再交代一遍他的流彈是如何誤傷那個小女孩，史卡德又是如何熬不過良心的譴責，墜入痛苦的深淵，我的讀者想來也會很不耐煩。真的，說與不說間，平衡要巧妙。

4. 記得你寫過什麼。寫一個系列會把人搞到發瘋的原因之一，就是你經常會忘記故事的細節、主角有哪些朋友、跟他們又有怎樣的互動。譚納住在幾樓？卡洛琳·凱瑟愛人那個住在貝斯灘（Bath Beach）的姑媽，叫什麼名字？還是我先前說她住在班索賀斯特（Bensonhurst）？奇普一天到晚窩在那裡看大都會隊比賽的酒吧叫什麼名字？跟史卡德有一

段迷離情愫的妓女伊蓮——她，姓什麼？厄倫葛夫在打贏官司之後，都會打一條領帶慶功——我們知道那條領帶是凱德蒙社（Caedmon Society，譯註：凱德蒙是第一個用古英語創作的基督教詩人）的會員標誌，但是，你記得它是哪幾個顏色組合而成的呢？

有些粗心大意的作者，寫到哪算哪。尼洛‧伍爾夫明明住在三十五街的褐石公寓，雷克斯‧史陶特偏偏給它亂搬一通，幾乎紐約每條街他都住過。事實上，在伍爾夫系列中，到處可見這種前後不一致的小毛病。至於我呢，我自認我的偏執可以讓我避開這類的小疏失。碰到我有些不大確定的時候，我就停筆，翻翻前面的故事，確認一下。亞瑟‧馬林（Arthur Maling）在寫普萊斯、波特與裴塔克（Price，Potter，Petacque）系列的時候，畫了一張人物表，交代角色與角色之間的關係。就算我勉強自己畫出這麼一張圖來，想來也幫不上什麼忙，因為我肯定懶得更新——有些我想知道的小細節，可能在第一時間根本就沒有標註出來。

5. **第一人稱/第三人稱的抉擇**。除了厄倫葛夫之外，我的系列小說，全部採用第一人稱。這當然不是說，所有的系列小說都要使用第一人稱。根據經驗法則，我會舉出許多企圖龐大的角色——詹姆士‧龐德、夏洛克‧福爾摩斯、尼洛‧伍爾夫之流，不是採用第三人稱，就是增添了華生之類的助手——再以隔了一層的第一人稱，觀察主角的言行。直接的第一人稱，只有在作者對主角頗有「心有戚戚焉」的感覺，想要透過他的眼光語氣，抒發心中的觀感時，才能發揮得恰到好處。不過，究竟要選擇哪種觀點，主要還是看作者覺得怎麼寫比較自然。

在我寫作生涯中，最愉快的經歷，多半是在創作系列小說的時候。所以，在一個系列壽終正寢的時候，我常常會感到有些難過。不再寫他的冒險經歷，等於是拋下了一個老朋友。我很高興我的寫作生涯還算舒緩，很高興在過去的十五年裡，除了譚納系列，還有別的東西可寫——但，有時想到我把譚納當作破襯衫一般的扔開，良心還是有點不安。

在你心裡，是不是也有一個系列呢？你很快就會知道——一次寫一本，一寫很多年的感受。好好享受。

46

不好，就改

　　從前，其實也不是太久以前，一個女作家寫了一本以美國南北戰爭為背景的小說，她把書名取作《明天，又是嶄新的一天》（*Tomorrow Is Another Day*）。但在印行之前，她聽從出版社的建議，改換了書名。新的書名叫做《飄》（*Gone With the Wind*）。

　　事後諸葛亮一定大大稱讚這個改動，讓它脫胎換骨，判若兩「書」。現在隨便誰都可以說，瑪格麗特・密契爾（Margaret Mitchell）的這本愛情小說，賣得如有神助，多虧了名字換得妙，如果還是用《明天，又是嶄新的一天》這樣的書名，大概賣不了一萬本。

　　真的是如此嗎？一個故事如果有安身立命之道，不管書名取得如何，總是會找到屬於自己的讀者。如果沒有，那麼名字取得再有趣，大概也增添不了多少銷售數字。

　　我應該可以很安全的說：《飄》這個書名，是比《明天，又是嶄新的一天》好一些，有助於廣告與促銷活動，也容易鎖定讀者，給他們直接的衝擊。

　　這麼說，還算公允吧？

　　這裡有一個很有意思的問題：為什麼《飄》這個書名比《明天，又是嶄新的一天》來得好呢？

　　這問題還真難回答，有些人會把一個老故事搬出來應急。有好些個音樂家，被追問爵士樂的定義，受逼不過，就會這樣耍賴：「如果連這種問題，你都要問，」他們說，「你就永遠不會知道。」換句話說，你要有那種直覺，一看這兩個書名，就要下意識的覺得《飄》這個書名比

較優。這個書名比較鮮活、比較刺激，訴求力比較強；而《明天，又是嶄新的一天》比較疲憊、單調，看完讓人昏昏欲睡。

換個角度說：出版業好久以前就知道好書名只有一個誠實的定義——能賣的，就是好書名。

《派頓地方》（*Peyton Place*，譯註：這本書曾經改編爲電影，一般譯作「冷暖人間」，派頓地方是加州的地名）就是個好例子。如果不是葛莉絲‧美塔莉娥絲（Grace Metalious）的小說，一炮而紅，這個壓頭韻的名詞，再怎麼溢美，也只能說韻律感還不錯而已。偏偏這本書好像是在哈里斯堡（Harrisburg，譯註：美國賓州首府，一九七九年，附近的三哩島核電廠輻射外洩，造成美國現代最嚴重的核安事件）兜售蓋格計數器（Geiger Counter，譯註：測量輻射量的儀器），造成了瘋狂搶購的熱潮，這個詞很快的登堂入室，成爲美國家喻戶曉的名詞。西瓜偎大邊的效應，加速了這個名詞的擴散，有好些年頭，美國那些面目模糊的小鎮，個個都自吹自擂：「這裡又是一個派頓地方」。這當然是因爲原著小說精采動人，才有這般推波助瀾的功力。

《大法師》（*The Exorcist*）是個好書名嗎？在這本書印行之前，我還真不覺得。我甚至懷疑很多人根本不知道這個字是什麼意思。但即便它是個爛書名，也不妨礙它在市場上大賣。

那麼《異類》（*The Other*）呢？如果眞有人能解釋這個書名好在哪裡，我保證會洗耳恭聽。這個書名太平了，幾乎不會在你心裡，留下任何痕跡。你不知道這本書在寫什麼，甚至連這本書是哪一種類型都沒有概念。書名既不懸疑也不有趣，你大概連拿起來翻一翻、搞清楚書名是什麼意思都懶得。但是，這本書賣得很好。

《雙胞胎》（*Twins*）是個好書名嗎？《刺鳥》（*The Thorn Birds*）呢？《閃亮》（*The Shining*）呢？《昏迷》（*Coma*）呢？這也許是第一部暗示你看完之後，會落得跟書名一樣的誠實之作，這個書名又好不好呢？到底怎樣才能取到好書名呢？你自己的小說，不管短篇長篇，又該取什麼名字呢？

　　首先，請讓我們把這個問題放在正確的位置上來討論。你給你的稿件取什麼名字，跟它最後有沒有被登出來，可能是關連最薄弱的一個因素。一個好名字，會讓編輯留下良好的第一印象，但是，如果稿件開高走低，越寫越荒腔走板，書名取得再好也沒用。同樣的道理，一個平平無奇的書名，可能會讓編輯沒興致先挑你的作品來看，但只要寫得夠好，他自然有足夠的鑑賞力，慧眼識英雄。他當然知道，書名或篇名不好，難道不能換一個嗎？

　　接下來，是我的一些想法，信筆所至，沒有什麼先後順序。

　　1. 書名要好記。我剛剛結束《作者文摘》小說徵選的評審工作。好的篇名，沒法讓壞作品起死回生；壞的篇名，也不會掩蓋好作品自然散發的神采。雖說如此，我今年還是一樣訝異：為什麼會有這麼多單音節、平庸至極的篇名呢？一篇又一篇的作品放在我的桌上：《狗》、《筆》、《老師》，要不就是《秋日午後》、《瑪麗琳》、《婚外情》，或是——連你也看夠了，是吧？這些標題平板，勾不起半點興趣，看不出什麼潛力，刺激不了任何胃口。標題該做的事情，這些篇名半個也沒做到。

　　2. 書名必須適合接下來的故事。標題最好跟你寫的題材、類型，搭調一點。如果你的書名叫做《槍戰里歐羅泊》（*Gunfight at Rio Lobo*，譯註：Rio Lobo 是德州的一個地名，一九七〇年，約翰・韋恩主演過一部同名電影，在台灣譯作《擒賊擒王》），絕大多數的人一看這個書名，當場會認定這是一本西部小說。如果你寫的不是西部故事，這樣的書名，當然不合適——即便書中有個重要的場景放在里歐羅泊，外加一場慘烈的槍戰也不行。

　　兩年前，查爾斯・麥克葛雷（Charles McGarry）寫了一本奇詭懸疑小說，叫做《秘密情人》（*The Secret Lovers*）。書名其實說的是兩個主要角色——間諜與官員——對秘密都情有獨鍾。除非你在每本書上都安排一個小推銷員，跟每個讀者解釋一番，否則的話，你就不能怪一般人以為這是一本喜鬧浪漫小說。

　　3. 留心那些一般人發不出音的字眼。羅伯特・陸德倫在給作品取名字的時候，都會先用專有名詞打頭，後面再跟上一個名詞——《史卡拉

帝的遺產》（*The Scarlatti Inheritance*）、《奧斯特曼的週末》（*The Osterman Weekend*）、《馬特拉克名單》（*The Matlock Paper*，譯註：台譯《銀色名單》）、《馬特拉斯圓環》（*The Matarese Circle*）。有一本書，他險些要把新作命名為《狼穴誓約》（*The Wolfsschanze Covenant*，譯註：狼穴，在普魯士東部，二戰期間，曾經有納粹軍官在此試圖暗殺希特勒），不過一個非正式的調查卻發現，沒有幾個人唸得出Wolfsschanze這個字，於是這本書改名為《霍爾克羅夫特誓約》（*The Holcroft Covenant*，譯註：這部小說曾經改編搬上銀幕，台港譯為《地獄兒女》），結果衝上暢銷書排行榜的第一名。

所以囉，幹嘛冒險？

4. 不要讓書名把故事都說完了。我曾經在一家文學經紀公司上過一年班，每天都得讀一堆有的沒的投稿。一度，我甚至統計出，百分之四十的作者會把他們的小說書名取作《當樹枝彎曲時》（*As the Twig Is Bent*）、百分之三十五的人會取《樹木也跟著成長時》（*So Grows the Tree*）。

我當然誇張了一點。當了這麼多年的評審，我發現還是有好多作者，喜歡用套字、俗語來當他們的篇名。這樣會產生兩個問題：第一，成語容易讓這個作品顯得俗氣，甚至會預先點破結論，削弱了小說訴求的力道。聽說教，已經夠累的了，在書名就把道學氣鋪陳出來，誰還會有興趣去翻一下呢？

鋪天蓋地，恨不得把所有事情都塞進去的書名，一定很怪，千萬要避免。《傑米‧傑夫‧雷朋一路開車到哈里森維爾去拿文件的那一天》（*The Day Jimmie Jeff Rayburn Drove Clear to Harrisonville for the Papers*），就是一個最好的例子。

剛開始寫短篇故事的時候，我下的書名都單調平凡，過目即忘。這些年來，我很高興我終於有了進步，知道怎麼讓書名更有震撼力。我可以預知，少了想像力的後果。前一陣子，我寫了一個搶劫加油站的故事，原本想管它叫做《高速路搶案》（*Highway Robbery*），但我琢磨了會兒，決定改名為《簡直就是高速路搶案》（*Nothing Short of Highway*

Robbery），這麼一來，就有意思得多，比較好記，也符合故事的構想。

　　我最喜歡的書名是《別無選擇的賊》（*Burglars Can't be Choosers*），我始終認為，就是因為這本書名取得好，柏尼・羅登拔系列才能創下銷售佳績。這個書名唸起來順口，神似順口溜，既能傳達書中的精神，又能用輕鬆的態度打量犯罪案件的暴戾。想出這個書名之後，我當下決定：就是它了！

　　這個書名差點就錯過了。稿子寄給藍燈書屋（Random House）之前，我校對到前五、六十頁的時候，還沒想到書名，看著看著，突然看到柏尼這句內心獨白。我根本不記得寫過這句話，很高興它找上了我。我馬上就把書名寫在第一頁上。

　　系列創作的書名，有時是一個必須特別考量的問題。這是一個好機會，可以讓讀者知道這本書是屬於某個系列，因此，最好能維持某種程度的一致性。但是，一致性太高了，讀者就很難確定他讀過的是哪一本。想想麥特・漢姆（Matt Helm）的《背叛者》（*The Betrayer*）、《埋伏者》（*The Ambushers*）、《掠奪者》（*The Ravagers*），你說，誰分得清楚？

　　約翰・麥當勞（John D. Macdonald）在崔維斯・麥克基（Travis McGee）系列中，倒是找到一個答案：他在每個書名裡嵌上某種顏色，不費吹灰之力，就把系列的一致性凸顯出來了。《粉紅夢魘》（*Nightmare in Pink*）、《沙黃的沉默》（*A Tan and Sandy Silence*）、《猩紅策略》（*The Scarlet Ruse*）——既能烘托每本書的特性，還搭配了個難忘的顏色，很容易察覺它們是屬於同一個系列。

　　譚納系列的第二本，刊行的時候，書名為《作廢的捷克人》（*The Canceled Czech*）。於是，我決定按照這種規律，在未來的小說標題上，玩一樣的文字遊戲。譚納第三集，故事發生在拉脫維亞，我就取名為《墜落愛河的拉脫維亞人》（*Letts Fall in Love*），還多加了一個備案給他們——《拉脫維亞蕃茄》（*The Lettish Tomatoes*），結果發行的時候被改成《譚納的十二體操金釵》（*Tanner's Twelve Swingers*）。第四集，我寫的是一個總是無法拋棄處男身分的倒楣泰國人，我很高興的取名為《零分

泰》（*The Scoreless Thai*，譯註：台譯《譚納的非常泰冒險》），結果佛希特出版社卻把它改名爲《譚納的兩個》（*Two for Tanner*），眞想叫他們去死。

　　講了這麼一堆，無非是想提醒你，我們不用過分強調書名的重要性。出版商當然會換掉壞書名，但他們也不時抹殺了好名字。有些時候，好萊塢片場會(1)買下書名，(2)扔掉故事的主體，重編一個完全不同的劇本，(3)最後乾脆連名字一塊兒換掉。出版商通常不會那麼費工，但他們古怪的行徑，卻很容易破壞掉作家的苦心。

　　回到五〇年代末期，科幻小說作家藍道爾・葛瑞特（Randall P. Garrett）每個月固定幫《驚異故事》（*Amazing Stories*）寫一萬字，每期都會交出三四篇小說。每個故事當然都有個篇名，外加一個不同的筆名。但是呢，每個月，就跟繳稅與死亡般的無可避免，《驚異故事》的編輯都會把藍道爾的篇名、筆名一併改掉。

　　反正他下的篇名與筆名，都會被改掉，藍道爾也就懶得那麼麻煩了，他想出了個惡作劇，聊以自娛。他經紀人留下的檔案可以證明這一點：在接下來的幾期裡，他就胡亂安些名字給編輯──《孤星血淚》（*Great Expectations*），筆名查爾斯・狄更斯（Charles Dickens）、《佛洛斯河上的磨坊》（*The Mill on the Floss*），筆名喬治・艾略特（George Eliot）、《湯姆・瓊斯》（*Tom Jones*），筆名亨利・費爾汀（Henry Fielding）、《白鯨記》，筆名赫曼・梅爾維爾，諸如此類。《驚異故事》雜誌社裡，也沒人覺得好笑。支票與稅單照樣寄來，故事的篇名與筆名，照改不誤，一切如常。

　　這讓我想起了一個故事──但不確定爲什麼──在好萊塢，一個記者堵到了片場大亨，想要來個訪問。「對不起，先生，我的名字叫做亨利・葛爾眞怕死，我──」

　　「這有什麼好擔心的？」那個大老闆說，「名字不好，改一個不就成了？」

第五部

小說心靈活動論

這難道不是真的嗎？

47

一個作家的祈禱

主啊，希望祢現在有空，我有好些事情要請祢幫忙。

基本上呢，主啊，我想麻煩祢，讓我盡我的能力，當一個好作家。讓祢賦予我的天賦，得以從容發揮。我其實可以在這裡結束的，但講得詳細些，祢可能比較好著手。

首先，幫助我抿除我的競爭心。我每次跟別的作家比較，總會惹來無窮無盡的煩惱，掙脫不了如下的困境：

「我明明寫得比亞倫好，為什麼沒他那麼成功呢？為什麼我擠不上書籍俱樂部排行榜？為什麼我上本書沒有改編成迷你影集？為什麼貝里能從出版社那邊弄到一大堆廣告預算，而我卻那麼少？卡蘿的書有什麼好？為什麼在《紐約時報》上，能有兩頁的書評？每次我打開電視，為什麼都看到丹在脫口秀上，大放厥詞？他有什麼了不起？為什麼艾倫的作品每年都能登上《紅書》（*Redbook*，譯註：美國知名的女性雜誌）四五次？我也寫同樣的題材啊，為什麼每次只接到退稿信？

「還有另外一件事情：我怎麼寫也趕不上法蘭克。他就是能夠用誠實的態度、絕妙的手法，描繪他的人生經驗。葛蘿莉雅真正具有藝術家的慧眼，她筆觸所及，竟是如此的鮮明，完全能讓我了解我的局限，自嘆弗如。霍華則是真正的高手——手腳超級俐落，下筆行雲流水。他寫一天，我寫一個月也趕不上。艾倫妮每天坐在打字機前的時間，是我的兩倍，也許她有不錯的想法吧，而我這麼懶，在這場遊戲中，敬陪末座也是應該的。至於，傑洛米嘛——」

主啊，請讓我記得我不是在跟別的作家競爭。他們成功與否跟我沒

有多大關係。他們有他們的故事要寫，我也有我的小說要創作。我越花時間跟他們比較，就越沒精力集中在我的作品上。我懷疑自己的能力、眼紅別人的成就，等於是在搞陰謀，破壞我自己。

幫助我吧，主啊。讓我寫我自己的故事、自己的小說。在開頭的時候，我可能會花一些時間，笨手笨腳，模仿別人，這是因為我需要練習，才能找到自己的故事、找到最適合的呈現方法。但是，我確定我有靈感，也確定總有一天，我可以鍛鍊出自己的風格。

奧康納（Flannery O'Connor）不知道在什麼地方說過：每個人，只要沒在童年時期夭折，就不愁沒有創作的題材。主啊，這點我深信不疑。我相信每個有小說創作衝動的人，在他或她心裡，都有無數的故事可以寫。這些故事可能迥異於我的生活經驗、可能發生在我從沒去過的地方，或者是我不可能經歷的時代。但是，如果是我注定要寫的故事，總有那麼一天，它們會從我的觀察與經驗中，用很醒目的方式鋪展開來。我會發現那種感覺、認知與互動，因為它們是如此的靈動、如此的生氣勃勃。

誠實，或許是最能夠協助我接觸到這些故事的特質。主啊，請你幫助我，讓我每次坐在打字機前，都能誠實的面對自我。我不是說，我要用小說的形式去包裝一個真實的故事，或者在現實生活裡，只要誠實，故事就會自然而然的流洩出來。小說，畢竟是一連串的謊言，我只希望我的小說，能有內在的真實。

我希望我能聽到角色的言語，能夠忠實的記錄下來。讓我不必倚靠閱讀得來的模糊印象，依樣葫蘆，而能用自己的感受，去描繪筆下的人物。

就我看來，誠實寫作是因為我們尊重讀者。拜託，主啊，不要讓我棄讀者於不顧。有的時候，我覺得這是一種誘惑：只要我不管他們，我就不用絞盡腦汁去吸引他們的注意；別管他們讀得開不開心，我就可以省卻無數煩惱。但我知道：藐視讀者的長期後果，就是作品會乏善可陳、無人問津。

如果我瞧不起某種讀者，還去從事那種類型的小說創作，不是等於拿自己的腦袋去撞牆，而且還撞錯了牆嗎？如果我完全不關心半大不小的朋友，還硬要去寫青少年小說，我能寫出什麼傑作嗎？能夠把故事發揮得淋漓盡致嗎？不管我寫的是自白小說、哥德小說，還是西部小說，我一邊寫，一邊覺得我寫的類型根本是垃圾、看這種書的讀者都是白癡，我怎麼可能會寫得好，又怎麼從創造中得到滿足呢？讓我寫出我能夠尊重的作品，讓我尊重那些來看我小說的讀者。

主啊，讓我放一本字典在伸手可及的地方。在不確定某個字怎麼拼的時候，讓我去查一下——拼錯一個字沒什麼了不起，但胡亂找個字來替代，懶病犯了，可就嚴重了。同樣的道理，在我不確定某個字是什麼意思的時候，也要讓我去翻翻字典，查個明白。

但是，主啊，也不要讓我把一本精采的字典放在桌上。讓我把《牛津通用字典》（*Oxford Universal Dictionary*）保留給真正重要的關頭吧。如果每次拼exaggerate（譯註：誇大）的時候，都得拿本字典來確認一下，我會花上二十分鐘的時間，快樂的研究字源、歷史用法與各種有趣的小典故，那麼，我也別工作了。一本無聊呆板、給小朋友用的字典，也就綽綽有餘了。

檢查拼字、確定字義，需要一定程度的謙虛。主啊，謙虛是我永遠也不嫌多的態度。偏偏我經常會把謙虛揮霍得精光——這真是怪啊，因為我明明是那麼的無知。麻煩的是，就我看來，寫作需要巨大的傲慢（colossal，我剛剛翻過字典，查過colossal的字義了，謝謝），才能一頁頁寫下去。坐在打字機前，無中生有，硬生生的編個故事出來，還希望素昧平生的讀者看得入迷，這需要多巨大的傲慢？每次想到藝術家那種暗藏的驕傲，深信自己個人的幻想、認知，值得別人感動欣賞，我就覺得天底下的狂妄，莫此為甚。

謙虛會讓我保持在正軌之上。只要我能夠謙虛，無論成敗，我都更容易接受。我會知道，無可捉摸的天命，不是我該聞問的。我也會因此知道，我的作品永遠不可能完美。完美，不是我的目標，也不是我該窺

視的境界。我能做的事情是盡我的全力，把工作做好。

　　請讓我學習吧，主啊，讓我知道何時只能放手。我的傲慢與放縱，必須要用同樣無限的自省來平衡。我有時會把自己逼得太凶了，主啊，讓我知道這並沒有意義。今天我寫完了五頁，有可能跟自己說，加把勁，寫個六頁、八頁或十頁吧。有時，我寫一個場景，沒有查證最重要的環節，我譴責我自己的散漫隨便；但我真的去查了，又怨恨自己，沒有順勢完篇，卻把時間浪費在這種沒用的地方。重寫，我覺得虛擲光陰，清洗該扔掉的垃圾。不重寫，我又會譴責自己懶惰。

　　這種自怨自艾沒有任何正面的助益。主啊，請給我勇氣，讓我終身不再瞻前顧後。

　　幫助我吧，主啊，成長為一位作家。在我身邊有俯拾即是的各種好機會，只要我肯張開雙眼、肯孜孜不倦的練習，那麼我就不愁沒有磨練技巧、增長見聞的空間。我讀的每一本書，都可以是我的良師益友，只要我抱著學習的意願，一頁頁的讀下去。這個作家寫得比我好，我可以跟他學習；這個作家犯了嚴重的錯誤，我也可以提醒自己，下次不要再犯。

　　給我冒險的勇氣。我在早期的創作生涯裡，花了太多時間去寫那些見不得人的小說、毫無挑戰性的文字，無法贏得我的尊敬，也無法讓我成長。我寫那些東西純粹是因為恐懼。我害怕在經濟上、在藝術上冒險，害怕我寫的東西沒有人要出版。

　　我只有在願意擴展自己、膽敢冒險的時候，才會有真正的成長。有的時候，我會失敗，但請讓我記得，我永遠可以從各種失敗中學取教訓，對我長期的發展，有無可限量的助益。在我冒險失敗的同時，也請讓我記得：時間會讓我忘記疼痛的苦楚。

　　主啊，讓我敞開心扉，接納各種經驗，在生命中，在打字機前。讓我有勇氣接受原汁原味，沒摻半點水的經驗，讓我坦然面對，不要倚靠任何化學藥品的幫助。主啊，祢知道嗎？有一陣子，我每天早上都要靠一個小小的綠色藥片，讓我集中心思、精力，增進我的寫作能力。其

實，我只是把明天的體力，借來今天用而已，而我所要付的利息，根本不是我可以承擔的。也有一段時間，我要靠藥片裡其他的化學物質，或是酒精，才能讓我放鬆心情。這些高度刺激性的物品，限制了我的經驗、遮蔽了我的視野，就像是一頭戴了眼罩的馬。我知道我需要創作的題材，但是，主啊，過了這麼多年，我才發現，不靠那些東西，我才能看得更多、寫得更好。它們阻止我成長、阻止我學習與進步。主啊，請讓我每天都知道，我要遠離它們。捎個信來，讓我知道我作家的責任，從哪開始，在哪結束。把所有的能力，放在我能夠影響的地方；至於那些我無能為力的領域，就讓我放手吧。在我把稿件寄出去之後，請讓我完全忘記這件事情，直到它又回到我手上，或是它覓得自己的去處。讓我做我該做的事情，主啊，不要擔心我的努力會獲得怎樣的結果。我主要的工作是寫作，次要的工作是把稿子拿去賣。接下來要發生什麼事情，是別人該傷的腦筋。

　　但是，主啊，要讓我記得：接納也好，拒絕也好，這都不是重點。藝術活動（或是人類的各種努力）最大的回報就是作品本身。把工作做完，就是成功，未必需要物質上的回報。只要我把故事寫好，我就成功了。財富、名氣可能很好玩（有時也未必），但是，它們已然離題，並非重點。

　　讓我接納退稿吧，在那個尷尬的時刻，讓我知道退稿是獲得接納的一段過程。讓我接納腸枯思竭的旱季吧，因為它是靈感湧現、喜逢甘霖的前夕。福禍相倚，才是一個全盤的棋局。主啊，讓我接受無能為力的窘境，讓我能處理使得上力的環節，同時，讓我有能力分辨兩者的界線。

　　讓我永懷感恩之心，主啊，我是個作家，我現在的工作，就是我畢生的心願。我不需要誰的批准。只要有工具、只要有題材，我就要一直寫下去。

　　謝謝祢這麼多的幫助。謝謝祢的傾聽。

國家圖書館出版品預行編目資料

卜洛克的小說學堂／勞倫斯·卜洛克（Lawrence
Block）著；劉麗眞譯. －－初版. －－臺北市：臉譜
出版：城邦文化發行, 2008.05
面； 公分. －－（推理叢書系列：FR4204）
譯自：Telling lies for fun & profit: a manual for
fiction writers
ISBN 978-986-6739-44-6（平裝）

1. 寫作法　2. 通俗小說

812.7　　　　　　　　　　　　97004664